BOOK
of
LIES

谎言之书

［英］特莉·特里 著
瑞日 译

中国·武汉

图书在版编目（CIP）数据

谎言之书 /（英）特莉・特里著；瑞日译. —武汉：华中科技大学出版社，2018.4

ISBN 978-7-5680-3884-3

Ⅰ.①谎…　Ⅱ.①特…　②瑞…　Ⅲ.①长篇小说－英国－现代Ⅳ.①I561.45

中国版本图书馆CIP数据核字（2018）第069277号

湖北省版权局著作权合同登记 图字：17-2017-343号

谎言之书　　[英]特莉・特里　著
Huangyan zhi Shu　　瑞　日　译

策划编辑：罗雅琴
责任编辑：李　静
封面设计：傅瑞学
责任校对：梁大钧
责任监印：徐　露
出版发行：华中科技大学出版社（中国・武汉）　电话：（027）81321913
武汉市东湖新技术开发区华工科技园　邮编：430223
录　　排：北京欣怡文化有限公司
印　　刷：北京富泰印刷有限责任公司
开　　本：880mm × 1230mm　1/32
印　　张：10.5
字　　数：263千字
版　　次：2018年4月第1版第1次印刷
定　　价：39.00元

本书若有印装质量问题，请向出版社营销中心调换
全国免费服务热线：400-6679-118，竭诚为您服务

献给我的姐姐桑蒂

真假参半的谎言最险恶。

——阿尔弗雷德·丁尼生

序　章

他们落入陷阱，几近冻僵，潜藏着。四周都是森林，让人神经紧绷。慌乱之中，不时瞥见一点迹象——感到它们那刻骨的饥饿，看到一闪而过的血红眼睛——于是焦急地从树林的阴影里疾奔出来，跑到光亮之下。

她来了，很快就来了。

它们将再次自由地驰骋在荒原之上。巫猎将再次回归。

大地浸满鲜血。

葵 茵

你知道有些事情是不能做的。比如火车开过来的时候站在铁轨上，又比如把手放在火苗上面。当然你可以很快地扫过火苗，还保持安然无恙，但是我内心里有种东西促使我把手在上面多放一会儿，然后再坚持一会儿，又坚持一会儿。火车轨道、妈妈，就和火苗一样：距离太近，时间太长，就会产生痛苦。

如果让我坐下来列举一下所有不应该做的事情，然后排一个序，从最不应该做的事情开始，那么今天到这里来恐怕要名列榜首，但是，我总是被那些不该做的事情所吸引。也许是来看个究竟，看谁会受到伤害，也许吧。

因此，不管我内心那个理性的声音怎样劝阻我，不管我怎样努力地劝说自己，故意丢掉公交车票，故意打扮成古里古怪的样子，我都不可能去别的地方，不是吗？

距离有多近，时间有多长，现在都不重要。现在，我在殡仪馆旁的一座小山上，坐在一棵枯树下瑟瑟发抖，灰暗的天空中有一大片血一样的火红。我还能有什么别的选择？

开始下起雨来了，这让我感到高兴。她不喜欢雨。别人不喜欢雨，可能是因为他们被淋成了个落汤鸡，也可能是因为搅了他们在花园里的聚会——但她不一样，她就是很单纯地不喜欢雨。就仿佛她不是由筋骨和肌肉而是由某种特殊材料造成的，一淋雨就会被整个儿冲坏了。

又或许她害怕雨的原因，是怕自己的面具被冲没了——那个满面笑容地和我从未见过的一个男人一起出现在报纸上的面具。满面笑容？不知道她在棺材里会不会还是满面笑容，他们会不会把她的五官装扮成一副令人开心的模样。也许他们希望，这副模样会让那些掌管生死的人为她打开天国之门，而不是将她一把推进深渊。又或许，她的脸部没剩下多少了。

车队开始蜿蜒驶上道路。首先是一辆长长的黑车，后面载着棺椁。车停在殡仪馆前，雨仿佛有知觉一样，下得更大了。伴随着雷声，闪电撕裂了天空。

我在整个队伍的后面逡巡着，不知道接下来该做什么，不知道该靠到多近的距离去看着她被火化。暴雨仿佛帮我下定了决心。它仿佛在说："葵茵，往前去。你得为自己找一个避雨的地方。"

但这只是个借口而已。我来这里的目的，是为了确认她已经死去。

琬　珀

我侧身下车。风呼号着把我手里的伞一下子吹得翻了过去。冰冷的雨滴猛烈地打在我的脸上、手上。狂风一瞬间就把我精心梳理的头发吹成一团乱麻。风雨仿佛带着怒火，狠狠地敲打着我的皮肤。我用全部的注意力来感受这种疼痛，努力把其他所有的苦痛都放到一边。

爸爸冲了过来，在我们头顶上撑起一把伞。但是我心里想的却是这雨敲击在她棺椁上面会是怎样的情形。棺材里面会有回声吗？她会不会捶打棺盖，大声抗议："嘿，赶紧停下来好不好？"她一直生活在阳光里，肯定不希望自己最后一次出门是这样一种状况。

抬棺人迈着仿佛计算好的小步，全然不顾刺骨冷雨的侵袭。我却在心里呐喊着、咆哮着，希望他们快一点儿，快一点儿把她带到没有雨的地方去。爸爸伸出手来，我紧紧地攥住，他的手冰冷冰冷的。我们跟着棺椁——跟着她，跟着妈妈——走进屋里。

一见到我，我的一位婶婶就开始摸着我的头发唠叨起来，然后把我拉到整个队伍的前面。但对这一切，我都没有任何感觉。

我在心里默念着那句陌生的话，"我妈妈死了"。我的世界再不像从前了，一切都不像从前了。我已经知道了这件事情，但内心并不明白这其中的意味。棺椁被放在前头——上面一点儿都不湿。有人擦干它了吗？她就在里面，但那里面的并不是真正的她：只是她遗留在这个世界的东西。

这些事情，我都看在眼里，但是我心里一点儿准备都没有。

我内心最深处在摇晃，恐慌一点点地累积。我很想大喊："你们都停下来，这都不是真的！你们不要在那里装模作样了。"

这不可能是真的。

"冷静下来，深呼吸：吸气，呼气；吸气，呼气。"

他们都认为这是真实的。我从他们的眼里能看出来——他们要么望着我，要么一与我的眼神触碰就转头看向别处。

"深呼吸，珮珀。吸气，呼气。吸气，呼气。"我要控制住自己的情绪。我不能在这里崩溃，现在不能崩溃。

做点儿别的事情。

我转过身去，望向身后那些人，对他们大多是一扫而过。爸爸的亲戚、同事，还有他和妈妈共同的朋友。人并不多。但是妈妈娘家那边一个人都没有来。她过去的朋友也一个都没有，我指的是她生我之前，也就是十七年前。

还有一堆我学校的朋友。扎克站在他们不远处——有一段距离，但并不远。他坚定的眼神，让我想起他昨晚对我说的话："我会一直在这里，有任何事情需要我做的，尽管说，我一定做。不管什么事情。"看到他的眼神，我感到一些安心，就如昨晚一样。恐慌的情绪稍微平息了一些，但这就足够了。

葬礼仪式马上就要开始，这时后门打开了，牧师停下来等待。是谁来晚了？我听到后面一位婶婶发出一声不满的"哼"。我小心翼翼地回头看去。那人身形很瘦弱，是一个穿着红色外套的女孩，靴子上沾满了泥。她快速朝后排座位走去。头上围着一条彩虹色的围巾，低垂在她脸旁。

她会是谁呢?

难道是……

“不。绝不能这样。尤其是此时此地。”

我的脉搏加快跳动起来。

葵　茵

雨水顺着我的大衣流到我的靴子上，然后淌到地板上。头上的围巾已经湿透，我冷得瑟瑟发抖。

我坐下的时候，瞥到前排一个姑娘转过头来。她的头发很长，一半扎着，另一半被风雨吹散。但真正引起我注意的并不是这些，而是她头发的颜色——深红色，如火一般。

如火一般的深红颜色——和我的头发一样。

我内心一片死寂，所有的一切都静止了。我突然感到一阵眩晕。我不得不提醒自己要大口呼吸，将空气吸到肺里。

我之前没有料到会这样。我本应该能想到的，不是吗？但是我从来没有想过，像这样一个完全没有母亲样子的人，完全不知道如何当母亲的人，这样一个完全没有给过我母爱，只是时不时拿着一根棍子到我这里搅和一下的人，竟然会对我做出这样的事情。

那个女孩旁边的男人应该是报纸新闻里的那个人。我把手伸进兜里。报纸湿漉漉的，上面的字有一些变形，但实际上我都能背下来了：

女子惨死狗口

上周五晚，来自温切斯特的36岁女子伊莎贝尔·休斯，在遛自家的狗时，突遭群狗袭击，后因伤不治死于医院。攻击她的是4条狗，它们均为早先从附近训练场逃出的护卫狗。这4条狗现已被羁押，调查仍在进行之中。

如果没有照片，我根本就不知道死者会是她。她也叫伊莎贝尔，但我一直以为她和我还有外婆一样，都姓布莱克伍德。

伊莎贝尔·休斯死后上了全国新闻，还引发了一场关于护卫狗以及恶狗管控的大讨论，这个结局是够可怕的。要不是这样，我也不会知道自己的母亲竟然已经死了。她不经常来看望我，看望的间隔时间完全没有规律可言。我猜想她可能是嫌麻烦，我也懒得去想。底下照片里的男人是她老公，雨水把他的样子弄得有些模糊了。我对比着前面那个男人，仔细地研究照片。终于，他稍稍转了一下头：就是他了。她老公？他看起来比伊莎贝尔要老二十岁。但是，报纸上的新闻里根本就没有提到他身边坐着的那个女孩，那个头发颜色和我的一模一样的女孩。

终于，默祷结束了。我心里想着，如果她能转一下头，我就能看到她的样子，但是很快其他人都站了起来，挡住了她，我只瞥见了她那红色的头发。

尽管头巾都湿透了，但我仍然紧紧围着。这一切都不正常。我要离开这里，越快越好，越远越好。

但是她还有那个和她站在一起的男人——我估计应该是她的爸爸，至少她还有个爸爸——此时已走到门边。他们的脸背向我坐着的地方。人群从他们身边走过，每个人都停下来和他握手，然后拥抱一下她。那么多人和蔼地望着他们，说着好听的话。那么多人在关心着他们。刚开始那一批人，看起来像是他们的亲朋好友。然后是一长列的少年，年纪和我都差不多，有男孩也有女孩。他们人非常多，肯定是那个姑娘的朋友。每个人走到她跟前，都会说上一两句话，做一两个手势，或是轻轻握一握她的手。然后来了一个年纪大一些的黑头发男孩，个子高高的，他一直躲在后面，等其他人先行，最后才走到她面前。他拥抱了她，很快地吻了她一下，然后握住她爸爸的手，俯身向前说着什么。她爸爸抬手擦眼，旁边有人递过一块手帕。

来之前我还在想，今天我来参加葬礼会发生什么事情，会不会伤害到谁，但是我从来没有想过，到头来受伤的竟然会是我自己。我一直紧咬牙关，将痛苦都打成死结，痛苦之中却总是缺失了些什么——但究竟缺了什么呢？那些我从未拥有过的东西，总是如此遥不可及。

我完全做不到，明明知道很多事情，却还要装作什么都不知道，走到他们面前，和他们握手。我在座位里缩着身子，希望自己躲进角落，谁都看不见。

声音逐渐远去。门也咔嗒一声关上。他们真的就这样把我留在这里，不来烦我？

然后，一阵咔嗒咔嗒的脚步声慢慢传来，在我面前停止了。

“你好？我们认识吗？”是一个女孩的声音。在这样一个灰暗的日子里，这个声音有如音乐，温暖而急切。

我转过身去，不知为什么，我心里完全知道是谁在说话。

一道光从高耸的窗户外射进来，照在她火一般的头发上。她好奇地睁大着眼睛——这是一双清澈的、蓝灰色的眼睛。这种眼睛会随着光线、她的心情，还有她的衣着而改变颜色。我之所以了解得这么清楚，是因为我的眼睛也是如此。她的肤色很浅，高高的颧骨上有一片淡淡的雀斑。我也有这样的雀斑，我也有这样的颧骨。看着她，就好像我在照镜子一样。

那些我不经意间听到的、神神秘秘的话语——当时我不明白，现在突然有了意义——在我脑子里翻滚，相互撞击。我感觉脑袋轻飘飘的，喘不上气来，要费很大劲儿才能呼吸。

“你没事吧？”她问道，“你要不要看医生？”

我站起来，一甩头把围巾取了下来，然后走到光亮处。

珮 珀

我仿佛是在照镜子一样。就连把左边头发拢到耳朵后面，让右边头发顺着脸庞垂下来，也和我平常的做法一样。她眼睛里满是惊异。难道她不知道？

“我们是双胞胎。”我轻声说道，语气里带着惊喜。

她咽了一下口水，舔了舔嘴唇，“我不知道……我是说……怎么会……”

我伸出手去，“我叫珮珀。”她盯着我的手。“你叫什么？”

她仿佛受了惊吓。“葵茵。我的名字叫葵茵。”她伸手握住我的手。她的手像冰一样冷，很快就又缩了回去。

我回头望向门口。“爸爸可能很快进来找我。我们俩不能就这样突然出现在他面前，现在还不行。”

“永远都不会。你放心吧，我马上就走。”葵茵答道，她局促不安地挪动着双脚，看起来吓坏了，但我不能让她就这样突然消失掉——尤其是在发生了这么多事情之后。现在不行。

以后也不行。

“不行！不行，你不能这样。求求你。求你再待一会儿。我会让扎克来接你，然后——”

“不行。这里不是我待的地方。”她在往后退缩。

我的眼睛里满是泪水。我希望能伸出手去碰一碰她，抱住她，但是我又害怕她会拒我于千里之外。“你不能这样。求求你了。我不想失去你。不想再失去一个亲人。”

葵茵犹豫了，“你并不认识我，我也不认识你。我们的共同点只是长得像而已。”

泪水滑下我的脸颊。“我们还有同一个妈妈。我们刚刚失去了她。请你不要走。”

“我根本不了解妈妈，”她扫了一眼棺椁，“她真的……真的……”她眼里的怀疑，让我终于把我自己也不相信的事实说了出来。“我们的妈妈真的死了吗？好吧。你想不想看一看她？”

“什么？”

“如果你想看，我可以安排。但是答应我，你会留下来等我，就在这里。不要离开。”我的眼睛里满是恳求。

她的眼里则都是挣扎。她盯着门口，然后叹了一口气，最后点点头。“好吧。”

我感到一阵轻松。

葵茵

她出去后，门关了起来。

你想不想看一看她？她刚才真的是这么说的吗？我硬生生地转过身去，盯着前面摆放着的棺椁。现在大家都走了，房间里就剩下我一个人，棺椁的体积看起来更大了，仿佛占据了整个空间。我的眼睛紧紧盯着棺椁发亮的木头表面。看得久了，仿佛棺椁在长大，在拉扯我，淹没了我所有的感觉，仿佛离我越来越近。然后我才意识到，原来是我在不自觉地、犹犹豫豫地向它走去。

向她走去。

我想不想看一看她？

只有这样才能真正地确定她已经死去。我的嘴巴发干，努力想咽一下口水。

她随时有可能回来——那个珮珀。我们是双胞胎？珮珀刚说过。尽管我亲眼看到了她，发现我们长得一模一样，但我仍然不敢相信。我怎么可能有一个双胞胎姐妹，之前却完全不知情？我们完全一样，至少外表如此。伊莎贝尔自己是不是也分辨不出我们谁是谁？

也许这就是我们被分开的原因。我感觉自己仿佛刚从一场梦中醒来，终于知道了真相——如此难以置信，令人吃惊。从此将永远地改变我、颠覆我。但我不敢深思，不知道这意味着什么。

或者说，不知道为什么会这样。

我应该马上离开这里。因为随便一个人打开门，闯进来，就会发现我。如果他们发现我准备碰这里的棺椁，肯定会把警察叫来。或者更糟糕，他们会仔细地看着我，发现我和另外一个人长得一模一样，然后把我的故事卖给当地小报。我在宾馆工作时，曾见过这种小报。报纸上会出现这样的标题：双胞胎孩子在母亲葬礼时首度会面！当然，严格说来，这并不是我们首次见面。至少在我们出生时，我们曾一起吸进人生的第一口空气。在那之前，我们还相互蜷缩在一起，在同一个子宫里度过了九个月的时间。

她的子宫。

对了，还有珮珀的父亲。如果我们是双胞胎，那我们肯定拥有同一个父亲。那个人也是我的父亲吗？

我身后的门打开了，我立刻转过身去，想着这时候用围巾来遮住自己的脸是不是已经太迟，结果进来的是珮珀。

她朝我走过来，停在我跟前。她上下打量着我，我也一样看着她，不由自主地仔细观察，看每个细节，每条曲线，每处特征，希望找到一点儿不一样的地方，但什么也没有找到。她比我稍微高一些，但紧接着我低头看到她的鞋跟比我的靴子跟要高那么一点儿。

“没关系的，”她语气平静地说道，“没有人会打扰我们。我告诉他们想和妈妈单独待一会儿。而且，扎克在门口守着呢。他不会让任何人进来的。”

“扎克？”

“我男朋友。来吧。”她向棺椁走去。她的肩膀挺得很直，仿佛在准备做一件大事。我突然意识到，不管那个女人是我的什么人，对她来说却真的就是妈妈。

“你用不着这么做。没有关系的。”

她停下脚步，转过身，挑起了左边的眉毛。这个动作我也经常做，是一种挑衅的动作。“你也用不着这么做，如果你不愿意的话。”

我下意识地像她那样挺直了肩膀，然后刻意地放松下来。我朝前走了一步，又走了一步，和她并排站在棺椁旁。

她是被恶狗袭击致死。她会是一副什么模样？

珮珀仿佛知道我在想什么。她摇了摇头。“大家之前看过她。殡仪馆的人已经都整理好了。”

棺盖上有两个把手。珮珀抓住棺椁尾部的那个把手，然后瞟了一眼另一个把手，在头部附近。“你可能得帮把手。”

我伸手抓住另一个把手，冷冰冰的，一种光滑的金属触感。

“准备好了吗？”

她低声问道。

我的胃抽搐了一下。我很想说没好，没准备好。我永远也不可能准备好。但我什么都没说，只是点了点头。她也点点头。我们一起朝上用力。

棺盖是实心的，很重，但是很容易举起来。我们把棺盖慢慢举起来，然后放到一边。棺椁打开了。

我看不到珮珀的眼睛，她正盯着里面。

“我让你独自待一会儿。”她说道，然后转过身子，同时强迫她自己转过头去，仿佛只有这样她才能不盯着里面。然后她走远了。

我看了看地板和墙壁，然后看着我的手——不敢正视棺椁里面。我以前见过死亡，在路边见过，也见过猫咪带回来的死老鼠和死鸟。还有几年前，一只狐狸钻进了鸡棚——那简直就是一场大屠杀。我打扫完鸡棚后，好几个月都做噩梦。她会不会像一只被狐狸虐杀的鸡仔？

我硬下心肠，准备深吸一口气，但立刻停了下来。她会不会有味儿？她死了有多少天了？但是没有味儿。珮珀说过，殡仪馆的人已经都处理好了。不管他们做了什么，肯定能让她安然度过葬礼。

我强迫自己转过脸去看，先看她的脚可能会安全一些。她穿着一条长长的、厚厚的裙子。蓝色的——这是她最喜欢的颜色吗？我努力回想着。她来的次数不多，确实经常穿蓝色，但是我对她了解得实在太少了，无法判断这是不是她最喜欢的颜色。或者她穿这件裙子，是为了把恶狗留下的伤痕都遮盖起来。

我的眼睛往上看去。她的手仿佛是交叉放着的。一只手看起来很正常，但是另外一只藏在衣袖里面。我咽了一下口水，强迫自己继续朝上望去。这件裙子的领子很高。难道恶狗把她的喉咙咬破了？如果狗和狐狸一样，它们肯定会咬喉咙。

现在——时间到了。

得看她的脸了。

她看上去很放松，很安详。如果你不靠得太近，可能会以为她是睡着了。颧骨高耸，上面是长长的睫毛。头发是赭色的——不是珮珀和我的头发这样的亮红色——披散在肩上。她很漂亮。我现在能看得比较清楚了，因为她没有像往常看我时那样，皱着眉头，满脸的怀疑，完全看不出她正常的模样。

尽管她闭着眼睛，但是没错。就是她。她真的死了。

她的脸上敷满了粉。她的肤色很白——以前就很白，和我一样，但是她颧骨上的红色太过浓重，甚至有点小丑的感觉。底粉很重，看不出来有任何高低起伏，仿佛有些地方是填进去的。我一阵颤抖。四条恶狗，新闻里面是这么说的吧？它们肯定是把她扑到地上，然后发起了攻击。没有命令这些狗是不可能主动攻击的，它们的训练师曾经这么说过，然后遭到了起诉。他搞不懂怎么会这样，更不知道这些狗是怎么跑出去的。但不管怎么样，它们跑出去了，然后咬死了她。

以前，我在生气的时候，曾经想过这样的场景，想过很多次——

想着要是她死了就好了。但当现在真的看着她的尸体，我感觉到一阵恶心，她的故事就这样结束了，想起这一点也让我感觉很难受。

她真的死了。

我的身体在颤抖，内心感到窒息——仿佛什么东西停止了。

身后传来脚步声，慢慢走近。一只手放在我肩上。“来，得走了。”声音很轻柔。

我们把棺盖移到棺椁上面，然后盖上。我看着妈妈的脸慢慢消失，以后再也见不到了。我站在原地，手仍放在把手上，无法移动。

珮珀的手很温暖，很轻柔。她把我的手指从把手上挪开，把我的头发塞到衣服里，然后仔细地将头巾从我脑后慢慢围到前面，在前面打了一个结，头巾被拉得很低，罩在脸上，这样别人看不到我的脸。她对我眼里不争气地打转的眼泪不置一词。

为什么会流泪？我也不明白。

我为什么要这么在乎？那个女人从来就没有关心过我的事情。我在害怕、孤独的时候，她从来没有出现过。六岁时我摔断胳膊的时候，她没有出现。后来，当我病倒发烧，因为幻觉吓得大叫，以为如果高烧没有杀死我，黑夜怪物也一定会把我撕成碎片，那个时候她也没有出现。

她从来没有爱过我。

但更糟糕的是：她以后永远也无法爱我了。

珮 珀

现在她很安静，也很听话。我告诉她等一会儿的时候，她什么话也没有说。是不是看到妈妈，会让你重新变回一个孩子，即便这个妈妈你根本就不熟悉？

尽管我下定决心不看妈妈，但还是忍不住。我很想盯着她看，牢牢地记住她。我想爬进棺椁里面，躺在她冰冷的身体旁边。也许我能靠我的温暖把她重新带回我的身边来。

我打开门。扎克在那里，如我所料。远处门边还能隐约看到其他人的身影。

他微笑着伸出手，我牵住他的手。“你爸爸在等你，”他说道，“你没事吧？”

“没事。你能帮我做件事吗？”

“当然。什么事？”

我把门打开了一些，好让他看到站在暗处的葵茵。“你能不能……”我欲言又止，不想在这么多人的环境里告诉他这个消息，怕他会有太大的反应。“你能不能把我的朋友带到你家里，等我守完夜就过去找你们？”

看到她，他吃了一惊。“我以为就你自己在里头呢？”

“我以后再跟你解释。可不可以？”

“当然。”扎克俯身拥抱我。我倚在他怀里，满心希望自己也能和他们一起走，而不用烦心其他的事情。我现在想的只是能和葵茵待在一起：一个能与我一同承担的人。仿佛和她在一起，看着她的脸，就能让这一切都远离自己。

我叹了一口气，抬头看着扎克。“等我们离开了你们再走，好吗？”

他眼里满是疑问，但他只是点了点头。“好吧。没问题，你叫我怎么做我就怎么做。”他回答道，“我会把她带到我那里去，然后我再到你家里跟你会合。”

我皱了皱眉。“不要。你最好和她待在一起。叫她等着我。”虽然她现在状态还可以，但是我不敢保证等这股震惊的情绪过去之后，她会不会又突然消失。

“什么？那可不行。我要来找你。我要和你待在一起，就跟你以前做的一样。”

我摇了摇头。“听我说，扎克。现在你能帮我的最好方式，就是照我说的去做。把葵茵带到你家里，然后和她待在一起。”我朝她那边指了指，她沉默不语地站在那里，低着头，看着另外一个方向。“我会尽快赶过去的。好不好？”

他盯着我的眼睛。“我搞不明白，但如果你希望我这样做，那好吧。”

“是的。就这样办吧。”

“我不在你身边，你家人会觉得奇怪的。”他转了转眼睛，我知道只要我家人不给我制造任何麻烦，他是不会管他们的想法的。

“我会告诉他们你有点不舒服或别的什么原因。不用担心。”

他耸了耸肩膀。我朝门外望去。爸爸在往我们这边看，他等不及了。“我得走了。我会把他们带到外面去，好让你们悄悄离开。”

葵 茵

我听到了他们说的话，但是这些话仿佛漂浮在半空中，在我头脑里一点儿意义都没有。我努力地想让自己听一听。这是珮珀的男朋友扎克，就是那个我先前看到在门口吻她的人。她是在请他把我带到他那里去吗？

珮珀，和我是双胞胎。我没有把“双胞胎”这个词说出声来，到现在我仍然有一种很不真实的感觉。

我怎么会完全不知道这件事呢？这是怎么回事？

珮珀从那边的门走了出去。门打开的时候，那边隐隐传来低语声，门关上后一切又重归静寂。扎克转身朝我走过来，走进门里。

“哦，你好，”他说道，“我叫扎克。”

我感觉浑身冰冷，无法动弹，也无法抬头去看他。

“你好？”他又开口了，“你是葵茵？”

我努力挤出一句回答。“是的。我就是。”我回答道。虽然我知道这是我自己的声音，但是听起来如此遥远，仿佛是另外一个人在回答一样。我勉强转过头去看着他，想抓住一点儿真实的东西。

很高，他的个子很高，头发很黑。肤色仿佛牛奶巧克力，又像是加了奶油的咖啡。十九岁或者二十岁。一双棕色的大眼睛，黑色的眼睫毛很不像男孩的。肩膀很宽，但是身材修长。他的姿态很放松，像一个运动员一样。如果不是我现在脑子一片空白，应该说他是超帅的。他也在看着我，眼睛里既有好奇，也有关心。他可能以为自己摊上了一个不正常的亲戚——一个喜欢用头巾把自己包得严严实实的奇怪亲戚。

一个不正常的亲戚？我不由自主地笑了起来，不得不强压着那几乎遏制不住要迸发出来的歇斯底里的大笑。这不正是对我最贴切的形容吗？

“稍等一下，”他说道，“我看看他们走了没有。”他走到门口，从门上的玻璃朝外望去，然后回过身来。“他们正准备走。我们再等一等。”

过了一会儿，他感觉时间差不多了，朝我招了招手。我跟着他走出了门。外面还在下雨，但是不像之前那样疯狂了。呼吸着冰冷、新鲜的空气，感受着打在脸上的雨点，我一步步朝前走去，慢慢远离那个充满死亡气息的地方，我感觉到自己一点点恢复过来了。

但是我仍然搞不清楚自己是谁。我和她是双胞胎？

他拿出一把钥匙，捏了一下。嘀一声响后，他打开了一辆破旧蓝色小车的副驾驶门，示意我上车。

他发动汽车引擎，慢慢驶出停车场，准备驶入快车道，尽管前面一辆车都没有，但他的速度依然很慢。等到他开上主路，突然加快了速度，吓得我赶紧检查安全带是否系稳了。

他瞟了我一眼，我别过头去。“说说看。你刚才为什么会像一个间谍一样躲在角落里？”

我耸了耸肩膀。“珮珀的主意。我可不想这样。”

他摇了摇头。“那个小姑娘确实总有些疯狂的念头，但即便这样，她总有一个什么理由吧？”

我没有回答。我在想要不要在车里把头巾解下来，这样他就能清楚地看到我的脸了，但是车速太快，他太过于吃惊恐怕会出车祸。我们的声音不像吗——他难道一点儿都没有怀疑吗？我决定少说为妙，然后努力把脸别得更远，当然前提是要能看到扎克。

“如果你不告诉我，我就只好自己来编一编了。我的想象力是很丰富的哦。”

“是吗？”

“那是当然。来试一试吧。”他的头微侧了一下，然后点了点头，“你是一个很有名的演员，深爱着珮珀的爸爸。你不想和他分开，于是乔装打扮来参加他妻子的葬礼，等到哀悼期过去了再和他相会。”

“很有意思。”

“或者你是保险公司的，来确认她是不是真的死了。”

我没有接话。拿掉“保险公司”那部分，后面半句话不正是我刚才在做的事情吗？

“对不起，这话听起来是不是有点麻木不仁的感觉？你是怎么认识珮珀的妈妈的？”

“别问了——你很快就会知道的。”

“要不你就是刚从监狱里逃出来，然后想在获得自由之日参加一场葬礼？”

我笑了笑。我来的那个地方确实像个监狱，而且对我来说，这趟行程也确实像是一场越狱。

“你别猜了，”我说道，“珮珀把我从葬礼上弄出来确实是有理由的，但你绝对猜不到，所以能不能等我们到地方了再说？”

“我可能会憋死的，但是如果你良心上过得去的话……”他耸了耸肩。

“我没问题。”

“好吧。不过我们马上到了，我想还是能活下来的。”他在一片联排别墅前停了下来，很娴熟地把车倒进一个狭窄的车位。“我们到了。”

他跑过来帮我开门。雨已经神奇般地停了。我下车时，他盯着我的脸。这回我没有低头，也没有转头。他的眼睛睁得老大。

他打开房门，侧身让我进去。我走了进去，扎克跟在我身后，然后我取下了头巾。我把湿发从外套里面扯出来，然后转身面对他。

他大惑不解地晃了晃头，“琊珀？”

“不是，不是琊珀。你是看着她走的，不是吗？”

“我是看着她走的。但是你……还有她……我搞不懂了。”

“我也搞不懂。我来参加我妈妈的葬礼，结果看到了琊珀。”

“你妈妈的葬礼？你们两个是双胞胎吗？”他睁大着眼睛说道，“我感觉脑子不够用了。”他瞟了一眼房间那头的门，让我不由地也开始注意门后面传来的声音。我们走进房间时，那个声音就开始了。之前我的注意力完全不在那里，因此根本没有留心，但是现在这声音越来越大了：一种高亢的哀鸣声。然后又传来砰砰的敲打门的声音。难道是……不可能是……

“哇呜！”果然是一条狗。我感到浑身皮肤一阵发紧。

“等我一会儿。”扎克说道，然后走到不远处的那扇门边。我还没来得及开口阻止他，他已经把门打开了。

从门那边冲进来一团黑白绒毛样的东西，扑到扎克身上，然后它意识到还有人在房间里，于是停了下来。它扭头望着我，然后把头侧向一边。

“有意思了，看看它能不能辨认——”扎克话说了一半，然后转头看到我脸上的表情，看到我跑到了离狗很远的桌子那头。“怎么了？”

那狗作势准备朝我冲过来，扎克一把拽住它的项圈，然后把它抱在怀里。“你不会是怕狗吧？”

在扎克的怀里，它——或者说她——不再试图朝我奔过来。那条狗看起来比我之前想象的要小一些，这让我感到很尴尬。尽管我努力地掩饰我的慌张，但是我的心仍然急速地跳着。“我只是不喜欢它们而已。”我说道，给自己留足了面子。

“好吧，这一条你用不着害怕。它只是条幼崽，还没有长大。来，让我给你介绍一下。它的名字叫奈斯。”他举起它的一只爪子，朝我摆动着，然后把自己的脑袋放在它脑袋后面。“很高兴认识你！”他说道。奈斯也叫了一句，仿佛在表示同意。他探出头来，“我们能走近一点儿吗？”

我摇摇头。

“奈斯只是一条爱玩耍的狗仔而已。它是一条边境牧羊犬，很聪明，很友好，绝对没有任何攻击性。它现在只有四个月大，连一只苍蝇都不会去伤害。它最多只是舔一舔你的脸。要不你往我这边走近试试看？”

小狗仔和我相互打量着。看到我长得和珮珀一模一样，奈斯是不是感觉有些迷糊了？又或者这种事情在狗看来根本就不是什么大事？它耳朵上面、眼睛周围有一块块黑色的绒毛，前额和鼻子上有一长条白色绒毛，大大的棕色眼睛带着热切和好奇盯着我。我脑子里想着：其实也没有那么可怕，看起来还挺可爱、挺招人喜欢的，但是我的脚步无法移动。过了一会儿，它的眼神变得悲伤起来。

“抱歉。还是不要了。”

“好吧。奈斯，你要不要到花园里去玩一会儿？”听到“花园”这个词，它的尾巴疯了一样地摇动起来。他带着它从之前它进来的那扇门走出去，然后又走出另一扇门，走到另一侧的花园里面。他出去和它待了一会儿，把它拴在一条长长的、固定的绳子上，它开始疯狂地绕圈跑。等到扎克回到房间，把它留在花园里，它一下子俯身趴在地上，脑袋放在爪子上面，然后隔着落地窗悲伤地望着我们。

“我得时时留意一下它。它有时候会被绳子缠住，但是花园篱笆下面有一些空隙，如果不把它拴起来的话，它很快就会跑出去。”他一边说，一边走到面向花园的餐桌那一侧坐下来，然后示意我坐到另一侧。尽管门关着，那边只是条狗仔，还算不上一条狗，我仍然不想背对着它。我坐到紧挨着扎克的一侧，这样既能看到扎克，也能看到花园。

“抱歉。狗在旁边，我就是有些不适应。”

“我以前以为双胞胎应该是一模一样的呢？珮珀喜欢各种动物，尤其是狗。奈斯实际上是她的狗。”

“噢？那奈斯怎么在这里呢？”

他有些犹豫不决。“我只是帮着照看一段时间，”他回答道，然后转头看着我，“你母亲的事情，我感到很遗憾。”他的眼里满是热切的同情，这让我感到很不舒服。如果坦然受之，我会感觉自己像是在撒谎一样。

我摇摇头，“别这样。我的意思是，我和她并不是很亲近。我根本不了解她。”

奈斯在外面哀鸣，我突然想起了什么。“新闻里说伊莎贝尔死的时候正在遛自家的狗。她被袭击时，奈斯和她在一起，对吗？”

“是的。奈斯不知道怎么就跑了。它回到了家里，拖着狗绳。珮珀发现它在前门花园里激动地叫着。当时，珮珀没有多想，以为奈斯只是先跑回来了，她妈妈很快就会回家。但是她妈妈再也没有回来。后来警察来找她，然后……我想既然你这么问，那么后面的事情你都知道了。他们发现了她。她还活着，奄奄一息。医护人员把她送到了医院，但很快她就死了。这就是为什么现在由我照看奈斯：他们不希望奈斯出现在自己家里。”

他说话的时候，一直盯着我，端详着我的脸、头发和其他地方，这让我感到很难受，只好转过头去，脸上红得发热。

“抱歉。我是不是在盯着你看？你长得太像珮珀了。我怎么完全不知道你呢？”

“我也是今天才知道琊珀的存在。”

“但是你一直在哪里呢？你们为什么没有住在一起？”

“我也不知道。我是被外婆带大的。伊莎贝尔只是偶尔来看望我一下。她也从来没有提到过琊珀。”

“我真是没法相信，琊珀居然不知道自己是双胞胎。”他看起来很震惊，就像我现在的想法一样。

但是我突然意识到一件之前没有想到的事情。琊珀是知道的，不是吗？她并没有对我的存在表示出任何吃惊，尽管她也和我一样，好奇地打量过我。她肯定早就知道了。是不是我们的妈妈告诉过她在别处她还有一个姐姐或是妹妹？妈妈可从来没有告诉过我，却和琊珀说了，这个留在她自己身边的琊珀。

我从刚见到琊珀脸的时候，就一直在思考的那些杂乱无章的点点滴滴，现在突然一下子就都明白了：伊莎贝尔对待我的方式，她跟我说过的那些东西——比如，我内心里有一股黑暗的力量，因此我必须得躲得远远的，这样我就不会伤害到别人，现在看起来，伊莎贝尔并不是从一种人道主义的角度出发来做这些事情的，而更像是针对我个人的。她从来没有说过我可能会伤害到谁，原来她是想让我不要伤害到自己的双胞胎姐妹，不是吗？

伊莎贝尔所做的一切就是确保我离琊珀远远的。这就是为什么我一直不知道琊珀，而琊珀却知道我。

难怪伊莎贝尔从来都不需要我。她只要有琊珀就够了。我们长得一样，但是她更加阳光，人更好，大家都喜欢她，她的父母以及像扎克这样风趣的人甚至还爱她。

经过这一天，我的内心原本起了波澜，开始变得柔软，但是现在又退回到了原处，重新归于冰冷。我一直都没有看错妈妈，不是吗？死就死了吧，管她呢，反正我不管。我反倒感到高兴。

而且不管伊莎贝尔原本是怎么打算的，现在都失算了。我到了温切斯特，见到了她的宝贝女儿珮珀，而她却无能为力。说实话，把我们带到一起的恰恰就是她，是她的突然死亡。

我抱起双臂，把自己保护起来。“你说得不完全对。珮珀知道，但我不知道。”

扎克没有回答，但我感觉得到他并不相信我说的话。他觉得这么大的事珮珀不可能瞒着他。

但是他不知道我从来不撒谎。我从来就只会欺骗自己，但从今以后绝对不会了。

珮　珀

我的电话震动了一下，是一条短信。我从兜里掏出电话，是扎克发来的，只有一个字：哇。我猜一定是葵茵把头巾取下来了。

我把手机塞回口袋。爸爸正在和我的班主任还有他的法律合伙人交谈。他扬了一下眉毛，跟他们说了两句，然后朝我走过来。“是扎克吗？”

“是的。”

“我真没想到他竟然来不了。你们两人去年一起经历了那么多事情。我看他之前还好好的。他可能是受不了葬礼的氛围吧？”

我叹了口气，努力想把注意力集中到眼前的事情上来，努力把我血管里奔腾的那种感觉掩藏住：我的双胞胎姐妹就在附近。“不是的。他生病了，你也不想看到他吐得到处都是，对吗？可能是吃错东西了。否则的话，他肯定会来的。”爸爸捏了捏我的肩膀，我靠在他的身上。“晚一点我去看看扎克，好吗？”

他用父亲特有的眼神看了我一眼。

“你知道，他身边一个人都没有。如果他病得很厉害怎么办？而且，我也不想待在这里。”附近的人太多了，大家都坚持要握一下我的手。那种不真实的感觉又回来了，而且比以前更加强烈。妈妈也应该在这里的，站在爸爸旁边。但现在我脑子里全都是最后看她的那一眼——在棺椁里僵硬地躺着，寂静无声。

他亲了亲我的额头，我的额头和他的一样突出。“宝贝，除了你之外，我现在身边也是一个人都没有。不过我能理解。如果你觉得有必要，那就去吧。”

“我等一会儿，然后假装准备去睡觉。你明白的。”

他点点头。今晚有两个大嘴巴要住在家里，是我的两个婶婶，她们对该做什么不该做什么，有一种不容别人质疑的权威。

爸爸走到门口，去迎接一个迟到的人。我朝自己的朋友那边走去。

他们挤在一个角落里，都不大说话，也不知道该做什么。艾琳看到我过来，捅了捅嘉斯敏。嘉斯敏转过身来，挽住了我的胳膊。

“你怎么样？我是说，你还好吧，珮珮？”嘉斯敏说道，“需要做点什么吗？”

我把头靠在她的肩膀上，她抱住我。“你们能来，这就够了。”

蒂姆靠过来，笑着说道：“阿珮和阿嘉拥抱在一起，我感觉我在做梦一样。”

“蒂姆，别瞎说！”嘉斯敏一边说，一边摇头。但是，他这话让大家都放下了不自然的心情。他们开始更加自在地聊天，我把嘉斯敏拉到一边，让其他人继续去谴责蒂姆。

“有一件事你可以帮我做。”我低声对她说。

“没问题，尽管说。”

“我累得不行了。过一会儿，你能不能委婉地让大家回家去。我敢肯定，他们也都待不住了。”

“哪有的事。他们只是——我们只是——不知道该做些什么、说些什么，但如果你想让他们走，我会想办法的。”

“谢谢你，阿嘉。”

时钟慢慢地滴答往前走。我的朋友还有其他人一个个地陆续离开，终于爸爸把威士忌从壁橱里拿了出来。他给坐在身边的哥哥还有堂弟倒了一杯，两位婶婶则拉长着脸在旁边看着。

“我能开始打扫卫生了吗？”我问一号婶婶，边问边揉眼睛，然后打出一个生硬的哈欠。

“不，不。当然用不着，宝贝。你现在就去睡觉去。你已经累了一整天了。”

“真的吗？”

“没问题，”二号婶婶说道，“我们来负责。”她们两人拥抱了我，亲吻了一下我的脸颊，然后我朝楼上走去。

我在房间里脱下黑裙和高跟鞋，换上了牛仔裤和跑鞋——这是为家人重聚准备的。我使劲想着葵茵的脸，这样脑海中就不会再出现妈妈妆容整洁躺在棺椁里的样子了。

我从屋子后面的另外一个楼梯走了下去，然后走进夜色之中。

葵茵

我小心翼翼地抿了一口，这可是我第一次尝红酒。“真好喝！”

“如果刚开始喝，最好慢一点。”扎克说道，但是我一下子接连喝了两口。我感觉到一阵温暖，驱走了身上的寒意，之前我洗了一个热水澡，换上了扎克借给我的衣服，但也不如现在这么暖和。我蜷缩在椅子里，穿着他的超大运动裤、T恤衫和外套，他则在厨房里哗啦啦地忙活着。闻着好香，让我想起自己原来一天都没有吃东西了。我突然感到特别饿。当他递过来一碗辣汁蔬菜米饭的时候，我立刻头也不抬地一扫而光。

“你饿坏了，或者是我厨艺大涨了。”他咧嘴笑着，坐在沙发里吃他的那一碗。

“两个原因都有。真好吃。是什么？”

“蔬菜咖喱——从我妈那里学来的，”他疑惑地看着我，“你以前没吃过咖喱吗？”

我摇摇头。“我外婆最讨厌的菜里面就有这个。”

“真是个怪异的人。”

我认真地点头表示赞同。说得没错。而且对食物的好恶只是她看起来怪异的原因之一。

他又往自己的杯子里倒了一点儿红酒，然后带着询问的表情朝我举起瓶子。我把我的杯子伸过去，他倒入半杯。“最后一杯了。”他说道。

“好像不怎么公平啊。”我扬起眉毛看着他的满杯。

“我已经够年龄了。你和珮珀长得一样，所以你们俩应该是同一天生日吧。你们还得过差不多一年才到十八岁。今晚给你喝了一杯半了，就算是一种酒疗吧。”

“那你的呢？”

“这是我辛苦劳动得来的。今天过得不容易。这几周都不容易。”

“不好意思，今晚给你添麻烦了。”

“不用道歉。这没什么。虽然我本应该陪着珮珀，但是不用守夜，我感觉轻松了一些。”

“为什么？”连我自己都感到奇怪，我居然开口问了这个问题。但我现在吃饱了，红酒在我血管里轻柔地荡漾，浑身暖洋洋的，我很放松。我以前从来没有过这样的感觉。

他犹豫了一下，“我不喜欢那些热闹的场合。尤其是葬礼。”

“我估计没有多少人会喜欢。这是我第一次参加葬礼，感觉很不好。”扎克是不是有些不合群？我抬眼四顾他的房间，没有多少个人物品，仅有的几样——桌上的一本板球杂志，楼梯底下的一双球鞋和一辆自行车——应该都属于扎克。书架上的书很干净、整洁。看不出有第二个人的任何痕迹。“你一个人住吗？”

“对。”

“你多大了？”

“十九。你是不是总是有这么多问题？”

“不是。你爸妈呢？”

他脸上掠过一片阴云。“我很小的时候，他们就离婚了，很多年前就失去了我爸的消息。我妈去年去世了。”

“噢。对不起。这就是为什么——”

“我不喜欢葬礼？对。没错。”

“她怎么去世的？”我话刚出口，就希望能收回来。“对不起。如果你不愿意说，可以不用回答。”

“别老是说对不起。确实，我一般都不想说，但是没关系。在这一点上，我们是一样的，都失去了妈妈，不是吗？”

红酒和食物产生的温暖在慢慢消退。我蜷起膝盖，抱起双手。一样我从来就没有拥有过的东西，能算失去吗？“失去，听起来像是某样东西放错地方了，如果我们仔细找，就能把它找回来。”

“也许有一天，我们真的能找回来。至少现在，我知道我妈还陪着我，照看着我。”他说这话的时候很平静，带着一种波澜不惊的自信。但是对我来说，如果想到伊莎贝尔现在就在旁边看着我，那可不是一件让人安心的事情。我的手臂上起了鸡皮疙瘩。

“回到你之前的问题吧，那是一场事故。我妈妈从马上摔了下来。脊柱和内脏受了重伤。我从学校赶回家来，在她去世前见了她一面。”

“对不起。”我说道，紧接着意识到自己又在道歉，于是准备开口为此表示对不起，然后赶紧住口。

他往后靠在沙发上，眼睛微闭。“我觉得自己不应该离开家，不应该把她一个人留在家里。其实我留在这里，也并不能改变任何事情。但是，我现在就是无法再回到学校去。”他摇了摇头，看着我。“我不知道为什么会跟你说这些。我很少说这些事情。也许是因为看着你，让我想起了珮珀。”

“你上的哪个大学？”

“剑桥。读人文、社科和政治科学。我请假时间太长，他们不想让我再延长假期了。我得尽快回去，否则就只能放弃了。”

“你妈妈会希望你怎么做？”

“她当然是希望我回去。”

“那就回去啊。”

“没这么简单。”

“就是这么简单。为什么不是这么简单？”

“珮珀怎么办？我不能把她一个人丢下。现在不行。”

说曹操，曹操到。前门咔嗒响了一声，然后打开了。“有人吗？”珮珀大声喊道，那声音和我的一模一样，让人感觉特别怪异。

扎克站起来，走到门厅那里去。一阵低声说话的声音，然后是静默。他们走进客厅，挽着手臂。扎克看着珮珀的时候，脸上带着一种之前没有的暖意。但是珮珀看起来很疲惫。他准备带她和自己一起坐到沙发上去，但她放开了他的手臂，然后转身朝着我。

“很高兴看见你待在这里，葵茵。”她说完，动作笨拙地俯下身子拥抱坐在椅子里的我。然后，她和扎克坐到沙发上，四处望了一望。“奈斯呢？”

“在厨房里睡觉。”扎克说道。也许是珮珀的声音，也许是叫到了它的名字，它从睡梦中醒了，门那边立刻传来了叫声。珮珀跳了起来，朝那边走过去。

“等等，”扎克说道，“不要把奈斯从厨房里放出来。葵茵不喜欢狗。”

“什么？”她一脸的惊愕。

但是我现在感觉自己胆子大一些了。也许是因为喝了酒？“放它进来吧，但是你得答应我，不要让它朝我跳过来。”

“没问题。我答应你。”珮珀拉开了门，我蜷在椅子里，紧紧抱着双腿。但实际上我用不着担心。奈斯看到珮珀后高兴坏了，根本没注意到我。它绕着珮珀打转，等珮珀坐到扎克旁边，它也蹦到沙发上，趴在他俩中间。它把脑袋放在珮珀的膝盖上，满怀爱意地与珮珀对望着。奈斯不断摇着尾巴，珮珀脸上的紧张一点点消失。

“你怎么溜出来的？”扎克问珮珀。

“很轻松。爸爸说我可以来看看你，说你在生病很可怜。对了，如果有人问起来，你得说自己呕吐了啊。”

“你那两个婶婶呢？”

“我假装很困，要上楼睡觉，然后从后面偷着溜出来了。”

扎克摇摇头，一副“你就是这样子”的表情，但是我惊呆了。“你骗你爸爸？还有你婶婶？”

她耸了耸肩膀。“省了很多麻烦。而且，他们都已经那么累了，为什么还要让他们为我担心呢？我是在帮他们的忙。而且，爸爸也知道我在哪里。”

我瞪着她，没有办法接受她的说法。在外婆那里，撒谎是绝对不允许的——不管是什么样的谎，即便是出于好心撒个小谎也不行。说话稍微夸张一点儿，都可能让我吃不上晚饭。如果讲了什么事情和事实不相符合，我就会被关到冰冷的黑屋子里，关一晚上，或者更长时间。外婆总是能知道你是不是在撒谎——在这方面她有一种特殊的能力。我上一次冒险撒谎还是很多年以前了，现在我对谎言有了一种深入骨髓的厌恶。

珮珀抬起眉毛。“你从来没有说过谎吗？”

“没有。”

扎克捏了捏她的鼻子。“但愿她能让你学好。”

她皱眉怒视，我笑了起来。“我可从来没让别人学好过。”

珮珀探身往前，双手捧着脑袋。她盯着我的眼睛，一模一样的眼睛。“我很好奇。你是不是还有另外的一面，黑暗的一面，葵茵？”

我很不自然地耸了耸肩，没有回答她的问题。伊莎贝尔也觉得我性格里有黑暗的一面——否则为什么把我藏起来呢？外婆也是这么认为的。她时时刻刻盯着我，生怕那个黑暗的我冒出来，仿佛能用魔法永远把它压制住。

现在轮到珮珀笑了。“我还有好多问题要问你呢。我想一想，你住在哪里？和谁一起住？你以前见过妈妈吗？你怎么知道她死了？

你怎么到这里来的？”她问得越多，我越是不想回答。

“先让我问个问题，”我直截了当地说道，“为什么你知道我，我却不知道你？”

珮珀望着我的眼睛。“我不知道。”

我回瞪着她。我是不是和外婆一样，对谎言也很敏感？“但是在你妈妈的葬礼上，你看到我坐在那里，和你长得一模一样，你却一点儿都不惊讶。你看起来很高兴，然后马上就去安排，让我看到伊莎贝尔，然后让扎克把我带到这里来，然后又对你家人撒谎，好跑来问我这些问题。你还说你不知道我的存在，我可不信。”

她的脸开始扭曲。“我真不知道！我只是……”她不停地摇头，扎克拥抱着她，低声安慰她。过了一会儿，她挣脱出来，眼里闪着泪光。“你不明白。我在这个可怕的、压抑的地方，感觉好孤单。当我看到你的时候，我感觉仿佛进来了一些阳光。让我能暂时逃离这个地方，逃离这些事情。我是失去了妈妈，但是谁能想到呢，你出现了：我从来不知道的一个漂亮的姐妹。”

她伸出手来，我告诉自己要相信她。我没有多想，也伸出手去。她紧紧抓住我的手。

“我很抱歉，让你难受了，”我说道，“这是一种很奇怪的感觉，而你仿佛一点儿都不惊讶。但我可不是你家庭的一部分。我不属于这里。”

“那你属于哪里呢？”珮珀问道，“你从哪来的？”

哪里都不是。但是我什么都没有说出来。我抱起双臂。

扎克看着我们俩，看着珮珀的表情变得越来越烦躁，我的则越来越疏远。“好了，很晚了。我们能不能想一想眼前的实际问题：下面怎么办？”

这个问题我一直在努力回避，但总是在不经意间悄然来骚扰我。我离开的时候，没有带什么衣服，口袋里也没有多少钱，只够我到这里来，再往其他地方去就没有了。我唯一的目的地就是伊莎贝尔的葬礼。我没有做更远的计划。我不想回去，但是我也不能待在这里。

我看着珮珀，想起她的好奇心和永无止境的问题，突然只想离她越远越好。“我得走。”

“那你爸爸呢？”扎克问道，“你不想见见他吗？他人不错的。”

“我……爸爸？”

“我觉得双胞胎都是这样的吧，”珮珀说道，“他是我爸爸，那肯定也是你爸爸呗。”

“我……我不知道。”我说道。我内心确实想见见他，但是一想起每次问外婆关于我父亲的事情时她那种反应，就又让我有些畏缩不前。她似乎觉得他不是个卑劣的罪犯，就是个恶魔。但扎克是了解他的。人还不错，扎克这样评价他。不过，爸爸对我来说仍然是一个陌生人。“过了这么多年，如果你爸爸突然出现在你面前，你会是什么感觉？”我问扎克。

珮珀扬起了眉毛，一会儿看看扎克，一会儿看看我。我居然知道他爸爸的事情，这是不是让她感到很惊讶？

他耸了耸肩膀。“我可能会狠揍他一顿，谁叫他当初把我们都丢下呢。但我觉得这完全是两码事。”

“是吗？你怎么敢肯定，我爸爸不知道我的存在呢？也许就是他把我们分开的呢。也许就是他的主意呢。”

珮珀摇了摇头。“他不可能知道你。我绝对不相信。”她说得斩钉截铁，我相信了。

“但是他怎么可能不知道我呢？”

“我不知道，但有一件事我可以肯定：如果他知道，你肯定会和我待在一起。如果他现在遇到你，也肯定会爱你。”她说道，仿佛看穿了我的想法。这就是所谓的双胞胎感应吗——她能感应到我的想法？“你是他的女儿，他当然会爱你。”

"伊莎贝尔就不爱我，我也是她的女儿。"琊珀准备开口为她辩护，但是我阻止了她。"不要为她说话，"我声音尖刻地说道，"你不了解情况，你不在场。她抛下了我。没错，她时不时地会来看望我，但是她从来不会对我说一句贴心的话。一句都没有，好像就是来确认我没有逃走一样。"我抱起双臂。我本来不想聊伊莎贝尔的，但不知道怎么就聊起来了——而且聊得太多了。

琊珀绝望地摇了摇头。"我搞不懂。你描述的，和我所知道的妈妈完全不同。"扎克抬着眉毛瞄了她一眼，她耸耸肩。"好吧，我知道她有一些毛病。我不知道你说的这些，但是我特别想了解。不要觉得爸爸也和她一样。不管怎么说，现在他还不适合知道这一切。这个惊喜太大了，他已经经历了这么多事情了。但是你能不能先留下来，过段时间我们找机会把你的事情告诉他。"

"我怎么留下来？待在哪里？"

"你当然可以待在这里。"扎克说道。我说他根本不了解我，但是他摇了摇头。"你和琊珀是双胞胎。对我来说，这就够了。你现在也不用考虑今后做什么，不是吗？你可以留下来好好想。我们改天再问问题吧，时间有的是。"

"但是我什么都没带。我没打算待多久的。"

"你可以用我的，"琊珀说道，"我的衣服一大堆，而且肯定都是你穿的尺码。我明天拿一些过来。"

"我不知道，"我说道，"我不知道接下来该做什么。我现在太累了，什么都想不清楚。"

"那就留下来，"扎克再次劝说，"明天再想。"

我不自觉地同意了。他们说的听起来都很合理，很在理。或者是因为我实在没有别的地方可以去，而且我真的很累了，感觉骨头里面都累。一个星期都没有好好睡了。

"你需不需要给什么人打个电话？"琊珀问道，"你可以用我的手机。”

“不用，不用，谢谢。”我说道，她看起来一脸失望。她是不是原本以为能从我打的电话号码上面看出我来的地方？

“好了。你看起来已经累得不行了。”扎克说道。

他带我上楼，借给我另一件T恤衫当睡衣用，然后把我领进楼上两间卧室当中的一间。房间很漂亮，色调是绿色加粉色，床单被套上都是鲜艳的花朵。这肯定不是扎克布置的。我把他叫回来。“这是你妈妈的房间吗？我不想太过于打扰，我可以睡沙发的。”

“没关系的。真的没关系。”他犹豫了一下，然后指着床头柜上的电话说，“如果你想给谁打电话，尽管用。不要让别人为你担心。我不会告诉其他人的。”他使了个眼色。“晚安。”

他关上了门。过了一会儿，我听到楼下在低声说话，还有一些窸窸窣窣的声音——他们在沙发上亲吻吗？

然后传来了脚步声，慢慢朝门口走去。珮珀的声音空洞洞地传到楼上来。她在说自己得走了，而且坚持不要扎克送她回去，怕有人看到他，而他应该已经“病倒”了。她答应他回到家里给他发短信。

门开了，然后又关上了。

我犹豫了一下，然后拿起了电话，按下了我记住的那串电话号码。已经很晚了，但是我知道外婆现在待的那个地方一直都不会关门。

接电话的那边报了病房的名字，还有护士的名字。

“你好，我是葵茵·布莱克伍德，西比尔·布莱克伍德的外孙女。您能不能跟我讲讲她现在的情况？”

“你好，葵茵。我记得你，是我接待你外婆住院的。她现在情况不错，比我们预想的要好。不过她一直在问起你。”紧接着，她跟我讲了他们做的检测以及结果，和他们之前诊断的一样，是中风。“她年纪很大，但是身体很壮。她说话、行动还有些受影响，但是很快就能回家了。只不过不知道有没有人能照顾她一阵子。”

我赶紧向她表示感谢，然后道别。她话里隐含着你什么时候能来的问题，我也就不用回答了。

她身体很壮，很快就能恢复过来的。她之所以中风，是因为看到了伊莎贝尔的死讯。我把剪下来的报纸拿给她，上面有一张照片，写着伊莎贝尔·休斯亡故。她看了报纸，一头栽倒在地。我在黑灯瞎火里跑了好几英里的路，跑到宾馆里，请他们帮忙叫救护车。那晚风太大，直升机无法出动，因此达特穆尔搜救队只得派出医护人员，从威仕特山岩那边的山石堆把她运送下来，这样就能以最快的速度把她送出来，而不用从外围绕上好几英里的路程。

在乘坐救护车前往医院的漫长途中，她的眼睛一直很吓人。她想和我说话，却做不到。医护人员觉得她被吓坏了，可能活不过来。他们竭尽所能地安慰她，但是她眼里还有一些别的东西。她是害怕我逃走吗?

她很壮，护士刚才这么说的。她真的需要我吗?如果我回去，她还会让我走吗?

我在扎克妈妈的床上蜷作一团，感觉这里是个不错的地方，也很安全。扎克让人很安心，仿佛他周围的所有事情都给人这种感觉。相反地，珮珀身上有一些让我害怕的东西。是因为她身上那些让我拿不准的东西，还是因为她问的那些问题?好多东西，我宁可埋在心里。

过了一会儿，楼下传来一阵轻轻的嘀嘀声，应该是珮珀发来短信，告诉扎克她已经到家了。

这样看来，她家——伊莎贝尔曾经住过、珮珀现在仍然和她爸爸住的地方——离这里很近。我努力地去想象，那个地方是什么样子，在那里慢慢长大，被父母宠爱着，被朋友和亲戚们包围着，是一种什么感觉。但是，我的想象力还没有那么丰富。

琥珀

完成了。

早上收音机里新闻已经播报了，没有什么事情能阻挡我再到那里去一趟。

我差点就给爸爸留了个纸条，不过如果他起得够早的话，就会知道我去了哪里。如果让我的婶婶们知道这件事情，她们肯定会抓狂的。第一次是爸爸陪我去那里的，但是我看得出来他绝对不想去第二次。他不想站在那里，想象着以前发生过的事情。这回他知道我要去，还是觉得我不应该去，但是不知道现在阻止我去是好还是坏。他阻止不了我。不过，我也已经下定决心，今天是最后一次去。

那个店里的女人知道我是谁。我每天早上，在她眼睛里都能看到一种怜悯，望着我这个失去了妈妈的孩子。但是她什么都没有说，只是把花卖给我。

今天，我买的不是一束花，而是五束。她心里一定感到奇怪，但是并没有张嘴问我。如果你在一个二十四小时店里工作，也许你就不会问那些凌晨来的人为什么要买这个或那个东西。

这回，我从那条远一点儿的路走了过去。在第一束阳光照过来的时候，我停在了养狗场的外面。现在这里特别安静。以前，我从这里经过的时候，会有一群狗朝我打招呼——是那种友好的叫喊声。我会走过所有那些“危险”标志，走到篱笆边。那些狗会来回蹦跳，猛摇尾巴，从笼子里舔我伸过去的手。

现在只有大门上的锁链，以及四下里的一片宁静。狗都被卖了，或者被送回它们主人家里。

那个地方离这里还有一英里，要沿着一条泥泞小道走过树林。我今天准备走路过去。天气很冷，地上的泥巴又硬又冷。

沿着小路往下走，是一片面积不大的空地。警察的封锁条都不见了。四处散落着以前放在这里的花，有活的有死的，有的很新鲜，有的正在枯萎，还有的已经腐败。

我知道妈妈被发现时的确切地点。当时，我坚持要求他们指给我看。我先把红色玫瑰花束解开。以前我都是把花放在地上，这回我把花瓣一片片撕下来，撒在地上——她头的位置，手，脚……

她的心脏。

另外四束花是各种色彩的混合，和有一回扎克送给我的一样。奈斯以为是我们送给它的小狗玩具，在我们阻止它之前，就把花咬成了碎片。

如果我和妈妈在一起的话，就不会发生这一切了。那些从养狗场里跑出来犯下可怕罪行的狗，都是我的朋友。我给它们都起了名字，一叫就应。而且我也应该和妈妈一起来的。奈斯是我的狗，妈妈跟我说了好多次了。出来遛狗的应该是我，而不是妈妈。

昨天，这些狗都被毁灭了。这是他们在收音机里用的那个词。他们怎么毁灭狗呢？注射，还是用更加暴力的方式？

我之前请求过他们，请他们不要这么做。你可能觉得一个失去了妈妈的女孩提出来的请求，别人会比较重视。但实际情况是，跟我说话的那个女警察，直截了当地告诉我，命令已经下了，就这样了，无能为力了。我看得出来，她一定是觉得我的想法不可理解。

每条狗都有一束花。我把花解开，把它们撒在玫瑰花瓣做成的轮廓外围，然后躺在红色的花瓣上。

直到第二天早上，妈妈才被发现。她还活着——奄奄一息。整夜躺在那里，流着血，那是一种什么样的感觉?

他们给我们打电话，然后我们朝医院奔去，但是在我们到达之前，她就已经死了。

我还没来得及说再见。我还没来得及告诉她，把她一个人丢下，我感到很抱歉。

我闭上眼睛，然后在内心说道：

我很抱歉，妈妈。

我很抱歉，鲍勃。

我很抱歉，布。

我很抱歉，福来普杰克。

我很抱歉，霍比。

如果不是因为我，你们现在就都还活着。

地下阴冷的湿气慢慢地渗入我身体里。这就是死亡的感觉吗——一种永远的冰冷、沉静?

妈妈原本可以逃脱的。如果她愿意的话，她是可以阻止这一切的。我知道。

很久以前我就知道，妈妈和我都有一些异于常人之处。有些事情别人做不到，我们却可以。对我们身边的人，我们能知道一些根本不可能知道的事情。妈妈把以前那个自己抛到了一边，但我希望能把那个自己找回来。我需要找回来。就好像歌手没有了音乐，作家没有了笔——我需要为那个隐藏起来的自己找到一个出口，否则就只能凋零死去。

她理解不了我；我也理解不了她。

但是她不愿意帮助我。她四顾言他，就是不肯直接解释，也不愿意回答我的问题。那天我们又吵了一架，这就是为什么我会把她一个人丢下，这就是为什么发生了这桩惨剧。

今天，我第一次在这里没有掉泪，因为已经哭得足够了。

我会另找一种方式，来搞清楚自己是谁。我能做什么？怎么做？如果妈妈帮助我的话，会简单一点，但是现在只能另想别的办法了。

葵茵肯定知道有什么办法。她肯定知道。

首先，要让她对我有足够的信任。

但等我到了扎克那里，才发现事情进展得并不顺利。

“不用，谢谢。”葵茵看着我手里那条芥末色的头巾，仿佛看着一条死蛇。我跟她说，让她把头巾围在头上就可以了。

“我们不能就这样一起走在路上，肯定会引人注意的。”都怪我们长长的红发。

“好吧，如果你感觉很奇怪的话，那你把围巾围上。”

我盯着她。这是我家，我住在这里。我用不着藏起来，但我还是放松自己的表情，然后微笑着说：“好吧。没问题。我们两个谁打扮一下，都没有区别，不是吗？”我把围巾围在脸上。

扎克走进厨房，他刚带着奈斯出去跑了一圈。“跑了几英里，它应该能睡个好觉了。”奈斯仿佛也听懂了，直接就躺倒在自己的睡篮里。

他看了看表。“我得赶紧洗个澡，然后去上班。”他转身看着葵茵，“下午见？”他弯腰准备去亲她，她扭身躲开，脸上一阵红潮。

我笑了起来。“我在这儿呢，白痴。”

他恍然大悟过来。“我刚才以为，那个头巾——噢，别管了。你们两个得戴上个姓名牌什么的。来吧。”他很快地亲吻了我一下，然后又吻了一下，这回很慢。透过睫毛，我看见葵茵盯着我们，眼睛睁得大大的。然后，好像意识到自己这样盯着不太礼貌，她转移了目光。

扎克去洗澡。

“你是不是感觉很怪异？”我问道。

“什么？扎克误以为我是你吗？”

“哈！那也很怪异。不是的，我是说我们在你面前接吻的事。”

“没有啊。怎么了？”

“你好像在盯着看呢。”

“是吗？抱歉。”葵茵尴尬地晃动了一下身体。“扎克在哪里上班？”

换话题？“他在一个朋友的饭店里帮忙。当服务生。”

“这对一个未来的剑桥高材生来说可不是什么好工作。”

我抬起眉毛。“你从别人嘴里套信息的本事可比我强多了。他在那里工作，只是为了给自己一个缓冲，想一想今后该怎么办。来吧，我们走。”

我们往外走去。昨天的雨已经不见痕迹，不过风还是吹得很厉害。我抱着手臂，顺着扎克屋外那条路走了一段，然后走上了到我家那条街的小路。葵茵的眼睛四处望着。也许昨晚扎克带她来的时候，她太害怕了，因此来不及看周围的环境，但是今天她感兴趣的不是我，而是房子和树。这也不错。

我走上我家房子外面的车道，但是葵茵并没有跟上来。我转过身去，发现她站在人行道上，盯着我家的房子。

“怎么了？”我说道，走到她旁边站着。

“这简直……太……”葵茵摇了摇头，“没什么。”

我看着我们家的房子，想看看她究竟在看什么，但是什么也没看出来。这是在普通的温切斯特一条普通街上的一幢普通房子。三层楼，车库，还有不太协调的扩建部分，像大杂烩一样，妈妈经常这么说。

“来吧。”我说道。到前门的时候，我把门锁面板打开，输入了密码。

“这样就不用钥匙了吗？”

“对的。”

我们走进门厅的时候，葵茵的眼睛瞪得大大的。她盯着闪着微光的木地板，以及宽敞的前厅楼梯上锃亮的扶手。她小心翼翼地把手放上去，抚摸着。

“你肯定得花上好几个小时来擦这个吧。”

“我？我不干啊，我们请了清洁工。”我走上楼梯，但是她眼睛里的那种东西让我停了下来。“你想不想四处转转？”

葵茵点点头，于是我带着她看了整个楼下的空间——巨大、正式的起居室，我们从来没有用过，用得比较多的休息室、餐厅和厨房。我们走进客厅，墙上挂满了照片，她走到其中一幅家庭合影前站定。我和她一起仔细看着照片。爸爸笑得很开心。我在他和妈妈中间。妈妈笑得有些不自然，眼神很空洞，仿佛在看着另外一个地方。

那时我开始怀疑她对我们瞒了很多事情。那个时候，我还不知道她究竟有多少秘密没有告诉我。

“那是我十三岁生日的时候照的。”我说道。

“我们的十三岁生日。”葵茵说道。

“是的，当然。你的生日怎么过的？”

她犹豫了一下。“没什么我愿意留影的事情。”她说道。

“你从来都不直接回答问题吗？”

葵茵耸了耸肩膀。“那要看你问什么了。”她说道。然后，好像才意识到她又没有直接回答我的问题一样，她耸了耸肩，眼睛转了一转。

“也就是说，从来不。”我们同时说道，然后一起笑了。

葵茵又望向那张照片。

“这张照片有问题，其他所有照片都有问题。”我说道。

“哦？”

“没有你。你也应该出现在照片里面，你应该和我们在一起的，但是为什么你没有呢？”

“也许只有伊莎贝尔才知道答案。”葵茵说道，声音很小。

“葵茵，你没有出现在我以前的生活中，我感到很遗憾，但是我希望从今以后你能够和我们在一起。”我努力让自己的声音听起来很绝望，“我真的很需要你。”

她的眼睛湿润了，我的也是。她努力眨着眼睛。

我抓起她的手。“来吧。让我们去洗劫我的衣柜。你喜欢什么，就拿什么。”

葵茵

珮珀那件柔软的、天蓝色的毛衣，一下子就吸引了我的目光。我站在扎克妈妈卧室的镜子前看着自己，轻轻地抚摸着它。我不敢相信自己居然穿着这么漂亮的衣服，也不敢相信珮珀居然把它借给了我。她似乎对我拿什么并不在乎。那些鞋子也很可爱，而且也能穿。我觉得这应该是有道理的：长得一模一样的双胞胎，脚自然也是一模一样的。

她真的有那么多好东西，多几样少几样对她来说都没有任何区别吗？我对她家以及她所有的东西的那种反应，珮珀看起来似乎很迷惑。她拥有这么多，但是一点儿都不欣赏。

这件衣服是蓝色的，但其实是绿色的：代表嫉妒的绿色。她的生活本来也应该是我的生活。我不应该因为珮珀公主的几个善意举动就感恩戴德。我本来应该和她一样，有自己的房间，自己的电视、电脑、音响系统，自己的洗漱间，以及里面放满了漂亮衣服的步入式衣帽间。

珮珀房子里有那么多我还想再看看、再摸摸的东西——更不用说伊莎贝尔的房间了。珮珀在带我看房子的时候，把伊莎贝尔的房间一掠而过。里面满是柜子、书架和其他有趣的东西，有一张书桌，还有一个既像沙发又像床的家具，珮珀告诉我，她小的时候伊莎贝尔就在这里读书上的故事给她听。

我内心里充满了想了解父母、了解这种我从来不曾拥有的生活的渴望。那里也应该是我的房子。我有权利住在里面。我有权利拥有里面所有的东西。

我现在就应该去。

我内心深处有一种不安的感觉。它应该是我的，但是这并不意味着它就是我的。如果有人回来了呢？但是珮珀和扎克二十分钟前开车送她的婶婶们回家去了。她说，他们之所以这么做，是因为她爸爸——我们的爸爸——和他哥哥出门去了。

在我还没有想清楚之前，我的脚已经把我带上了去她家的路。我们的家。

我在门前犹豫着。珮珀输入的密码还清晰地印在我脑海里面，但是如果我记错了怎么办？会不会有警报，警察会不会来？那里看起来完全像是如果出了问题，警察就会立刻赶来的地方。

我的心里很紧张，我照着珮珀的方式把门锁面板打开，输入数字：8416。

什么都没有发生，我有点慌了。珮珀输入密码的时候，也花了这么长时间吗？我正准备转身逃跑，绿灯亮了。我听到了咔嗒一声响。

我推开门，走了进去。

房子里面很安静，没有任何动静。我的手再次摸到栏杆上，抚摸着它。现在珮珀没有在一旁盯着，我想走进每一个房间，仔细地看每一样漂亮的东西，亲手抚摸它们。我不由自主地走进她称之为起居室的房间。那里有一个巨大的长毛绒沙发，我从一开始就一直想试试。我爬上沙发，蜷起双腿。感觉真的很好，很舒服，面前还有一个壁炉。我特别希望点一炉火，但是他们回到家的时候看到炉火会怎么想呢?

继续看，葵茵。

我走到楼上，走进她——我们——爸爸的书房里。一张巨大的书桌，还有书架、档案柜，都由黑色的木头做成。我知道外婆并不怎么喜欢我们的爸爸。除了在伊莎贝尔葬礼上远远看了他一眼，还有扎克说“他人还不错”的评语之外，他对我来说完全是陌生人。

伊莎贝尔的书房在走廊那头，很明亮，窗户很大，靠窗还有座位。窗户边是书架，摆满了书。一些书架上摆着儿童书、各种绘本。此外还有旅游手册、小说、非小说。我的手指发痒，真想一本本地拿起来，坐在那里读，全部读完。外婆家里没有多少书，仅有的一些书她也都禁止我读。后来我到宾馆打工，那里有借给客人阅读的书。在那之前，我能读的书都非常有限，但是我瞄了一眼珮珀借给我的手表:我只有不到一个小时了。接下来我该怎么办?

房间里面还有一扇门——珮珀没有打开的门。我走进去，打开了灯。

这是个化妆间，也是个衣帽间。一面墙全都是衣橱，里面摆满了各种漂亮的东西。对面墙的正中央是一面全身镜，两边都是放鞋和帽子的孔槽——大部分都是看起来很愚蠢的帽子，看起来就好像立在你脑袋上的装饰品。戴着这样一个帽子，能去哪里呢?我试了一个，又试了另外一个，在镜子面前像个舞蹈演员一样转着，笑着。伊莎贝尔现在已经走了，他们准备怎么处理这些东西?

门对面的墙上，是一张漂亮的化妆桌和一把雕着花纹的椅子，桌子上有一个三面镜。我坐下来。有一个开关，按一下，镜子上方的灯亮了。镜子一侧是各种梳子，还有一个装满各种化妆品的盒子，另一侧则是一个木头的珠宝盒，里面有很多小抽屉。我控制不住自己的好奇心，一个接一个把这些抽屉拉开。

这些东西肯定很值钱，连我都能看出来。有耳环和项链，金的，银的，很多都镶着宝石。它们太漂亮了，看起来都不像是真的——蓝宝石、红宝石、钻石。还有一个很沉的金手链，连接处镶着大大的钻石，还有一个和它配套的手表。

如果丢了几样东西，别人注意得到吗？这些东西可以解决很多问题。我可以把它们卖掉，离开这里，到另外一个地方去。外婆没问题。她很壮，他们说了的。我就可以摆脱琬珀——还有她的那些问题。

但是扎克怎么办？不知为什么，离开他让我有些难受。在这么短的时间里，我就已经开始信任他了。

你疯了，葵茵。他是属于琬珀的。他们的亲吻说明了一切，不是吗？如果不是爱情的话，你不可能这么去吻一个人的。

至少我见过的都是这样。

不行。把扎克也忘了吧。

伊莎贝尔是我妈妈。所有这些，我也有权利拥有。但是最好只拿上一两样，等我走的时候，希望他们不要注意到才好。好吧，哪些最值钱呢？我按照黄金重量、宝石大小估摸了一番。宝石最贵，是不是？

我打开另外一个抽屉，看到里面的东西，呼吸为之一滞。每次来的时候，伊莎贝尔都会戴着这个手链。我把手链拿出来，放在手里。和其他东西不一样，它很温暖，好像能记得住她的脉搏。和其他很沉的黄金、白银不一样，和那些闪亮耀眼的东西也不一样。它看起来很古老，真的很古老，仿佛古董一般。

我小时候就很喜欢这个手链。有一回我伸出手去摸，她一巴掌就把我的手打开，然后跳了起来，好像是被什么东西蜇了一样。我现在更加仔细地研究了一番。这个手链是由金属的小环制成的，材质看起来像是抛光的黄铜，这些小环以复杂的样式一个个套在一起，还镶嵌着一些珠子。底下挂着一个石头做的吊坠，好像是一个护身符。这个护身符特别沉，表面像玻璃一样光滑，但是当我用手去摸的时候，却感觉凹凸不平。我闭上眼睛去摸，感觉上面雕刻着的肯定是某一种符号。

我把吊坠拿在手里，感觉只有这个手链能让我想起伊莎贝尔，其他东西都抵不上。它们不过是装饰品而已。不知为什么，我感觉这个东西是有实体的。它对她来说是很重要的。

现在这种感觉更加明显了。

我想把它摔到房间另一头去，把它砸成一百万个碎片……同时又想紧紧地攥住它。我把它抱在怀里。

一滴泪水，两滴泪水——是愤怒还是悲伤，我不知道。我现在只敢让自己流两滴泪水。再多的话，我就会根本控制不住，就会变成磅礴的泪雨。

我坐了下来，努力让自己不要屈服于心里黑暗的力量，专心致志于呼吸——深深的、平稳的呼吸，吸进，呼出——好像有什么动静，打破了宁静。我屏住呼吸，侧耳聆听。

一声轻响，又一声。脚步声？慢慢靠近了。门转动的声音。是进入这个房间的门吗？我应该把灯熄了的。现在，一切都太晚了——外面的人透过门下的缝隙能不能看到里面有光？

我应该躲起来，躲到衣服后头去，但是我根本不敢动。

咔嗒。

我身后的门？

我转身跳了起来，心怦怦直跳。珮珀的爸爸站在门口。我感觉到无比恐惧。

“别站在那里一副吓坏了的样子，好像你在干坏事被我抓到一样，傻姑娘。如果你想要的话，这些都是你的。”

“我……”我本想为自己的不告而入表示歉意的。难道他把我当成了珮珀？看来是的。我想方设法把我脸上的恐慌隐藏起来。“抱歉。

你把我吓着了，没有别的。”

他走了过来。他个子很高，和扎克一样高，身上有一股薄荷香水、须后水和酒馆的味道。

“珮珀，你看起来有些不对劲。有什么我可以做的吗？”我摇摇头，心里很害怕，他会不会看出来了其实我不是珮珀？是因为我说话的方式吗？尽量别说话。他的手轻柔地把我脸颊上的泪珠抹去，我自己都忘了擦。“你手里拿了什么？”他看着我紧紧握在胸口的手，我手里还抓着伊莎贝尔的手链。

我伸出手去，手链在指间悬坠下来。

他拿了过去，放在手里。“她最喜欢戴这个了，是不是？我圣诞节送她钻石手表和手镯的时候，费了老大劲儿都取不下来。你还记得吗？”

他在等我回答，我很慌张。我不能撒谎。但既然他问起了，他肯定是感觉我能记得起来。我摇了摇头，表示记不起来。

“我估计你也记不起来。那时候你还小。不管怎么样，她最后把这个手链戴到手臂上部，然后把钻石手镯戴在手腕上，手表戴在另一只手上。她隔一段时间就会把这些都戴上，好让我高兴，但每回都似乎很难受的样子。我学了个乖，以后再没有给她买过手镯。这个手链她最喜欢，好像害怕把它取下来。她跟我说过，让我答应她，如果她发生了任何事情，要把这个手链给你。”

“给……我？你确定吗？”

“当然确定，她希望自己的女儿能拥有这个手链。”他犹豫了一下，“你想不想戴？如果不想戴，也没有关系的。”

我停顿了一会儿，心里有点儿害怕，如果我戴着伊莎贝尔最喜欢的手链，会不会发生什么事情，她会不会很恼火，然后专门来看望我一下，把这个手链从我手上取下来。但是，我内心深处渴望能把这个手链戴到手腕上，这么强烈的渴望以前从来没有过。我点了点头。

“来。我给你戴上。”

我把右手伸出去，他把手链扣紧。手链紧贴着我的皮肤，感觉好温暖，没有我想象中的那么沉。

“谢谢。”我一边说，一边带着好奇伸手去抚摸手链。有一点儿大，但是不会掉。伊莎贝尔的手链。我不应该拿走，她的本意是给珮珀的。但是他怎么说的来着？她希望自己的女儿能拥有这个手链。

我就是她的女儿。虽然刚才我还搞不清楚自己是想砸碎它，还是抓紧它，现在我感觉戴上它正合适。戴上之后，我感觉更加平静了，更加能找到自我了。而且，之前珮珀说过什么来着？想要什么，就拿什么。

我握着手链上的吊坠。嗯，感觉很好：我就要这个。

“走，下楼去喝杯茶去？”

他把门打开。我没得选择，只能照做，伊莎贝尔其他的珠宝都留在了原地。

幸运的是，茶刚泡好，电话就响了。珮珀的爸爸——也就是我的爸爸，但我始终没法这么去看待他——一边接电话谈法律事务，一边朝我做着抱歉的表情。挨了快一个小时，我终于得以脱身，这期间我一直害怕珮珀会突然走进门来。

等我离开房子一段距离，我停下来仔细研究手链。我们一起在房子里的时候，珮珀曾经说过我可以拿走任何想要的东西，但是我敢肯定这个手链不包含在内。我应该把它取下来，藏在兜里，但是不知道为什么我就是不想这么做。我可以学伊莎贝尔的做法，不是吗？

我把手链推到我手臂上部，藏在蓝色毛衣里面。我不用解开锁扣，就能轻易地把手链推到手肘上方去。我尽量往上推，以免它滑下来，或者发出叮当的响声。毛衣底下凸起来一块，但是毛衣料子很厚，别人从外面看得并不清楚。

希望如此。

珮　珀

我们赶回扎克房子的时候，葵茵并不在家。

一阵冰冷的恐慌席卷我全身。她应该不会离我而去吧？我跑到楼上她的房间，发现她的东西都在，这让我轻松了一些。她不可能把自己的东西都丢下。我走下楼去的时候，又有了新的担忧。

“她去哪里了呢？”

“别慌，”扎克说道，“她可能是有点闷了，然后出去走一圈。今晚天气不错，而且我们回来得比预想的要晚很多。”

“但如果有人看到她，然后误以为她是我呢？”

“那又会怎么样呢？”

“嗯，如果他们跟她说话，她说了些幼稚的东西，然后他们认为我疯了呢？也许更糟糕，如果她回答说‘我不是珮珀，我是她隐藏很久的双胞胎姐妹’呢？”

扎克笑了。“你不会真的以为她会这么做吧，是不是？退一万步讲，即便她这么做了，也不会有人相信她的。他们会回家去，然后认为你疯了。”

我没有搭腔。我也觉得她不会故意暴露自己的身份，她很谨慎，藏得很好，但是我不喜欢这种拿不准的感觉——这么重要的事情，却不在自己的控制范围之内。

我叹了一口气，倒在沙发上。扎克坐在我身边，我靠过去依偎着他。“她可能正在做各种各样的事情。”

“比如？”

“我们对她了解多少？除了大家都能看到的，她和我是双胞胎之外，我们对她一无所知，住在哪里，和谁住在一起。”

“她外婆。她是外婆带大的。”

“噢。原来连你都比我更加了解我自己的姐妹。那你是不是恰巧也知道她住在哪里呢？”

“不知道。”

“那你能不能帮我打探一下呢？”

“不能。我可不想掺和到你们两个中间。如果你想知道什么，直接问她，好好问。如果你能照顾到她的感受，她也许会回答的。不管怎么说，一个红头发对我来说已经够难对付的了。”

我狠狠地掐了一下他的手臂。

“哎哟，”他揉着手臂，“说啥就来啥。”然后在我伸手之前跳到一边，朝前窗外望去。“你猜猜谁从那边走过来了？”

外面的院门响了一声。房门打开了。葵茵穿过门厅走了进来。“嘿。”她说道。

我站起来，直直地盯着她。“你去哪里了？”

“外面。”她扬起了眉毛，一副不关你事的样子，但这事和我关系大了。

“来杯茶吗？”扎克笑着说道。他站起身来，挤到我俩中间。

葵茵犹豫了一下。“哦……好吧。”

扎克把我们两个拉到厨房里，让我们坐在桌子两头。在他倒茶的时候，我盯着葵茵。她很不自然地坐着，不大敢看我的眼睛。为什么？我可不希望我们之间是这样一种状况。

我叹了一口气，挤出一丝笑容。“如果我的话听起来有些突兀，我表示抱歉。我真的很担心你。”

扎克在桌上摆了些饼干，向我投来赞赏的目光。

“你看到啦，我很好啊。”葵茵说道。

“那么，你刚才到哪里去了？”我说道，仍然保持微笑。

她盯着我，下巴附近的肌肉抽搐了一下，但是并没有任何笑容。“我想不出来为什么要向你汇报我每天每分钟做的事情。”

“我可以告诉你一个理由，”我说道，竭力压制着心底升起的怒火，不让这怒火显露在脸上，“我认为既然你待在这里，我们就应该有一些住宿的规矩。这里面就包括你可以去哪些地方，什么时候可以去。”我尽可能以理智的口吻说话，但是我的说服力在这里似乎不管用。

“你是在说真的吗？”

“好了，珮珀，”扎克说道，“你不是她的监护人。不要这样不讲道理。”我怒视着扎克，但是他没有退缩。“这是我的房子，而且这里没有什么规矩。只有一条，就是把马桶盖放下来，这是你提出来的，而我也接受。我记得只有这一条。”他咧嘴笑了，但是紧张的情绪仿佛一个活物一样赖在房间里，弥漫着，我开始有些慌了。如果葵茵急了，不住了，怎么办？

我低下了头。“对不起，我压力太大，有点儿不通情理了。请你原谅我，好吗？”我抬起头来，眼里满是恳求。

她有点儿不知所措了——是不是被我态度的变化搞蒙了？不过，每次我说“请原谅我”的时候，人们都会原谅我的——爸爸，扎克，每个人。不管我做了什么。但是对葵茵，我突然有点拿不准了。

我对妈妈也拿不准。

她摇了摇头。“珮珀，冷静下来，一切都会没事的。”

一切都会没事的。一种大而化之的说法，就和祝你今天愉快一样。但不知道为什么，从她嘴里说出来，我就相信了。我摇摇头，有些困惑。通常都是我影响别人，这回却变了，仿佛她是我，而我是她。

“我们再来一杯茶？”扎克说道。

我很晚才回家，这回扎克陪我一起走回去。他牵着我的手。在离我们房子不远的一个拐角，他把我拉到了暗处——这是我们告别的地方，在一片树底下，远离街灯。他搂着我，但是并没有亲吻我。他抚摸着我的头发。

“一切都好吧，珮珀？”

“嗯？”

“你看起来有点儿心不在焉。我知道，你妈妈出事，还有发生的一切，你不可能全都应付得过来，不过我并不是这个意思。我知道双胞胎的事情来得太突然，但我说的是你处理这件事情的方法。你得试着去了解葵茵这个人，她并不是你的一种附属物。”

我直起了身子。“嗯，等下次有一个和你长得一模一样的双胞胎突然出现的时候，也许你就能知道是什么感觉了。”

“和我说说吧。我洗耳恭听。”

但有些事情我不能告诉扎克，有些事情他最好不要知道。我踮起脚，把他的头拉低，长时间地亲吻他，直到他完全忘记这个问题。

葵 茵

我小心翼翼地把手链从胳膊上方褪下来，戴到手腕上。放在上面太紧了，在我的皮肤上留下了一圈印痕，很痛。我轻轻地揉着印痕。

珮珀看得出来我隐瞒了一些事情。我敢肯定。但是她并没有紧追不舍，让我无处躲藏，而是退缩了回去。我有一种感觉，这并不是她通常的风格。她这样的女孩，往往能随心所欲。连扎克都有些吃惊。看起来，她像是在害怕什么，但具体是什么呢？她拥有一切啊。我却一无所有。

除了这条手链。我抚摸着手链，转动上面的珠子，细细地查看着悬吊着的那块石头。很奇怪，之前我用手指能摸到但看不到的那些纹路，现在能看得到了。也许是这里的灯光亮一些。纹路依稀可辨，是一些缠绕在一起的符号。我不知道它们的含义，但是仿佛让我心有所悟。我努力在记忆里寻找着，想找到究竟是什么东西。

我突然想了起来，紧接着全身满是鸡皮疙瘩。外婆有一本书，封面上就是这样的符号。我很肯定。书放在楼下她房间里一个书架的顶层，她经常拿下来看。但有一回，一个顾客走后她忘了锁门，我偷溜了进去。

我还记得很清楚，我站在那里，如饥似渴地看着眼前的一切。

桌上摊开的奇怪卡片，墙上的各种标记，房间里到处摆放着的、从天花板上垂下来的好看的水晶。还有好多书，包括那本看起来非常古老的书。我不由自主地从书架上把那本书拿下来，轻轻抚摸着有些褪色的红色封面——那上面印刻着的就是现在这块石头吊坠上刻着的符号。

她发现我站在房间里，手里拿着那本书。她的脸立刻变得惨白。她一把将书夺过，揪着我的耳朵，把我拉出房间。我受到了严厉惩罚：关在黑暗的房间里，两天没有吃的，只有一点点水。

从那以后，她再没有忘记过把书房锁起来。但我从未忘记过，每一点都记得很清楚——那个看起来无比神奇的地方。

去外婆的房间是疯狂的，留下这个手链也是疯狂的，但有的时候疯狂的事情就是得去做，管他什么后果。

但是我们的爸爸——我在心里尝试着这样称呼他——肯定会在珮珀面前提起这件事情，会问她为什么不戴着手链。我应该和盘托出，应该把手链给珮珀。如果不这么做，我就得离开这里。

但不知为什么，我不想再走了——至少现在不想走。我叹了一口气。我从珮珀那里抢走了手链，这是不是因为我内心的黑暗力量？这是不是外婆一直警告我要小心的？

但是，我并不这样想。这条手链理应在我手腕上戴着。我们的爸爸把手链给了我，给了伊莎贝尔的女儿。我就是伊莎贝尔的女儿。

虽然这些理由很牵强，很不可理喻——但我就这样想了。

昨天深夜，我从梦中惊醒。梦的痕迹还在——奔跑、寻找，带着一种对某样东西的深切渴望，但我又不知道那究竟是什么。我莫名其妙地知道那东西很重要，但是当我伸手去触摸时，却又抓了个空。

床太舒服，毯子太软，让我辨不清方向，有些迷糊。然后我突然想了起来：珮珀，还有扎克。我在扎克家里呢。

有声音。又来了。就是这个声音把我吵醒的吗？在我房门外头——好像有什么东西在抓。肯定是那条小狗，奈斯。要不能是什么呢？

我的心跳得飞快。我把床单拉起来罩在头上。刺啦，刺啦。门口的声音又来了。我睡不着了，必须得去门口看看外面到底是什么东西。

我努力地从床上起身，走过房间，来到门口。又传来了微弱的哀鸣声。它肯定是听到我走过来了，肯定就是奈斯。

我是不是应该不管它，回去继续睡觉？但是我立刻想起，之前我不靠近它时，它那悲伤的眼神。

我知道自己居然害怕一只小狗，在扎克和珮珀眼里是多么可笑。我也知道这说不通，我怎么会有这么怪异的反应。我们从来没有养过狗，我们周围也没有狗，只是为数不多的几次碰到过狗，我都能跑多远跑多远。因此，这种恐惧来自哪里呢？

巫猎中的猎犬：我内心低语着。它们在荒原上追猎异教徒和那些品行不端的人们，杀死他们，把他们拖入地狱。听到它们的声音，就意味着灾难与死亡；亲眼见到它们，会更加悲惨。

我摇了摇头。这些不过是传说、故事和噩梦，完全是无稽之谈。

这是我安慰自己的说辞，但内心深处那种不安和未知告诉我，这些并不是无稽之谈——对外婆来说不是，对我来说也不是。但不管怎么说，我能肯定的是，奈斯身上并没有什么超自然或令人恐惧之处。

而对我来说，这是一个交朋友的好机会——而且没有人在旁边盯着。

它又哀鸣了一声。

它还是很可爱的，不是吗？扎克怎么说的来着——它最多只是舔一舔你的脸。它并不是成年狗，只是一只小狗而已——就好像一个小孩——它搞不清楚我为什么不喜欢它。我叹了一口气。我能和它交朋友的。

我能做到的。我深吸一口气，然后打开了门。

奈斯已经趴在了地板上，头埋在爪子里。它的尾巴使劲敲着地板，头也抬了起来。但是它仿佛知道不能吓着我，因此没有蹦起来。

我慢慢地蹲下身子，没有靠得太近。我的心疯了一样地猛跳，我努力地吸气，呼气，吸气，呼气。

它抬头用温柔的眼神看着我，尾巴仍然在起劲地摇动。

它是一个可爱的小家伙，并不是可怕的大型护卫犬，不像那些杀死伊莎贝尔的狗。

不过，事情发生的时候，奈斯也在现场——伊莎贝尔被攻击的时候，它是怎么逃走的？这么小的一条狗，腿这么短，怎么可能跑得过那些大型的、可恨的护卫犬？除非它们并没有想追猎它，目标只是伊莎贝尔而已。我全身一下子起了一层鸡皮疙瘩。

我伸出一只手去。我颤抖着在奈斯头上轻轻地拍着。它的毛很柔软，比偶尔光顾外婆家的那只混血猫的毛更加柔软。它突然朝我扑过来，我差点叫出声来，费了好大劲才忍住。它舔着我的脸——热切的、温暖的、湿润的舌头和冰冷的鼻子还有柔软的绒毛都挤到了我的脸颊上，然后它倚到了我的身上。我揽着它，一种下意识的、很自然的反应。

好吧。我感觉好像没有那么糟糕。

门廊那头的门吱呀一声打开了。扎克穿着短裤和 T 恤衫站在门口，睡眼惺忪，黑色的头发乱蓬蓬的，一幅漂亮却又不真实的画面，仿佛是梦中才出现的画面。

他睡意浓浓地笑了。“我好像听到了什么动静，但是看来一切都好。晚安，葵茵。”

珮　珀

我跑啊跑啊。我独自一人，但不应该如此。应该还有其他人来与我会合。

但是我必须找到某样东西，一样很重要的东西。我不知道具体是什么。我渴望知道，但是不知道自己在寻找什么。

我在黑夜里奔跑着，不知疲倦，无法停歇。一直奔跑——跑向某样东西，逃离另一样东西。

一样我不知道的东西……

我头晕目眩地醒来，衣服湿透了，又害怕，又愤怒。虽然睡了好几个小时，但是我感觉很糟糕，仿佛真的跑了一晚上似的。

到楼下，爸爸看了我一眼，没有叫我去上学。

我努力地摆脱噩梦的影响，耐心等着，直到爸爸出了门。

我内心有一种绝望的渴求，一如梦中的感觉。我生命当中有什么东西丢失了。不找到它，我就什么都做不了，但是我又不知道是什么。

妈妈一直不肯帮我。我本希望葵茵能帮我，但是我一开口提问，她就变得焦躁不安。看来她不会轻易地把自己的秘密告诉我，我得想想别的办法。

我们的房子里肯定有某样东西，某种线索。如果我能找出妈妈从哪里来的线索，是不是就会让我得到答案？

妈妈在世的时候，我曾经尝试过在房子里寻找，但是她一直很警惕地盯着我。不过，现在她不在世了。

最有可能的地方应该是她的书房和化妆间。她经常独自待在里面。

我站在门口，回忆一下子涌来。就在那里的躺椅上，妈妈经常读书给我听。

她喜欢读书，也喜欢读给我听。我们两个就这样拥坐在一起。我小的时候，我们两个的关系完全不同——直到我知道她隐藏了好多秘密。

我从书架开始找起，每本书里面都看，翻动书页，在那些沾满灰尘的封套下面找，每个书架、每个抽屉地找。

在一个抽屉里面，我找到了她的智能手机。我打开手机，翻看她的日历，一个月一个月地往回翻，但是没有什么反常之处。不过，她总不可能在日历上写上一条周二下午三点去看望秘密女儿的吧？我把手机关掉，放回抽屉，然后继续寻找。我连躺椅底下都找了一遍，把每个靠垫的拉链都拉开，但是一无所获。

然后我到了旁边的化妆间，把每个架子、每个盒子、每只鞋子、每个口袋都翻了一遍。我不知道自己在找什么，但是肯定有什么线索能够告诉我妈妈来自哪里。

下面是她的梳妆台了。我把抽屉底下、里面都摸了一遍，连她的化妆盒里面都打开来看。然后是她的珠宝盒。我把每个小抽屉拉开，仔细查看。什么都没有。但是有一个小抽屉是空着的——很奇怪。我皱着眉头，努力想象里面缺了什么，然后就把它抛到了脑后。集中注意力，珮珀。

妈妈和爸爸的卧室应该可能性不大，但是我还是走了进去，主要看她的东西。所有一切都在原位，和她走之前一样。两个婶婶曾经向爸爸提议，她们可以帮助爸爸把所有东西都过一遍，看什么东西值得留下，什么东西捐出去。我拒绝了她们，好让自己有机会先看一遍。

我再一次无功而返。我坐在床边，开始思索。还有什么？

等等，结婚证！如果找到他们的结婚证，上面不就有新郎新娘的家乡吗？上历史课做练习的时候，有人曾经把自己爷爷奶奶的结婚证带到课堂上来。我记得，当时我还嘲笑结婚证上面她奶奶的“婚姻状况”被填成了“未婚”。我敢肯定，上面一定有新郎新娘的地址。

那么，结婚证会放在哪里呢？在爸爸的书房里。他是一个正儿八经的律师啊——最擅长分类存储资料。他的档案柜都是按照字母排序的，所有东西都在里面。

我冲到他书房的木头柜子前。打开字母 J 开头的抽屉，然后在里面翻看——没有结婚证。不在里面。那会是放在哪里呢？字母 Z 下面的证件，还是字母 H 下面？

但我搜了一遍，全都没有。他们在哪里结婚的——也许结婚证会存在他们结婚的那个教堂名称下面？我皱着眉头，想不起来。这个事情我应该知道吗？那应该是我父母的事情吧——为了纪念他们的婚礼。

爸爸有一回告诉过我他们是怎么相遇的。我集中注意力，努力想回忆起他当时所说的话。好像是在一次休假中发生的，但是我记不起在哪里了。他刚开始说，妈妈就瞥了他一眼，然后他就闭上了嘴巴。我后来又问过他，当然是她不在场的时候，但是他立刻转换了话题：她肯定已经提前警告过他了。

信用卡账单呢？我找到了她的信用卡文件，翻看她去年以来的账单。除了温切斯特的加油费、餐费以外，没有其他的花费。但是在账单上肯定看不到的，对不对？爸爸也可能会看到账单，也会想知道她去了哪些地方。她肯定不会在这个问题上犯糊涂。

我坐到爸爸巨大的办公椅里面，感觉很失败。这些柜子太大了。我倒是可以从头翻到尾，但是得花上好几周的时间。而且，爸爸马上就要回家了。我得赶紧从这里撤走。

我开始在桌子上的文件盒里瞎翻——大部分都是账单。电话账单，信用卡账单，葬礼账单。妈妈的死亡证明。还有——

等等，这上面有什么？我把她的死亡证明从盒子里抽出来，揉了揉眼睛，然后仔细查看。

我感到一阵兴奋。我之前按照结婚证来找，真是浪费时间，因为在结婚证上他们的名字已经被改为休斯先生和夫人。

她死亡证明上的名字不是伊莎贝尔·休斯，而是伊莎贝尔·布莱克伍德。

葵茵

嘀——嘀。

扎克把脑袋伸进冰箱，看晚上可以吃什么。他从冰箱里探出头来，从餐台上拿起手机，看了一眼屏幕。

“啊哈。珮珀说她得和她爸爸一起待一会儿，她在给他准备晚饭。可怜的人。她叫我‘盯着你一点儿’。”他笑了笑，“我们现在做什么呢？”

“不知道，但是我还没怎么逛过温切斯特。我们能出这个房子吗？”我挑衅地扬起了眉毛。

他盯着手机看了一会儿，然后学着珮珀的样子说道：“任何情况下，你们都不允许离开这个房子。”他抬起头来，咧嘴笑了。“开玩笑的！他们待在家里，所以我们在外面肯定碰不上。走，我们出去。我们可以到我上班的地方吃个晚饭，然后我再开始上晚班。”他犹豫了一下。“或者你想不想戴个大帽子和黑墨镜，人们就会把你当作珮珀。如果有人靠得太近，我来对付。你觉得怎么样？”

“当然，有何不可？”我假扮成珮珀的时候，连她爸爸都骗过去了，她爸爸可是最了解她的。我正想在温切斯特的其他人那里一试身手。

我起身去打扮，找了一件珮珀的长袖衬衫，把手链从手臂上晃动到手腕上。放在上面实在不舒服，但是为了提防珮珀随时走进来，所以还是不敢戴到手腕上。如果扎克看见，不知道他认不认得出来，他以前和伊莎贝尔见面多不多也不得而知。但是对他，我倒是愿意冒一冒险。

我下楼时，扎克正在厨房里等着。“我们真应该把奈斯带上。如果我不是做梦的话，我感觉你们昨晚已经成了朋友了，也就是说，带上它对你来说肯定是没有问题的了？”

“没问题。”

他朝花园里面吹了一下口哨，把它召唤过来，在它项圈上系了一根绳子。

我在门廊里停了下来。虽然珮珀的鞋子真的很漂亮，但是我受够了。它太挤脚了。我穿上了自己的靴子，然后我们走了出去。

扎克步子很大，但是我习惯了走路，也习惯了走快路，所以跟得上。从外婆家出去，到哪里都有好几英里的路，而且都是高低不平的小路、山路和石子路。

这里全都是平坦的、铺好的路，人行道，还有漂亮的房子和花园。这些房子里住了多少人啊！这里完全是另外一个世界，我四处看着。

我停下来，从靴子里掏出一个小石子，奈斯回头跑到我身边。我惊得跳了起来，完全是一种恐惧的自然反应，但是我努力把这种情绪压制下去。它用鼻子拱我的腿，让我往前走。扎克笑了。

“边境犬是喜爱工作的狗，它们的主要责任是牧羊。没有羊，就只好牧人了。”

“我在你那里或者珮珀那里，确实没见到羊。”

“确实没有。我曾经警告过她，奈斯是需要很多运动的，但是珮珀第一眼看到奈斯，就喜欢上它了——算是一见钟情吧。”

“你和珮珀之间也是这样吧？”

“差不多。听起来很老套吧，但是我们第一次见面的时候，她就那样看着我——然后说我们以前就认识。但是，我敢肯定，我们以前从来没有见过。不过事情就是这样，就好像我心里面突然认出她来了，就好像我和她突然就很合拍。”

“是的，真老套。”我大声说道，但是内心里我感到很神奇。真的会有这样的事情吗？她就是跟他说了两句话，然后他就突然醒悟了？我们两个长得一模一样。如果他先遇到了我，也会发生这样的事情吗？

我摇了摇头。这个问题永远不可能有答案了。

珮珀

终于听到爸爸的车开进来了，时间已经很晚——比他说的要晚得多。

前门打开了。过了一会儿，传来了脚步声，爸爸正走到灯火通明的餐厅里来。他站在门口，看到桌子上一切都准备妥当，我坐在桌前，双手捧着头。

“噢，珮珀。你做的晚饭吗？”

我点点头，又低下头。“我只是想试一试，你知道的，我们自己来找一下家的感觉，但是……”我耸了耸肩，说不下去了。

他把公文包放下，走了过来，把我从椅子上拉了起来，拥抱着我，然后亲了一下我的脸颊。“真抱歉我这么晚才回来，珮宝。第一天回去上班，各种事情，乱糟糟的。”

“没关系。”

“不，有关系。”然后，他开始跟我说以后一定会按时下班，说我很重要，都是他以前跟妈妈说过一百万次的那些话。然后，他仿佛意识到了，停了下来，然后一脸苦笑。“好吧，我会尽力而为的。”

我也微笑着看着他，“行。我去看看晚饭还能不能吃。”

他跟着我进了厨房。我把煎锅上的盖子揭开。我虽然开着小火，但是时间还是太长了。我朝着锅里已经干瘪的残留物做了一个鬼脸。

爸爸从我后面看了一眼，“还能吃。看起来很好吃的样子！”他咧嘴笑了。

“别安慰我了。不行了，吃不了了。这个样子，连奈斯都不会吃的。”

“想不想出去吃？”他问我，我摇了摇头，“那就叫个比萨？”

我开心地朝他笑了。“好的，比萨！就叫比萨吧。你去换个衣服，我来叫。”我犹豫了一下，“就要我们通常点的？”

他停了下来。这么多年来，我们家已经在比萨馅这个问题上达成了一致。“你知道的，我觉得在比萨上面放洋葱根本没法吃。感觉很怪异。”

“我也有同感。那就点通常的那种。”

他一上楼，我就把门关上，拨通了我们经常点的那家比萨店的电话，接电话的还是英语课上的一个朋友，这家店在饭点的时候速度一向慢得很。我下了订单，然后告诉她一个小时以后送。这样的话，时间应该够了。

爸爸下楼来的时候，我已经打开了红酒，还有相册。

“你还记得这张照片吗，珮宝？”爸爸指着一张我骑自行车的照片问道，自行车是我六岁生日时得到的礼物，我开心地笑着。“你第一次自己骑过了整条街。”

“当然记得。我还记得这张照片是在我摔倒前一刻拍的，那回我把手给摔断了。”

他翻了一页，上面是手臂上打着石膏的我，撇着嘴。这是这本相册的最后一张。我把相册合上，拿起另外一本。

“你妈妈朝我大发脾气，说我没有跟在你旁边接住你，”他摇了摇头，“你开始一直在笑，像飞一样地骑着，但是好像绊到了什么东西，你一下子就飞到了空中。我一直搞不清楚是怎么回事。我应该离你近一点儿的，那样就可以接住你了。”

“是我不让你来帮我的，对不对？”

“是的。你那个时候倔得很，和现在一样。”

我拿起另一本相册翻看，一下子看到了我躺在床上的一张照片，脸色白得就像床上的床单。我赶紧把相册合上。那次，我得了自己有生以来最严重的流感，完全不知道怎么染上的。前一秒还好好的，下一秒就倒了。我感觉自己当时差点就死掉了。我好几周都没有去学校，那个时候我还挺喜欢上学的。现在想起发高烧时看到的幻象，还让我一阵颤抖。

“爸爸，有没有我出生之前你和妈妈的相册？好像没有你们两个的照片呢。”

他开始在相册堆里找。“照片就看到这里吧，我饿了——比萨怎么还没有来呢？我去催他们一下。”他准备起身。

“不用，随便他们吧。你知道他们就是很慢的。爸爸，你们的结婚相册呢？我在相册堆里面找遍了，也没有找到。”

“我们没有。”

“为什么没有？不是每个人都想把这一天记录下来吗？”

他挪动了一下身子，往杯子里又倒了些红酒。“嗯，是的，我也是这么认为的，不过……哦……”

“我觉得，你和妈妈是不是一直就没有结婚？”

他看着我，眼神说明了一切。

开始我只是怀疑，现在我震惊了，“你们真的没有结婚，对不对？”

“这很重要吗？”

“我父母的事情，难道我没有权利知道吗？你们怎么一直都瞒着我呢？”

“这是伊莎贝尔的想法。你妈妈总是有自己的主意。你知道她的个性。”

“是吗？我感觉很多方面我都不了解她，而现在为时已晚。我永远也无法了解她了。”

“噢，珮宝。”

“就连一些最简单的事情，比如，她从哪里来的，她以前住在哪里，她家里还有什么人，我都不知道。她的家人也就是我的家人啊。现在她走了，我想找到她的家人，但是每回我问她，她都只字不言。”

“我也帮不了你。她和家人比较疏远，我也从来没有见过他们。”

“好吧，那你至少应该知道她从哪里来吧？”

他摇摇头。“说实话，我不知道。我以前也经常问她，但是她从来不回答，后来我自己也觉得，这可能并不重要。”

“你知道她为什么和自己的家人疏远了吗？”

“具体细节搞不清楚。好像是伊莎贝尔不想参与家里的事情，又好像是她不想做她妈妈希望她做的事情。”

“这样就相互不见面了，这个理由听起来很牵强啊。”

“说不好。也许伊莎贝尔自己知道这么做的理由，你最好还是离他们远一点。”

我抱起双臂。“这件事恐怕得我自己来定。你不可能事事都保护得了我，就好像你阻止不了我骑车一样。”

“说得对。”他又抿了一口酒，“很多事情都瞒着你，在这件事上我从来就不赞同你妈妈。这些都是她的主意。不过现在她已经不在世了……”

“你肯定能告诉我一些事情，对吗？”我用眼神催促着他继续往下说，“告诉我吧，爸爸。关于她的任何事情都行。先跟我讲一讲你们俩是怎么认识的吧。”

“好吧。我遇到伊莎贝尔的时候，她在一家宾馆工作。那时候，我正和几个朋友在那里搞一个徒步旅行。她那时候真漂亮，不是说后来就不漂亮了。”他的眼睛笼上了一层怀旧的薄雾。“她光彩照人，但我并不是那种讨女人喜欢的类型。”

“真的不是吗？”

他嘲弄地望了我一眼。“别调皮。但不管怎么说，她给人一种很特别的感觉——而且，虽然很难想象，但她似乎很喜欢我，对我另眼相看。她对我说，我们仿佛以前就认识。最初，我很难相信。我是说，她那么漂亮，人又风趣，而我呢——比她大好多岁，一个又沉闷又严肃的律师。和她一比，我简直什么都不是。”

“然后呢？”

“我猜你可能会说这不过就是一场露水情缘而已。对我来说，却不止于此。我回到家里，想着可能以后再也见不到她了，我们的缘分已尽，但我就是忘不了她。我给那个宾馆打电话，但是他们说她已经没有在那里上班了，他们也不知道她去了哪里。”

“什么宾馆？”

他皱了皱眉。“我记不起来了。那个标记——里面有‘两’个什么来着，两条河？大概吧，但具体想不起来了。”

“在哪里？”

“达特穆尔。”

“那你后来怎么找到她的？”

“我没有找到她。是她找到了我。十个月之后，她敲开了我的门，怀里抱着你。”

我的嘴巴张得大大的。这个完全出乎我的意料。“不可能吧？你是说，我出生的时候，你们都没有在一起？”这就是为什么他不知道葵茵的存在了。妈妈生了一对双胞胎，但是只把其中一个带到了他身边。她把葵茵丢下了。为什么？

“确实没在一起。她说自己原本以为能独自应付，但实际上做不到。她和自己家里人住在一起的代价太大了。又说你是我的孩子。”

“然后你就信了？”

他难以置信地看着我。“当然啊。为什么不呢？时间也刚好吻合。”

“那你还是有些嘀咕的，你都去算时间了。”

“我没有。是我哥哥和合伙人，他们有些怀疑——也是为我着想。但是他们遇到她之后，也很喜欢她。她对身边的人就是有一种影响力。”

“但是你们为什么不结婚呢？”

“噢，我求过好多次婚，但是她就是不想结婚，原因我一直搞不懂。”

“但是大家都管你们叫休斯夫妇。你们还戴着结婚戒指！”

“我们出去度了个假。回来的时候，告诉大家我们私奔了。”

“好吧，我来捋一下整件事情：我的父母没有结婚，他们欺骗了大家。我真的姓休斯吗？”

他摇了摇头。“不是。你登记的姓和你妈妈的一样。你出生的时候，我并不在场。在你的出生证上，‘父亲’一栏是空着的。”

“那我姓什么？”

“这个很重要吗？”

“对我来说，是的。是我的姓啊。”我心里催促着他赶紧告诉我。如果不得已，我就得把自己在死亡证明上看到的姓说出来与他对质，但这样一来他就知道我翻过他的书房了。

他一口喝干杯里的酒，又倒上。“你姓布莱克伍德。”

“珮珀·布莱克伍德。”我头一回把这个名字大声说出来，体验着、感受着它在我舌头上的感觉。“但我还是不理解她为什么不想结婚，然后又刻意地假装你们已经结婚。我的意思是，如果你们不结婚，其实大家也并不会在意。除了我的婶婶们之外。”

“我过去猜想，她之所以不想结婚，是因为某一天她可能又会突然消失不见。当然，她从来没有不告而别，所以并不是这个原因。”

“也许她原本有这个打算，后来改变主意了呢？”

“我也这么想过。有的时候，你妈妈会变得很不好理解，这让我很担忧，因为你也开始变得越来越像她了。”

“你才难以理解！她有没有很隐晦地提到过不愿意结婚的原因？”

他犹豫了一下。“嗯，有一回，她好像提到了关于遗产的事情。”

我望着他，真想大声喊出来，啊哈！我就知道。我就知道肯定另有隐情。隐藏在妈妈不肯说的那些东西里面。“遗产？你知道是什么吗？”我努力地保持镇定，却没有做到。

“我不知道。她的家族里有些东西，必须由布莱克伍德继承——如果结婚，就没有效力了。但是我不知道是什么，也不知道在哪里。我还想，借用我的名字，也许是她疏远自己家族的一种方式。也许这样一来，他们就不容易找到她了。”

“但是如果她根本就不想回去，为什么还要在乎我是不是能继承什么东西呢？不知道是什么，我真的很好奇。”

“我觉得应该不会比你以后从我这里继承的东西多吧。不要去自找麻烦了。”

“嗯。但是我能从你那里继承吗？我又不叫珮珀·休斯。”

“噢，那倒没有关系。在你还很小的时候，我们做了一些法律文书。你属于我合法收养的孩子。”

“但我就是你的女儿，你怎么还能收养我呢？”

“你是我的女儿。这一点是毫无疑问的。”他说道，我听得出来他是真心的，但是我自己并不是很肯定。“但是因为我的名字不在你的出生证上面，所以这只是为了确保一切都合乎法律和情理——我是个律师，这都是我的本行。我本来也可以把你的姓改成休斯，但是伊莎贝尔不同意。”

“我再来捋一捋啊。伊莎贝尔·布莱克伍德在一家宾馆工作，和你有了一场情缘，然后十个月之后抱着我出现在你面前，跟你说我是你的孩子，然后不愿意和你结婚，但是要假装你们已经结婚，叫你向大家撒个弥天大谎。然后还要我保留‘布莱克伍德’这个姓，因为要继承某项遗产，而你又不知道是什么，也不知道在哪里。事情就是这样，对吗？”

“珮珀，听你这么一说，好像很疯狂的感觉，但实际上并非如此。你妈妈是我生命当中最美好的一页。我倾慕她。她走进房间，房间就亮了。她一离开，房间就又暗了。她从哪里来，为什么不愿意讲，对我来说都不重要。而且，我也爱你。”他伸出手来，抚摸着我的脸颊。

“我知道的，爸爸。”

“但是现在她走了，我该怎么办呢？太阳落下了，再也不会升起了。”他往后靠在沙发上，闭着眼睛，身边是已经基本喝光的葡萄酒瓶。眼泪从他紧闭的眼睑后流出，顺着脸颊流下来。

我动不了，也说不出话来。妈妈有这么多的秘密瞒着我，让我生气，五内俱焚。爸爸也瞒着我，但我知道为什么。他是完全被她给迷住了。他没得选择。

同时我也很兴奋——心里反复转着那个词——遗产。妈妈的家族，我的家族，会是什么遗产呢？好吧。

妈妈离开了自己的过去，但那是她的选择，并不是我的。她不愿意告诉我她家族的事情，也不告诉我他们在哪里。她说得不多，全都是让我远离他们的警告。但是她同时又仍然保留我的姓氏。她为什么要这样做？也许她知道我肯定会想办法去找到他们，或者，也许这意味着他们仍然以某种方式在联系着。我知道她会时不时去看望葵茵——这是不是意味着她也会去拜访其他家人？也许他们并没有想象中那么疏远。

我得想法子知道遗产究竟是什么。必须知道。

有一个人能帮我：葵茵。她是由我们的外婆带大的。她肯定知道。

葵茵·布莱克伍德，我一定会让你开口的。

爸爸动了一下，伸手去拿红酒瓶。

我挡住他的手，把酒瓶拿了过来。“爸爸，听我说。你会没事的。你会很悲伤，但是每过一天，悲伤就会少一点儿，你终究会没事的。今晚就喝这么多吧。”

他点点头，看着我的眼睛。“你和伊莎贝尔简直一模一样。她说事情的时候，就是你那个样子，我知道，你们说的都是实话。”

一半实话吧，至少。因为秘诀就在此，不是吗？我看妈妈这么做过，我自己也体会过。只说一半实话，只要很肯定地说，然后他们就会相信你。

葵　茵

“你好，美女！”这肯定是扎克的朋友、饭店老板盖尔斯。他自己长得也不赖——一头金发，蓝色眼睛，个头和扎克差不多，但除此之外和扎克完全是两个样。

他冲了过来，低头在我脸颊上亲吻了一下。这可不是蜻蜓点水的那种吻，而是火热的嘴唇贴到我的皮肤上。幸亏扎克之前告诉过我，因此我没有受到惊吓。或者说，没有受到太大的惊吓。我能感觉到脖子上、脸上发热，于是俯身去摸奈斯，这样他就不会注意到了。

“就坐你们经常坐的那张桌子，”盖尔斯说道，“扎克，能不能耽误你几分钟，我们聊一下工作安排？”然后拖着他往后门走去。

我们常坐的桌子？扎克没有转身，而是用手指了一下角落里靠窗的桌子。现在吃晚饭还早，饭店基本空着——只有零星几个人散坐着喝咖啡。店里有一个看起来很无趣的女服务员，还有一个女人在吧台后面擦着玻璃杯。看到我望着她那边，她朝我挥了挥手，于是我也挥了一下手。她俯身到吧台下面拿了一杯水，端着走了过来。她把水放到奈斯面前，奈斯立刻专心喝了起来。

“谢谢。”我说道，搞不清楚她是谁。我瞟了一眼后门。快点啊，扎克。

她坐到我的对面。“亲爱的，葬礼进行得顺利吧？”

“哦，还好。”我的意思是，这种问题你指望我怎么回答呢？办得很不错？怎么说呢，葬礼的大部分时间我都在盯着珮珀的后脑勺看，根本无法接受自己居然还有姐妹，而且还是双胞胎。

她伸出手来，放在我的手上——轻轻握了一下。“勇敢的姑娘。噢，那是什么啊——扎克终于给你买了真正的首饰啦？”她一眼就发现了我手链上悬着的那个石头吊坠。

我摇摇头，想把手抽回来，但是她已经一把抓在手里，然后把我的袖子卷了起来，我原本以为袖子够长呢。

“哇哇哇，这真的很不错。你从哪里搞来的？”

我紧张地盯着扎克进去的那扇门。“这以前是我妈妈的。”我实话实说。

“真的吗？你知道她从哪里得来的吗？”

她还拉着我的手，仔细地盯着手链，这让我感到有点儿好奇。

“我不知道。以前她一直戴着。你见过这个手链？”

“我不确定，但我感觉以前见过类似的东西。也许是在我的店里？我想想，是在哪里……”

我听到身后的门开了，然后是脚步声：扎克？“我不打扰你们俩了。”她说道，然后放开了我的手。她拍了拍我的脸颊，然后走回到吧台后头。扎克在我对面的椅子上坐下，我赶紧把双手放到桌子底下。

“都还好吧？温蒂说了什么？”

我摇摇头。“没说什么。她问了一些葬礼的事情。”

他认真地看着我。“但是有什么事情惊扰到你了，是不是？听着，不要让她得寸进尺。不知道为什么，她一直想和珮珀聊天。好像对她特别感兴趣。”

“她说她开了一家店。什么店？”

“卖一些护身符啊，水晶啊，还有一些奇奇怪怪的小东西。她对那些超自然的神秘东西很感兴趣。晚上店铺关门的时候，她会到这里来帮忙。”

“珮珀怎么对她？很看重她吗？”我内心一动，问道。

“珮珀给她起了个外号，叫古怪温蒂，一般都会尽量躲着她。今天你和她聊了几句，估计温蒂会很高兴。但实际上，她也没什么，只是有一点神神秘秘的，珮珀的耐性又不大好。”

扎克递过来菜单，我看着菜单，却什么也没有看进去。符咒对扎克和珮珀来说可能有点儿不能理解，但对我来说是另一回事。以前我身边的人，大多信这些东西。但不管我信不信，我都不能说。我应该是见过一些不寻常的事情。我也知道，外婆对这些东西深信不疑。

“你喜欢什么？”扎克问我。

我望向他，迷糊了一会儿——我看着他那双热切的眼睛，他在看珮珀时，眼神更加热切。我喜欢什么？噢，他说的是吃的。

突然，奈斯冲到窗边叫起来，我的心吓得一下子提到了嗓子眼儿。一个女人从窗外走过，牵着一条大狗，转头望着奈斯，一脸的不感兴趣。

“安静！坐下，”扎克说道，“坐下！”他又说了一遍，语气更加坚决。奈斯看起来很是纠结——望望他，又望望窗外，但最终还是坐了下来。“好姑娘。”他说道，弯腰拍了拍它的头。

然后他转过头来看着我。“你没事吧？”

“没事，抱歉，我没事。奈斯叫的时候——嗯……真的吓得我跳了起来。”

“你到底为什么这么怕狗？”

“不知道，我也希望能知道——”

咆哮着。邪恶的、酸臭的呼吸。爪子踩在我胸口。沉重的爪子，我几乎无法呼吸。我无声地哭泣着，大滴大滴的泪水从我脸上滚落，我太害怕了，一声都不敢出，一动也不敢动。

“好了，起来吧。”一个男人的声音。狗从我身上离开了。又听到了人说话的声音——那个男人的，还有外婆的。

“这样应该可以了。”她说道。然后他们就走远了，再也听不到他们的声音。

珮珀，珮珀……

我听到有人在不断地重复着一个名字。

谁是珮珀？

我的双胞胎姐妹。说话的人一定以为我是她。

我激灵了一下，睁开了眼睛。扎克抱着我的头，温蒂跪在我身边。我躺在地上？

“你没事吧？”他说道。

“哦，没事。我觉得没事。怎么回事？”

“刚才你突然脸色惨白，然后从椅子上滑到了地上。我觉得你是昏倒了，”扎克说道，“你以前也有过这种情况吗？”

我刚准备开口说没有，但然后——

不知道身处何方。昏过去了——没有昏过去。是别的状况。

“我们得停止了。”这是伊莎贝尔的声音，声音很尖，仿佛很害怕。

我摇了摇头，把这些念头甩掉——不管是些什么东西。是回忆吗，还是幻觉？这回我努力保持清醒，我这是怎么了？

奈斯靠了过来，舔着我的脸。我看着奈斯时，突然醒悟了过来。是他们让我害怕狗的。故意这么做的。什么人会这么做呢？

我决定今后再也不怕狗了。我抱起奈斯，眼泪止不住地从我眼中流出。

耳边仍然传出各种低语声。

“来吧，美女，”盖尔斯说道，“我开车送你回去，你的宝贝男友今晚也放个假。店里没那么忙，我们应付得过来。”

回家？珮珀的房子并不是我家。我们叫他把我们送到了扎克家里。对我来说，这里是最接近家的地方了。

后来，我裹着毯子坐在扎克的沙发上，奈斯躺在我身边。我颤抖的双手捧着一大杯茶。

“不好意思，把你美好的夜晚给弄砸了。”我说道。

“别说对不起。你确定自己没事了？”

“是的。不是。我也不知道。但我会没事的。谢谢你照顾我。”

“别客气。”

“珮珀肯定特别生气。现在大家肯定都觉得她疯了。”

他摇了摇头。“没人会觉得你疯了。你妈妈刚去世。你有权利昏倒，如果想哭出来，也不会有问题。”

“珮珀可不会这么看。她从来不会失控。”不知道为什么，尽管我认识她时间不长，对这一点却无比确定。

“大多数情况下是这样的，但她时不时地也会发脾气。不过她很快就能恢复过来。那么……你想不想讲讲刚才是怎么回事？”

我把茶杯放在桌上，往后靠到椅背上，叹了一口气。“你问我为什么怕狗的时候，我的记忆好像突然回来了。我以前从来不知道是为什么，但是突然我就想起来，仿佛又一次发生在了自己身上。那时候我还很小，大概四五岁的样子。然后有一条咆哮不止的可怕的狗就站在我身上。个子很大的狗，我完全没法呼吸，而且……”我摇了摇头，不想再次回忆那恐怖的场景。

扎克从椅子上站起来，坐到我身边。他拿起我的手并握住。

“很抱歉，让你想起那样的事情。听起来非常可怕。”

“没关系。你用不着表示抱歉，现在我知道原因了。”不过，我没有把其余的事情告诉他。那个男人和他的狗，还有我的亲外婆，是他们干的。

她怎么能做出这样的事情?

我记忆中后来又发生了什么事情——那种不是眩晕的眩晕感——让伊莎贝尔这么害怕?

奈斯抬头望着我，舔了舔我的脸。它的身体很温暖，让我不再颤抖——还有扎克温暖的手。

那天晚上，我不敢睡觉。每当我闭上眼睛，就能看到那条咆哮的狗，感觉到它站在我的身上。

然后听到我外婆的声音：

这样应该可以了……这样应该可以了……这样应该可以了……

我在土里画了一根木棍——这是我梦魇中的东西。

牙齿，爪子，还有眼睛，应该是红色的。在土里怎么画红色呢?

我不由自主地跑到了花园里：外婆的秘密花园。那里的墙上有一种攀缘植物，上面长着红色的果子。

没有人看得见。伊莎贝尔和外婆在厨房里。她们刚刚才进去，得好长时间才会出来。

我偷偷地绕了进去，抓了一把果子，然后从鸡棚后头跑回来。果子上带下来一根刺，扎破了我的手指。我吮吸了一下指头，然后把果子挤破，混在沙子里，做成了眼睛。眼睛朝外突出，鲜红鲜红的。太完美了。

我蹲了下来，开始欣赏自己的艺术作品。爪子是不是还得大一点?

然后，土里的轮廓开始颤动。红色的眼睛眨巴了一下。那个怪物的肌肉鼓了起来，伸展开来，然后努力地想从地里爬起来。

我立刻控制不住地尖叫出声。我往外跑去，一头撞到伊莎贝尔，差点把她撞到。伊莎贝尔一把抓住我。外婆在她身后。“听我说，葵茵。只有你才能让它回去。”

我哭着，挣扎着要逃走，但是伊莎贝尔死死地抓着我的肩膀。她把我扭过去。

“葵茵，把眼睛睁开！”外婆说道，于是我睁开眼睛。但是我哪里都不敢看，只敢看着外婆。“伸出你的手。”她说道，然后俯下身来。我伸出手去，她抓了一把土放在我手里。“把这个丢到它眼里，告诉它走开，回到尘土里去。来，你能做到的，葵茵。”

我颤抖着抬起眼。我梦魇中的怪物就站在我们面前：模样可怕，个子高大，手长长的，巨大的爪子抓在土里。我想尖叫，想跑。不过，那怪物只是站在原地，仿佛在等待着什么。它在等待下一步该做什么的指令。

我把土扔了出去。“回到尘土里去！”我说道。

那怪物消失了。

然后伊莎贝尔一把揪住我的头发，把我拖到房子里面，把我扔在大厅的地板上。

外婆在后面跟着。她弯下腰，拿起我的手，看着我沾染了血色的手指，然后摇了摇头。

“以后永远不许再碰我的植物。”她说道。她说得很慢，方式很特别，那些话弯弯曲曲地潜入到我的思想里，然后在我内心深处把我全部包围了起来。

“你怎么知道将自己的血和那些果子混合起来的？”伊莎贝尔威严地问道，“你怎么知道画那个东西的？”

“我不知道！我只是把梦里看到的东西画出来，因为它眼睛是红色的，所以我才去拿那些果子。我的手指被上面的刺扎破了。”我哭着说道。她揪着我头发的地方很痛，我的膝盖撞到了门上，在流血。

“她肯定是在撒谎。”伊莎贝尔说道。

外婆摇了摇头。“我觉得不是。她并没有召唤那个怪物，她只是把它造出来了而已。”

但伊莎贝尔还是以撒谎为由把我关进了小壁橱里。我听得到她们的声音，但是听不清具体讲什么。那声音听起来很恼火，然后很担忧，然后又是很恼火。

后来，外婆把壁橱门打开。伊莎贝尔走了。

她严肃地盯着我。“你真的不知道那些果子有什么用，对不对？”

“是的。我发誓，我真的不知道！”

“你真是能闯祸，”她叹了口气，“葵茵，你必须警惕自己内心里的黑暗力量。你太容易受影响，太容易上当了。你必须保持警觉，一刻都不能放松。”

琬 珀

我在路上走着的时候，乌云在天空翻滚，光秃秃的树看起来几乎都是黑漆漆的，就像我的名字：布莱克伍德（即黑森林之意）。我在心里紧紧地藏着这个秘密。

等我抵达扎克房子前门的时候，雨已经开始下起来了。“你好？”我大声喊道，然后走进门去。我的时间掐得很好，可以和葵茵单独在一起。扎克应该已经在半小时前就去上班了。

“嘿。”葵茵回答道。她坐在沙发上，扎克的沙发毯围在她腿上，手里拿着一本书。奈斯在她身边蜷着。她的脸色苍白，看起来很疲倦。

“你看起来很舒服啊。”我走了进来，坐在对面的椅子上，拍了拍我的膝盖。“嘿，奈斯！”它抬起了头，摇着尾巴。它一会儿看看葵茵，一会儿看看我，脸上出现了如同人一样的迷惑的表情，但是它待在原地没有动。

“抱歉，”葵茵说道，脸上露出了窘迫的表情，“要我把它赶过去吗？”

“不用，当然不用。我们两个长得一模一样，肯定是让它有些昏头了。”话是这么说，但是那回奈斯很轻松地就把我们俩区分开了。我有点儿受刺激了。不过，我很快就把这个念头甩到了一边。

“你说你昨晚得陪你爸爸。他没事吧？”

“是我们的爸爸。他没问题。应该还好吧。我们只是待在一起，看了看照片，谈了谈妈妈，还有过去的事情。我发现几件有意思的事情。”

她合上了书。“哦？什么事？”

“我们并不是在这里出生的。他们是在妈妈工作的宾馆认识的，当时爸爸正在那里度假。他们一下子就坠入了爱河！但是他和她告了别，回到了家里，继续上班。”

“那就说明爱得不深呗。”

“他总是那么理智，但是然后他就意识到了自己的错误，于是给那个宾馆打电话。不过他们说她已经走了，不知道去了哪里。他很伤心。然而，过了十个月，她出现在他门前，手里抱着我，然后说我是他的孩子。所以我是对的：他并不知道你的存在。”

“祝贺你。你真是温切斯特的大侦探啊。”葵茵靠到一边，抱着双臂。她不想谈论这个问题，但是你不可能总是这么任性的。

“为什么她带着我，而把你留了下来呢？”

“我可不知道，”葵茵说道，“也许带着两个孩子不方便吧？”

我扬起眉毛。“她肯定有她的理由。”

葵茵一言不发。她知道些什么，但又不想说。我能感觉得到。

“我们的妈妈很擅长保守秘密。她从来没有跟我说过这些，而且不让爸爸跟我讲。但是现在她不在世了，他觉得我有权利知道这些事情。”我小心翼翼地望着葵茵，“而且事情还不止这些。”

“哦？”她表面上装得漠不关心，但是在她的面具之下，希望了解更多的欲望正在斗争。

我微笑着。“是的。妈妈一直刻意地不和爸爸结婚。他们告诉大家他们是私奔的，但是他们从来没有真正地走进教堂。不知什么原因，她希望我保留她的姓：布莱克伍德。”

当我说出这个姓的时候，葵茵的眼睛睁得大大的。

“因此我仍然是布莱克伍德家的人：珮珀·布莱克伍德。而你则是……”

“葵茵·布莱克伍德。”她说道，表示她确实从小用的就是这个名字。她耸了耸肩膀。

“而且我也知道了你从哪里来：达特穆尔。”

她半笑着。“真的吗？你高兴了？现在所有的问题你都找到答案了？”

达特穆尔是我根据爸爸和妈妈相遇的地方猜的——我原本希望葵茵能确认我的猜测。但是她的笑意味着我是对的，还是错了？

“并不是所有的问题。跟我讲讲，葵茵。讲讲你的生活，你在哪里长大的。我们是一家人。我关心你，希望我们能够更加亲近，但是如果我们之间有秘密的话，还怎么能亲近呢？我想了解你，想知道为什么你一直到现在才出现在我的生活里。求你了。”

葵茵的眼睛里有一些犹疑。她想信任我，但是还在挣扎。我保持着沉默，没有去催促她。她低下头去，头发垂了下来。

她叹了一口气，抬起手来把头发捋到耳后。

丁零。她手腕上有什么东西响了一下。

她吓了一跳，赶紧把手塞到毯子底下——但是我一眼就瞥到了黄铜和石头的影子。妈妈的手链吗？

“你从哪里拿到那个东西的？”

“什么？”

“我看到了——妈妈的手链。在你手腕上。肯定是我们在房子里的时候，你偷过来的。她是我的妈妈，那是我的！”

“等一等。你刚才还说我们是一家人——她也是我的妈妈。”

“但这并不意味着你就能偷东西。把手链给我，现在就给我。”我伸出手去，但她只是挑衅地瞪着我。我感到很吃惊，心神不宁，但主要是很生气。

“我没有偷。爸爸给我的——你刚才说过的，他也是我的爸爸，不是吗？”

“哦，真的吗？那是什么时候的事情？”

“我们又得这样了吗？我不会把每天的活动都告诉你。他是我爸爸，如果我想见他，我就去见他。”

我气得发抖，真的在发抖。“你是说，你去了我们家，假扮作我，然后让他给你东西？”

奈斯从沙发上跳下地，溜到厨房里去了。

葵茵眼里的愤怒和我的一样多。“随你怎么想。但这是他给我的，我会自己留着。你为什么关心这个东西呢？这不过就是一样小东西，而你还拥有一屋子她的东西。”

“这不是问题的重点。”

“那是什么？你是想说，所有东西都是你的，没有一样是我的？你刚才还说我是这个家庭的一分子，马上就又说我不能靠近你的家？”

“你知道她从来不会把这个手链取下来，你也知道她死的时候还戴着它。你有没有把上面的血擦干净，还是说你就是因为这个血才想得到它？”

她的眼睛里全是恐惧，还有愤怒。我是不是有点过了？愤怒演变成了恐慌。我需要她。我保持着沉默，努力控制住自己。她为什么不照我说的去做？有什么事情不对劲，非常不对劲，但我不知道是什么。我的话不起作用了。

葵茵的眼睛望向远处。她点点头，脸色平静下来，然后她盯着我。“我受够了这种疯狂。我要么成为你家里的成员，要么就不是。你来决定：我们一起去见我们的爸爸，否则我马上走，再也不回来。”

葵 茵

大雨如注，打痛了我的脸。很快我就浑身湿透了，但是我毫不在意。狂暴的天气正与我的心情相应。我在路上猛走着。

这真的是她的想法吗？

我本来都准备向她敞开心扉呢。我不知道自己会告诉她什么，也不知道会跟她说多少，但是我当时真的想跟她说一点儿——为了让她高兴。接着，她居然管我叫小偷。当时爸爸进到房间里，把手链给我之前，我正打算拿走几件伊莎贝尔那些漂亮的首饰。想起这一点，我就感觉一阵悔恨。但是她太过分了，居然说我假扮成她就是想去偷东西。我从来就没有想过要扮成她。是她叫我躲起来的，就仿佛我是一个不该出现的秘密一样。

这就是我吗？

昨晚的梦还在我心里徘徊，让人不安——这又是另外一个我希望自己能永远忘掉的童年回忆。我真的能够用黑暗、泥土、血和浆果来制造怪物吗？或者只是一个梦，一种幻觉？看来我真的是一个不该出现的秘密。

我继续在雨中疾行。如果珮珀不希望我按照自己的方式待着，那我真的会就此离开吗？这也是我的家啊。她没有权利决定我的去留。

珮珀希望我把自己所有的秘密都告诉她。她希望我能躲到一边，老老实实地待着。我已经躲了太长时间了，不想再躲了。

而且还有一件事她根本不了解：我并非什么良善之辈。

她很快就会发现的。但我不会告诉她。我只管去做，不用说。她能自己看出来。

在我大步走出房子，离开珮珀之前，我对她说最好待在扎克那里，否则就会有人看到我们俩。这回该我出门而她躲起来了，该由她来感受一下被囚禁的滋味了。

她什么都没有说，只是看着我走掉。她脸色惨白，可能理解不了，为什么我不按照她希望的那样去做。她真的这么任性，以为整个世界和每个人都要按照她的愿望来行事？

虽然我很愤怒，但是寒冷已经深入骨髓。现在怎么办？我很饿，身上又没有钱。我唯一能去的地方只有扎克的家，而现在珮珀正在那里。

或者可以去珮珀的家。现在就去我们的爸爸那里，介绍一下我自己。不过，如果我独自去那里，他可能会以为我就是珮珀，而且神志有些不正常了。我这样对自己说，但是也许我只是害怕而已，害怕独自面对他，害怕告诉他一切。

不过还有另外一个地方：扎克工作的饭店。

我不知道身处何方，在几条小街巷里晃荡了一阵，努力地寻找往镇中心的路。就在此时，我看到了一个招牌：温蒂魔法店。这肯定就是温蒂开的那家店。我在窗外徘徊。店里挂满了各种小装饰物、各种挂坠、水晶和彩石。店里面亮着温暖的灯光，门上挂着“营业”的牌子。

该不该进去？这是个好机会，说不定能搞清楚她对伊莎贝尔的手链了解多少。

一道闪电撕裂天空，雨下得更大了。

就这样。

我把门拉开，门铃响起。店不大，没见到人影。我正想着可能人不在时，温蒂从后门走了出来。

“珮珀？”看到我，她很惊讶，也很高兴——那是一种感觉很真挚的暖意。扎克不是说珮珀并不喜欢她吗？今天发生了这么多事情，我忍不住想告诉她我的真实身份，只是希望有个人——不管什么人——能同情我，能听我讲一讲。希望有一个人能成为我的朋友，而不是珮珀的朋友。但我盯着她，一言不发。

“噢，可怜的孩子。你湿透了。这个天气怎么不打把伞呢？把衣服脱下来，坐到这里来。”她把我推到店里唯一的椅子上面坐下来。她一边说，一边帮我脱衣服，塞给我一条毛巾擦头发，然后去泡茶。她递给我一杯茶。“说说看，这么糟糕的天气为什么还出来？”

“嗯，我在想你那天在饭店里说的话。你说见过我妈妈的手链——也许是在这里，你的店里。”

“啊，是的。能不能让我再看一眼？”

我卷起袖子，伸出手臂，温蒂仔细地看着手链。

最后，她摇了摇头。“我肯定是记错了。我觉得我这里可能没有这样的东西。但不管怎么说，总感觉有些眼熟，但我记不清在哪里见过了。”

“你介不介意我四处看看？”我问道。

“当然不介意！看吧，看吧。我现在真是容易忘事。”

我把茶杯放下，在店里四处转着。这里有各种挂坠和首饰，但都是现代的东西。有一些做旧了，但并不是老物件，不像我的手链。

后墙那里有一个书架。架上看起来像是一些二手书，各种形制和尺寸均有。我拿起一本，《爱情符咒》？我做了个鬼脸。不过，也许……“温蒂，你会不会是在这里某本书上看到这个手链的？”

“噢，提醒得对。那里有几本，就在那里——顶层——上面有一些挂坠的图片。”她指着一堆书，我把它们拿了下来。我翻开一本，她则在剩下的书里头翻着。

我看的这本主要是讲石头和水晶。我翻了翻，然后拿起另一本。

翻页时书里腾起一股轻微的霉味。书看起来像是手写的，字体很怪异，几乎看不明白，但是有很多插图，大多数都是首饰。“这本书看起来有戏。”我说道。

我翻着书页，在一个手链图形的页面那里停了下来——看起来很像伊莎贝尔的手链，但是没有石头吊坠。“这个是不是？”我说道，温蒂从我身后望向书本。

“噢，干得漂亮，”温蒂说道，“我以前看的肯定就是这个。”

我再次把袖子卷起来，伸出手腕，放在那幅图形旁边。

“要说是同一个手链恐怕不对，但是连接处的样式还有珠子都是一样的。我觉得就是这个！”她喜形于色。

“你读得懂这里是怎么说的吗？”我指着图形下方的文字问道。文字写得歪歪斜斜的，很奇怪。我只能认出几个字母，但是总体看不懂。

她靠近仔细看了一会儿，然后抬头看着我。“上面说，这种相扣的环形图案还有珠子，是一种保护符咒。”

“保护符咒？那是什么东西？”

“怎么说呢，是魔法啊！或者说，是抵抗魔法的咒语。戴着这个符咒的人，任何魔法对她都没有效力。”

“噢。我懂了。”

“但是我找不到将保护符咒和力量吊坠结合起来的任何说明。”她摸着伊莎贝尔手链下面吊着的石头，“我从来没有见过这样的东西。”

我盯着她，张大着嘴巴。“力量吊坠？那是什么？”

“它们可以让佩戴者的力量集中起来——当然，如果它们有任何魔力的话，但我也拿不准。这个石头看起来有些不同。”

“你知道这上面的纹路是什么意思吗？”我把手伸出去，她仔细地研究了一下吊坠。

“我没有看到任何纹路啊。你能看到？”

我又看了一下吊坠。上面的线条很浅，但是图案很清晰。温蒂完全看不到吗？我摇了摇头。“不，我也看不到，对不起。我可能记错了。”我感到一阵震惊。我撒谎了。

“我吓着你了，是吗？你妈妈可能只是在某个古玩市场买了这么个玩意儿，根本不知道它是什么。而且即便这东西管用，它也只是保护你不受任何魔法的侵袭，不会给你造成什么伤害，不是吗？”

“应该是的。”我的脑袋飞速转着，脸上却淡定无奇。大多数人都会这么看，然后认为这对他们的生活来说没有任何意义。

但大多数人都没有像我一样有一个当巫婆的外婆。

“如果你想卖的话——嗯，我觉得很容易就能给你找个买家，能卖不少钱。”

我很惊讶。“真的吗？我以为这个东西不值钱呢。我的意思是，它又不是金子那样贵重的东西。”

“但是这里头的历史值钱。我在书里读过，但是从来没有亲眼见过。哈，我如果不告诉你这些，可能才算是个好商人。但是我敢肯定，这个东西我能卖，嗯，一万英镑，不算提成。这是最少的数额。”

我盯着她，嘴巴张得老大。“不可能。真的吗？”

她点点头。“绝对的。有些收藏家，宁肯不要命，也要买这样的东西。”

我的头有点儿晕。这笔钱能让我轻松地离开这里，重新开始生活。到一个新的地方去，没人认识我，没有人会想着来窥探我的过去。

我摸了摸手链，然后叹了口气。不行。我不能卖。不知道为什么，但我就是做不到。这个手链就应该像现在这样——戴在我的手腕上。

我摇了摇头。“对不起，温蒂。我舍不得。”

“我理解。这是你妈妈留给你的。你肯定是想自己留着的。”

我们把茶喝完。我起身告别，然后停在门口，“温蒂，你能帮我个忙吗？”

“什么忙？”

“你能不能不要在我面前再提这个手链了？我不想卖，但是又很难拒绝。”

“没问题。除非你先提起它，否则我不会说的。嗯，你确定不用借一把伞？”

我摇摇头。“不用，我没事。我现在到饭店去看看扎克。你等会儿过去吗？”

她摇摇头。“今晚我休息。”

雨还在下。我差点就开口问温蒂饭店在哪里——这肯定会让她感觉很疑惑的。

我四处乱转，过了一会儿找到了镇中心的那条街。饭店很近。我边走边寻思：为什么我会让温蒂不要在我面前再提起这条手链。我是不想让珮珀知道这条手链值多少钱，还是我不想让她知道这条手链其实是一个保护符咒？

我内心在猜测珮珀是否已经知道了这条手链的价值，不知道这是不是她不愿意看到我戴着它的原因。不知道是不是这条手链如此昂贵，才让她如此生气，而不仅仅是我到了我们家里，我们的爸爸把它给了我，而不是给了她。

尽管这种可能也有一定的逻辑，我还是知道实情并非如此。而且我敢说她不知道保护符咒，也不知道那个吊坠。如果她知道的话，这条手链就不可能和伊莎贝尔的其他首饰一起被遗忘在化妆间里了。

不知道为什么，我真心希望她不要知道这些。

珮 珀

我在扎克的前厅里来回转，但是这里太小了，就像是一个笼子。我的整个世界都颠倒过来了，一团糟。我的怒火慢慢平息，取而代之的是一种深切的孤独。

我无法理解葵茵。她为什么不把手链给我？她为什么不把我想知道的告诉我？以前，只有妈妈才不会按照我的意思去做。只有她才能对我产生这种影响——让我感到疯了一般的愤怒、失控，然后我什么都做得出来。

现在葵茵又算一个了。

独自待在这里太过于安静。我希望扎克能陪着我。我可以给他打电话，但如果葵茵也在那里呢？她并不没有很多可以去的地方。如果她一直坐在那里，他怎么跟别人说要回家来陪我？

或者爸爸也行。他现在应该回家了——我可以回家。

但情况是一样的。如果葵茵在那里呢？她自己去过一次，完全可能再去一次。

我倒在沙发上。奈斯从厨房里小心翼翼地望向这边。它有些犹疑。

我们吓到它了，大家都很生气，是不是？

我叹了口气。“我很抱歉，奈斯。我现在没事了，请过来吧。”它慢慢地走进来，走到我身边，舔了舔我的手。我把它抱起来，放到沙发上，它靠在我身边。

葵茵的一切都让人疑惑。我感觉嗓子堵得慌，难受得想哭。妈妈走了，葵茵是唯一一个能理解我的人，她可能知道我们不同于身边的人，很孤单。我从来没有像现在这样期望过任何东西或任何人，我需要她。但我所做的、所说的，却让她离我越来越远。

我现在哪儿也去不了，感觉从自己的生命中被驱逐出来了，而这一切都源自一个我无法理解的人。葵茵想要什么？我怎样才能理解她？

等等，这不就是葵茵的状况吗——仿佛被关在笼子里，与一切都隔绝开来？我要她出门前一定先查看一下，小心不要被别人发现，不正是现在这样吗？

也许就是这个吧。如果因为与世隔绝，她感到生气的话……那么她需要的应该是一种归属感。

她所需要的，就是我需要的。如果她相信我的话，我们可以相互提供归属感。

“这样我们就能理解她了，对不对，奈斯？”它舔了舔我的脸。

葵 茵

“嘿，美女！”盖尔斯亲了一下我的脸颊，“你感觉好些了吧？”

“是的，谢谢——不过现在全身都淋透了。”

扎克从后面出来了，手里拿着几盘客人点的菜。他看到我，笑了——那是一种非常温暖的笑容，让我感觉从里到外都温暖了。噢。他以为我是琥珀。我意识到这一点，笑容慢慢消失了。

“你来吃饭？”盖尔斯问道。

“如果可以的话？”

“随时欢迎。让我帮你把衣服脱下来，放到厨房里。在那里干得快。”

他慢慢地从我肩上把衣服脱下来，他站得很近，手拿着衣服，却抚摸着我的手臂。我有些疑惑。琥珀会怎么做？她会允许他这样和她调情吗？我不知道，但是强迫自己不要抵抗。他指了指角落里的一张桌子。我们“通常”坐的桌子有人坐了。今晚这里客人很多。

很快上来了一杯葡萄酒，我没有点。是白的。这是琥珀最喜欢的酒？我抿了一口，很冷很烈。

扎克往另一张桌子上送了几份菜单，然后停在我桌旁。“一切都还好吧？”他问道。

“是的。就是想出来走走。而且有点饿了，我又不会做饭。”

他笑了，俯身到我耳边，“这句话并不能表明你究竟是谁。”然后他就走了。

他并没有把我当作是珮珀。也许刚才他就是在对我微笑？

过了一会儿，菜端上来了，也不用我自己点。很好吃，加了罗勒叶的蒜汁意大利面，罗勒叶新鲜得仿佛就是在厨房花园里种的。男友在饭店工作真是一大福利啊——尽管这个男友本应该在剑桥上学。

扎克是珮珀的男友，我提醒自己——不是我的。他永远不可能是我的男友，就好像珮珀的生活永远不可能是我的生活一样。我叹了一口气。这就是我跟她生气的真正原因，不是吗？而且这还不是她的错。伊莎贝尔把珮珀留下，把我丢开，也不是珮珀的错，道理都一样。

我慢慢地吃，然后耗着，桌子一张张地空了。

终于，扎克坐到了我旁边。

“嗯，你是怎么认出来的？”我问他。

“认出什么？”

“认出我是谁啊。”

“好吧。我很肯定你是葵茵。”但是他的表情并没有那么肯定。

“为什么？”我问道，很好奇他是怎么看出来的。

“你很有礼貌。虽然你也很有可能是在诓我。”

“我明白了。还有别的吗？”

“你什么都没有说就把今天的推荐菜吃完了。珮珀不喜欢意大利面。”

“但我也很有可能是在诓你。”

他笑了。

“你真的分辨不出来吗？”我说道，带着一种莫名的希望。不知道为什么，我真希望他能分辨出来。

“你是葵茵。”这回他非常肯定地说道，“我如果猜错了，这个时候珮珀应该打我了。”

我伸出手去，在他肩上打了一拳，然后他脸上疑惑的表情又回来了。

我摇了摇头。“你是对的，我是葵茵。抱歉。我希望我到这儿来没问题。”

“当然没问题。你一切都好吗？”

我耸了耸肩膀。“珮珀和我有一点儿不同意见。我只好出来了。”

“啊，我明白了。是不是你不想回答她的问题？”我扬起了眉毛。“只是猜一猜而已。”他说道。

“那只是一部分而已，”我承认，“我也不想再躲来躲去了。如果我留在温切斯特的话，我得到外面来，做我自己。”

扎克点点头，黑色的眼睛里满是同情。在这个问题上，他是站在我这边的，我能感觉得到，但要是他知道了所有事情呢？

我不知道该不该告诉他手链的事情，但是如果我不说的话，她也会说的。最好是先发制人，按我自己的方式来告诉他这件事情。因此，我把整个故事都给他讲了一遍——我怎样到她家里去，然后她爸爸怎样把手链给我。他静静地听着，不置一言。他眼睛里并没有露出任何批评的意思，但是我必须问清楚。

“我想自己留着这个手链，你认为不对吗？”

他摇了摇头。“在这个问题上，对错可没有那么简单。我理解你想留一点儿妈妈的东西，能够让你回忆的东西。这是再自然不过的。珮珀这么生气是不公平的，因为她已经有了那么多你妈妈的东西。”

“不好意思，让你这么为难。夹在我们两个中间，一定很难受。”

“没关系。我认识珮珀已经很长时间了。我知道她并不是很好相处。她很固执，而且总是喜欢……揪着不放。尤其是她想要的东西。”他满脸苦笑。

“她想要你。”我不敢相信自己居然说出这句话。是因为我喝了一杯酒就无所顾忌了吗？

他笑了。“我觉得在这件事情上我还是有一点儿发言权的。”

但其实你没有。我背上起了一阵鸡皮疙瘩。

“不是我想转换话题啊，”他说道，“但是我能问你一点儿事吗？如果你不愿意回答，你可以不回答。”

“行，问吧。”我估计他也会问琬珀的那些问题——我生活里还有些什么人啊，做些什么事情啊，住在哪里啊，过去这些年的生活啊，为什么会做这些事情啊，等等之类的问题。

“我们把琬珀很烦这件事先放一边，你为什么不愿意回答你从哪里来这类问题？”

这是个新问题。我看着他温暖的大眼睛，里面没有任何秘密，至少在大事上没有，不像我这样。他能理解吗？但不管怎么样，我想试一试。

“好多事情搅和在一起，因此回答起来很困难——一两句话说不清楚。我的生活和琬珀的不一样。从很多方面来说，我的生活并不是那么好。”我犹豫了一下，“要我开口谈这些事情，必须要有绝对的信任才行。不过即便如此又怎么样呢？说实话，有些事情我就是不想说。”

他把手伸了过来。他的手指交织在我的指间，非常温暖。“没关系的。等你准备好了，再说——也可以不说。你需不需要我跟琬珀解释一下，让她不要那么着急？”

“有用吗？”

“也许没用。”

“我觉得，那就这样吧。”

“我能不能提个建议？”他说道，我点点头，“把你刚才跟我说的也跟她说说。”

他的手指仍然轻柔、温暖地交织在我的指间。我在内心回答了他：如果我准备说，那肯定是跟你说，扎克。他突然把手抽了回去，仿佛意识到了我们握着手，而且不是以一种朋友的方式。我手里顿时只剩一片冰凉。

“我还有几件事情要做完才能下班。你是等我，还是自己先回去？”

“我回去。恐怕还是得我自己去面对珮珀。”

“好的。朝好的方面努力吧。相信我，那样会轻松很多的。”他又苦笑了一下，然后去帮我拿外套。

雨已经停了。我一边走，一边想着之前跟珮珀说过的话。

是信任的问题吗——我是不是不信任珮珀？这就是我不愿意跟她谈事情的原因吗？或者是因为珮珀希望从我这里知道的事情，是唯一我拥有而她没有的东西。她拥有这么多的东西，而我只拥有这么一点儿。

我慢慢走着。天太冷了，我抱紧双臂，外套仍然是湿的。我没有跟扎克说那最终的真相。珮珀会怎么说？

之前，我真的好想完全地向扎克敞开心扉，但是有些事情我必须隐瞒。我不能让扎克、珮珀或其他任何人知道真相：我为什么被孤立开来，以及不住在自己家里的真实原因——我甚至都不知道伊莎贝尔还有一个女儿，也不知道她和双胞胎的另一半还有我们的父亲住在一起。

伊莎贝尔告诉过我，很多次：原因是我所造成的危险和威胁。就好像外婆一次又一次地警告过我的。

是我内心的黑暗力量。

珮　珀

门打开的时候，天色已然很晚。奈斯从我腿上抬起头来。“别动。”我低声对它说。

门厅那边传来的脚步声很缓慢，很犹豫。过了一会儿，葵茵站在门口，门厅的灯光在她红色的头发上映出一圈光晕。看到她的时候，我总是有一种奇怪的灵魂出窍的感觉，就好像是在我身体外面看自己一样。

“嘿。”我说道。

“你好。”葵茵答道。

漫长的沉默。奈斯仿佛想起来我们之前的争吵，它直起身子，看看葵茵，然后看看我，又看着她。

“对不起。”我们同时开口说道。然后，我们都笑了——有一点儿尴尬，但总强过什么都不做。

“我们得谈一谈。”葵茵说。

“没错。”

葵茵坐到沙发对面的椅子上，直挺挺地坐着，“之前的吵架让我很难受。也许我也应该注意一下方式，但我说的都是心里话。”

“你说得对，在有些事情上。”她回来前，我一直在练习怎么讲这些话——“你说得对”的这部分，好让这话听起来很真诚，但是我之前并没有想要把“在有些事情上”这部分加上。

“哪些事情？”葵茵一脸嘲讽的表情，我努力地保持着镇定。

“对你有些不公平。这也是你的家，不止是我的。如果你愿意，你也应该是家庭的一分子。这事不应该由我说了算，应该是你说了算。”

她的眼睛睁得大大的。“真的吗？”她说道，语气很犹疑，“你是说真的吗？”

“真的。”

“那么，我们现在就可以去找我们的爸爸，然后说：‘惊喜吧！有两个我！’你对这个也没有问题吗？”

“我当然不会这么做。但如果你想告诉他，你说了算。”

“那就是说你不同意咯？”

到关键地方了。“问题是爸爸真的很难应付。我跟你说，那天晚上他说了很多事情。他说妈妈走了，就好像太阳落山了，但是永远也不会再升起来了。如果他知道她把另一个女儿藏了起来，肯定会把他关于她的美好记忆都毁掉。我觉得现在太快了，他恐怕应付不了。”

“但你说这由我说了算。因此如果我们去找他，然后他崩溃了，那就是我的错了。如果我们不去找他，事情还是按照你的想法在进行。”

“我知道这是个很难的抉择，但是我们还有另外一个选项。”

“什么选项？”

“你之前已经做过的。你到了家里，爸爸认为你就是我。你还可以再去，可以多了解他一些，然后你自己来判断他能不能接受双胞胎这件事情，然后你就可以成为我们家庭的一部分，你是属于我们这个家的。”

“但是我得装成是你才能去那里。”

“只是一段时间而已。我们可以把时间和地点都调配好，这样我们就不会撞在一起。这样，你就可以自己去感受，然后如果愿意的话，你可以走。如果你不想走，而是想留下来，至少你也知道了留下来的环境是什么样子的。”

“这个手链呢？”

“这样行不行，你先戴着，等到我们愿意告诉爸爸你的事情，我们再让他来决定谁能拥有手链。”在说这些话的时候，我努力保持着一副波澜不惊的表情，不让愤怒的情绪表现在脸上。我知道爸爸从来不会拒绝我的任何要求。我会把手链要回来的。

葵茵犹豫了一会儿，然后点点头，“我觉得比较公平，但是还有一件事情我们得谈谈。”

“什么事情？”

“关于我的过去，有些事情我不想说。让我去你家里，也不会有任何改变。”她说这话的样子，让人感觉她对说的内容和时机都很熟悉。难道她回来的一路上，也在练习着怎么说吗？

“我不想撒谎——这么多的事情我都不知道，让我很抓狂。但愿不愿意说，还是由你说了算。我会努力控制自己的。”

“好吧，你努力就好。”她又是一脸嘲讽。我没有去管。

“好吧，那么，我们达成一致了？”

停顿了一会儿，然后她笑了，看起来像是真的笑了。她伸出手来，我握住她的手，“好的，同意。”

葵茵

我感觉自己像是秘密特工，仿佛约翰·勒卡雷小说里的乔治·史迈利一样，我在宾馆书架满是灰尘的最底层找到过他的小说。我走在去她家的路上，脑子里翻滚着珮珀给我列出的一大堆能够做和不能够做的事情。应该是我们的家，那儿也是我的家，不是吗？珮珀甚至把她漂亮的智能手机给了我，让我在遇到难题的时候可以给她的平板电脑打电话或者发信息。

门口的车库前停着一辆车，楼上的灯也亮着，和珮珀之前告诉我的一样。她说，他会一直等着她，这么晚的时候通常会在他的书房里等。我应该走进厨房，泡上两杯茶，然后端上楼去——这是我们晚上必做的事情。

我输入房门密码，在门口停了一会儿。厨房怎么走？我径直走进房去，但很快退了回来，把鞋脱了，放在门口。

茶叶包放在烧水壶旁边柜子里的茶叶罐里。哪个柜子？我把每扇柜门都打开，找到茶叶罐，拧开后找到了茶叶包，然后就是茶杯。它们就放在烧水壶旁边，跟她之前告诉我的一样。珮珀最喜欢的杯子上面有一张狗的图片，那是基尼的图片，它从珮珀小的时候就陪着她，去年因为年老死了。爸爸的杯子是一个巨大的红色茶杯，是伊莎贝尔从洛兹买来送给他的。

琊珀在告诉我怎样到这里来，怎样装扮成她去见我们的爸爸的时候，她并没有提到自己对他是否真的是我们的爸爸表示怀疑。之前爸爸告诉过她，伊莎贝尔抱着珮珀出现在爸爸门前，然后告诉他这是他的孩子——珮珀跟我讲过这些，当时她对伊莎贝尔是否说了实话表示很怀疑。

但是我不相信伊莎贝尔会撒谎。一直以来，她和外婆两个人都告诉我撒谎是危险的，会招来黑暗力量。她自己怎么可能还会撒谎呢？他肯定就是我们的爸爸。

水开了。在晚上，我的茶比较淡，要加很多牛奶，而爸爸的茶总是很浓，只加一点点牛奶。

我走上楼，小心翼翼地端着两大杯茶。楼梯很宽，比通常的楼梯要宽。我屏息静气，注意着别摔跤。感觉自己就像个白痴，连楼梯都不会爬了。我感觉肚子附近的神经把我弄得紧张不堪。上次我来的时候——就是爸爸把手链给我的那次，碰到他是我没有预料到的事情，把我吓了一大跳。当时，我根本没有时间紧张，也没有时间去思考。这次就不同了。

楼上大厅里的地毯毛茸茸的，踩上去很厚。边上一扇门半掩着，里面的灯光洒到了大厅里——那里就是他的书房。我努力地提醒自己要把他想成是爸爸，就像珮珀那样。那里是爸爸的书房。

我犹豫不前，做了一下深呼吸，把胸挺了起来。不行，要看起来很放松。我又刻意地松下肩膀，然后走上前去。

他坐在书桌边，敲着笔记本电脑的键盘，旁边整整齐齐地摆着各种文件。他抬起头来。

“终于回来了，”他说道，“我都准备派一支救援队出去了。”

“对不起。我和扎克出去吃晚饭，回来得有点儿晚了。”我俯身把他的茶杯放在笔记本旁边的托盘上。

“不要再这样拖下去了，珮宝。你得过正常生活了。明天就去上学吧。”

“好的。”

他看起来很惊讶。珮珀会表示反对吗?

“那就去睡吧。早点起床，对身体好。”

我的胃紧张得像打了结。珮珀说过，这个时候我应该把茶杯放到桌子上面的托盘里，走到桌子那边——然后和他拥抱一下。我不知道能不能做到，或者愿意不愿意做。何况，我也不知道怎么去做。

“有什么问题吗？”他问我。

“没有。有。我不知道。”我感觉浑身发僵。

他从椅子上起身，绕过桌子走过来。他从我手里拿过茶杯，放在桌上，根本不管是不是放在托盘里。

他拿起我的手，“来，珮珀。那天晚上你怎么跟我说的来着？”

我盯着他，完全不知道她说了些什么，不过他好像并没有等我回答他。

“一切都会好起来的，一天比一天更好。”他伸出手来，把我脸上的头发拿开，“回到你正常的生活去——上课，朋友，甚至写点作业，这些都会管用的。对不对？”

“你回去上班，有帮助吗？”

“哈，被你逮着了。没有太大帮助，但至少能让我忙活着。而且能让我养家糊口啊，所以我也没有别的选择。你需要做的，就是回到学校去，然后也会和我一样。”

他俯下身来，抱着我，我向前靠近了一点。须后水和咖啡的味道，还有硬硬的胡楂碰到我的脸颊。过了一会儿，他松开了我。

“去吧。”他说道。

我转身朝门口走去。

“等等，你的茶？”

我走回去，拿起茶杯，然后希望自己还能记得起回珮珀房间的路。我几乎是跑着进了房间，同时努力不让茶水洒到地毯上。我的眼里满是泪水，我的手在颤抖。那就是我真正的爸爸。之前，我觉得自己对他一点儿都不了解，更不用说跟他见面了。

现在我至少知道他喝什么样的茶，知道他还喝咖啡，而且是很喜欢喝。还知道这么晚的时候他脸上会有胡楂，然后会叫我珮宝。

不对。他是管珮珀叫珮宝，不是我。如果他知道我是谁，他会怎么叫我？

“人还不错”，扎克说的——并不是外婆所说的那种邪恶的化身。这种感觉很奇怪，一方面要装扮成他的女儿，另一方面我本身就是他的女儿——这两方面都是真实的，而他却毫不知情。

我关上门。安全了，我到了珮珀的房间里——我的房间，至少今晚是这样的。我想把身上这种奇怪的双重身份抛到一边，把房间里的每一样东西都看一看，摸一摸。试穿她的衣服，听一下那个音响系统。真切地体会一下当她是什么感觉。

上次她让我到衣柜里去找我准备借的衣服时，我已经迅速扫了一眼她的衣柜。那个时候，我们的时间不多，而且珮珀一直盯着我。当时我感觉很抱歉，总想着选一些普通一点儿的东西，她可能不要的东西。现在呢，没有人盯着我，也没有时间限制了。

我拿出一件漂亮的高领红色上衣，一件亮眼的黑色外套，还有一条黑色的窄裙——我把它们全都穿上。我还找到了一柜子的鞋，看着自己在镜子里面穿着高跟鞋踉踉跄跄地走着，不由自主地笑出声来。我把头发梳起来，仔细地看着自己。如果不是因为我的头发，宾馆的人恐怕根本认不出我来。

我一套接一套地试穿，把试完的衣服都堆到床上。然后在一个抽屉里，我发现了一件毛茸茸的连身衣，仿佛一条巨大的小狗，衣服上还有一个头套，头套上面是小狗的耳朵。我把衣服穿上，又笑倒在地。

我穿着小狗服坐到珮珀的书桌边。书架上，学校的书还有小说乱七八糟地摆在一起，摇摇欲坠的感觉。墙上挂着相片框，是珮珀和朋友还有家人的合影。还有一张是一条狗和小珮珀的合影，大概八岁的样子——肯定是基尼，她杯子上的那条狗。

小说都很新，有些看起来都还没有读过。我扫过书脊上的广告语，选了一本，走到床边，把衣服推到一侧。

珮珀的床真是舒服，而且还很大——就和我在宾馆里每天铺的那种双人床一样大。她的床上有，我数数——四个枕头？我来回抚摸着柔软的被套。这时，我口袋里传来震动，这让我跳了起来。珮珀的手机？

我拿了出来，看了看屏幕，是条短信。扎克的。

嘿，靓女，我在路上了。你是怎么让你爸爸同意今晚待在我这里的？我等不及了。

什么意思？

噢。肯定是珮珀跟他说，今晚她住他那里，但是忘了告诉他手机已经给了我。我想了好一会儿，她没有手机怎么能告诉他这个消息，然后突然想起来，她给我展示过，她的手机和平板电脑能同时接收信息。如果有需要的话，我就可以这样给她发消息，虽然她没有手机。她肯定也能够从平板电脑往外发信息。

她知道我能看到扎克的短信。

靓女。

之前，我始终无法理解珮珀为什么会允许我这么做。几个小时之前，我告诉她我曾经到过她家里，假扮成她，和她爸爸待了一会儿，然后她就提议我今晚到这里来故伎重施一番？

今晚待在我这里。

她没有任何的附加条件，没有坚持要我向她汇报任何事情。我一直在奇怪，她为什么允许我这么做，她有什么目的，但是这个机会太好了，真是无法拒绝。能到这里来，感觉一下她的生活究竟是怎么样的真是太好了，即便只是一个晚上而已。

原来如此。搞了半天，她实际上是要把我支开，好让她能独自和扎克待在一起。她让我到家里来给她打掩护，来蒙蔽她爸爸，这样她就能和扎克在一起了。

一个晚上。整个晚上。

他们会待在他的房间，还是她会睡到我的房间？或者他们都会在我的房间。

我摇了摇头。那不是我的房间，那是扎克妈妈的房间，我敢肯定他绝对不会和珮珀待在那个房间。那不是我的房间，想都不用想，眼前这个也不是。没有什么东西是属于我的，不是吗？

等不及了。

我努力不去想今晚那边可能会发生什么事情，但是做不到。

珮 珀

奈斯跳了起来，往门口跑去。这是一条小狗的预警系统，只对扎克有效。不知道为什么，他回来时，我还看不到听不到的时候，它却总是能提前感觉得到。果不其然，五分钟之后，我听到了门响的声音。

他打开门，走了进来，奈斯高兴地在他脚边活蹦乱跳。他看到我的时候，笑了。“珮珀？”

“还能是谁？”我回答。我闻了闻，然后摸了一下鼻子。“让我猜猜。大蒜，罗勒叶，香蒜酱。今晚饭店里吃的是意大利面吗？”

“果然料事如神。”他走了过来，拿起我的手——把我从沙发上拉起来，然后抱紧我。我的身体放松下来。他俯下头，紧贴在我的脖子上。“我去洗澡。”他的声音从我的头发里传出来，有些闷。他稍稍抬起头，四处看了看，“葵茵呢？”

“她不在这里。只有我们俩。”我眯着眼，朝着他意味深长地笑了。

他的眼睛亮了。但是他没有低头吻我。“这么晚了，她在哪里呢？”

“在我家里。她——今晚是我。”

他扬起了眉毛，“那就是说，现在你是她咯？”

我拧了一下他的手臂，“别犯傻啊。”

“我听说你们之前吵了一架。我听说她想在大家面前做自己。怎么，现在她又跑到你家里去扮作你了？”

“这就叫作妥协。这很明显嘛。”

“哦，是吗？听起来你还是按照自己的想法在掌控着呢。我觉得让葵茵扮成别人，并不是个好主意。”

“哦，你说的是事实吗？你怎么突然就成了一个更了解我的姐妹的专家了？”

“好吧，”他笑了，“我其实是了解你的专家。”他的手在我的手臂上上下抚摸，但我猛地躲开了。

“不管我们长得多像，但我们仍然是不同的两个人。”

他叹了口气，“嗯，没错。我完全同意。”他转身朝厨房走去。我听见烧水壶打开的声音，然后是水龙头。

我跟在他身后，“那是什么意思？”

“我只是想，你应该站在葵茵的立场上考虑一下。想象一下，她是什么感受。她现在有一种感觉，你有这么完美的家庭，这么温馨，妈妈和爸爸一直在身边。而与此同时呢，她却一直……”

他停了下来。

“她一直怎么样？你是不是有些事情瞒着我？”

“没有。”他转过身去倒茶。

“如果你知道一些事情，肯定会告诉我的，对吗？”

“我想说的是，”他说道，他在逃避我的问题？“她认为你有完美的家庭，完美的生活。这都是她没有的。也许你应该跟她讲实话。告诉她你妈妈的那些事情。告诉她你们根本就没法好好相处，连同时待在一个房间里都做不到。这样的话，也许她会更加愿意把她的事情告诉你。”

我摇摇头，“不。不！事情不是这样的。”

“是的，珮珀。我很抱歉，但实际情况就是这样。”

我和奈斯睡在沙发上——我对扎克很生气，但是为了什么原因，我却连自己都说不清楚。他怎么能这么跟我说话？是因为葵茵，是不是？他现在和她站在一边来对抗我。生气让我失去了自控。我知道这一点，但完全停不下来。

还有扎克说的我妈妈的那些事。我们确实相处得不是很好，但并非如他所说的那样。她是爱我的。

但我心里还是有一些疑虑，被扎克搅动起来的疑虑。我知道她是爱我的，这是实情。如果有必要的话，我可以讲出很多很多的场景来。

但是那些场景不全都是我小时候的事吗？

自从我知道我们的……能力之后，妈妈就开始用不同的眼光看我了。她时刻盯着我，仿佛害怕我内心当中有什么东西会跑出来一样。

她跟我说起葵茵，是在有一回我们大吵一架的时候。她说我们再也回不到过去，因为我还有一个双胞胎的姐妹。如果我们两个遇见了，葵茵会把我们都毁了。这就是葵茵被关起来的原因：她内心里有一种黑暗的力量。而且妈妈说这话的时候，那样子仿佛是在说她觉得我也应该被关起来。

或者是在说我应该和葵茵换一个位置。

她一说完这些话，我就能看出来她希望把说过的这些话都收回去。这些东西我生来就有权利知道，她却想收回去。

这是我们与生俱来的权利——葵茵的，我的。我们待在一起的权利。

但是我不能告诉葵茵我知道她的存在，因为她并不知道我的存在。我看得出来，这样做会让她无比郁闷。

葵茵必须相信我。她必须爱我，信任我。我必须永远都值得被爱。

我叹了一口气，被扎克搅动起来的那种痛苦在我心中肆虐着、撕扯着。我试着这样和妈妈相处过，但没有成功，不是吗？她从来就没有爱过我的全部，从来就没有爱过现在的我。

我在沙发上翻了个身，想找个舒服的姿势。我不想睡到扎克妈妈的床上——那是葵茵睡过的床。她曾把脸颊靠在那里的枕头上，红色的头发就仿佛白色枕套上的一片血迹。她进入梦境之后，那里的毯子盖住了她的身体。

那里现在已经有了一种气场，是她的，而不是我的。

我感到孤独沉重地压在我身上，让我喘不过气来。那些自以为爱我的人——爸爸，扎克，我的朋友们，其实都不了解我，不了解我的全部，因此他们都不是真正爱我的人。

只有葵茵可能真正爱我。

“来吧，起来。”妈妈伸出手，我爬起来坐到她身边。

“讲故事！”我说道。

“今天讲哪一个？”她亲了一下我的额头，一只手环抱着我，“其实我根本用不着问。”

她身边的桌子上有一堆书。她拿起一本，一本很厚的成人的书，看起来很无趣的样子。

“这本吗？”她问我。

“不行。”我咯咯地笑了。

“真的吗？这本书真的很有趣哦。”

“不行。讲小狗的故事！”

“哦，这可让人惊讶啊。那好吧。”她找到那本封面上有小狗的绘本，把我抱到她膝盖前，然后读了起来。

我知道里面的内容，时不时插一两句。她在翻页，我靠在她身上，她的手臂像一个温暖的鸟巢。她的手臂撞在书上，发出叮当声，我伸手抓住垂下来的吊坠。

“不行，孩子。这可不是你玩的东西哦。”

她把手挪开，但是我不愿松手，然后……

我们到了另外一个地方。不在妈妈膝盖边上，也不在家里。我和她站在一片石头地上，很冷。我在哪里？

妈妈使劲地打我的手，我的眼里满是泪水。我放开了手链。

我抬眼望去。她的眼睛是黑色的，她用一种疯狂的表情看着我，完全不似平常。

我往后退了两步，她往前走了两步。

“你必须学会听话。”她说道，然后扬起了手。

葵茵

嗡嗡，嗡嗡。

我睁开眼。那是闹钟吗？我看了一眼钟：早上七点二十分。一晚上都没怎么睡，一直在做各种难受的梦，让我的头很痛。

最后那个梦很奇怪。好像我就在这个房间里，不过是很多年以前。我很小，伊莎贝尔在给我讲故事？真是怪异的梦！但是一下子我就回到了我熟悉的记忆——在外婆家里，我的脸上狠狠地挨了一巴掌。

钟没有响，也许那嗡嗡声也是梦里的。我又慢慢闭上了眼睛。

嗡嗡，嗡嗡。

声音越来越大。好像就在我头边。啊。在床头柜上，是珮珀的手机。我不敢把手机拿起来，不敢看手机屏幕。这回又是什么内容呢？扎克会不会说：亲爱的珮珀，谢谢你，昨晚我们度过了一段美妙的时光。但或者也可能是珮珀发给我的：感谢你让我们能单独过夜。这里有一张我们在床上的照片。

别白痴了，葵茵。我坐起身来，伸手拿起手机。

又嗡嗡响了起来。不是短信，是有人打电话进来了。屏幕上显示是一个叫 EB 的人打来的电话。

我犹豫了一下，然后点击了一下屏幕上的接听键，“你好？”

“嘿，阿珮，我都打算放弃了。你今天来学校吗？需不需要搭你一程？”

我沉默了一会儿，不知道该怎么说。爸爸昨晚说过要我去上学。不管 EB 是谁，她是准备来接我的。不管怎么说，珮珀现在肯定还在和扎克忙活着呢。

如果我去的话，就能真的体验一下珮珀一天的生活了：学校，朋友，功课。

珮珀肯定会不高兴，这让我有些快意：让她也体验一下不能凡事如愿的感觉，这不是绝佳的机会吗？但我能应付得过来吗？我从来没有上过学。也许这是我唯一去体验一下的机会了。我一直都想知道是什么感觉。我把那些担忧都抛到了一边。

“你在吗，珮珀？”EB 说道。

“抱歉，我在。是的，我去学校。谢谢你搭我一程。什么时间？”

“跟往常一样吧。一小时后见。”

她挂掉了电话。我走进卧室里的洗手间，洗了一个热水澡。在一个壁柜里，我找到了厚厚的干净毛巾，然后找到一件浴袍把我自己包裹起来。

现在来看看珮珀穿什么去学校呢？昨晚我在珮珀巨大无比的衣柜里乱翻的时候，好像在哪里看到过一件校服。但是在哪里呢？

有人敲门。

门打开了。爸爸探进头，递来一杯茶。“真是难以置信。你已经起来了？那么，你真的要去学校？”

我笑了。“是的！但是感觉有点儿奇怪，也有点儿乱，好像已经有很多年没有去过了。我感觉自己连在哪个班都记不起来了。现在我连穿什么都不知道了。”

“没衣服可穿吗？我可不吃这一套啦。还是去年简单一些，那时候去学校都得穿校服。”他把茶放在桌子上，睁大眼睛看着铺了满床的衣服，什么都没有说，“你需不需要我送你去？”

“不用，谢谢。EB 来接我。”

“帮我跟艾琳问个好。”他说道，然后走了出去，随手带上了门。

那么，EB 叫艾琳。这个问题解决了。而且不用穿校服——解决了我的一大难题。我看到的那件校服肯定是去年的。这是不是意味着我穿什么都行？

我在衣柜里翻来翻去，这里抽出一条牛仔裤，那里扯出一件鲜艳的上衣，所有看得上眼的，我都翻出来摊在床上。

又有人敲门。这回门没有打开。

“进来。”我大声喊道。

一个女孩探头进来。她身材苗条，一头金发，长得很干净，穿着一件看起来很贵的外套。这是艾琳吗？

“你还没有准备好吗？艾琳叫我上来看看。”

那就不是艾琳。“抱歉。我不知道该穿什么好。”

“看你还是这副老样子，我就放心了。”

“来帮我一把？”

“真的吗？没问题。”她笑了起来，仿佛我给她颁了一个奖一样。她进来在床上那堆衣服里来回挑拣，然后到衣柜里看了一眼。很快，她举起了一条长款牛仔裤，漂亮的皮靴，还有一件很酷的淡蓝色上衣和搭配的外套，等我来定。

“看起来不错。谢谢！”我穿的时候，她转过身去。

“那就走吧。”她说道，我跟着她走到门口。她停了下来，回头看着我，“你的包呢？”

“我的包？对不起。看来今天去上学是个错误的决定。我完全不在状态。”我的五脏六腑都在紧张地搅动，我怎么会觉得自己能应付得来呢？珮珀并没有跟我讲过学校的事情。我搞不清学校在哪里，除了从她书桌上几本书得来的一点儿印象外，我连要上什么课都不知道。

“哦，亲爱的，你当然不在状态。”她拥抱着我，头发上传来一股好闻的香水味，“别担心。我会帮你的，相信我。不会有问题的。”

她转过身，四处找着，然后在我书桌底下抽出一个书包。她在书架上这里抽一本，那里拿一本，都塞进书包里，然后挽住我的手臂，拉着我朝门口走去。

坐在驾驶座上的是一头黑发的艾琳，车里还有一个金发碧眼的男孩，很精神，嬉皮笑脸的。我们走近的时候，他从车上跳出来，帮我开门，让我坐在副驾驶座上。艾琳翻了个白眼。

我们出发了，他们都特别好。也许他们一直都对珮珀很好，又或者朋友的妈妈去世了，他们还不太习惯。他们看起来有点儿拿不准该对我说些什么，这正合我意。如果他们觉得我身上有任何奇怪之处，希望他们都归因于伊莎贝尔的去世。他们也乐得相互聊天，而我在一边安静地坐着。他们时不时朝我这边望一眼，笑一下，表示他们很关心珮珀，也很担心。

口袋里珮珀的手机响了。我把手机掏出来，真是怕什么来什么，她发短信来了。

嘿，是我。昨晚怎么样？现在过来可以吗？我们换回来。

不行。其实，是做不到。我笑了。我咬着嘴唇想了一会儿，然后回了一条短信：*昨晚一切安好。正在和艾琳还有其他朋友一起去学校，所以你今天最好还是不要露面。*

我把手机调到静音，放回兜里。很快，手机开始疯狂地震动起来，她打电话来啦？我没有管它。昨晚她玩够了，今天轮到我了。

珮　珀

我盯着手里扎克的座机电话。她不接电话。她和我的朋友，一起到我的学校去了？装扮成我？我没有生气。我只是……震惊了。我完全不敢相信。

她在那里待上一整天，大家会觉得她是个疯子——觉得我是个疯子。她什么都不知道，连别人的名字都不知道。她怎么可能应付得来？

“早上好。”扎克从沙发边走过，一只手拿着奈斯的狗绳，身上穿着跑步的衣服。他停下来，转过身，“还好吧？”

我耸了耸肩，“还行吧。”

“还在生气呢？”

“还行吧。”我叹了一口气，低下头，靠在沙发上。扎克走了过来，站在我面前。

“我们吵架的时候，我感觉很不好。”扎克说道。

我抬起头，“那就不要和我吵。永远都同意我的意见好了。”

“那是绝对不可能的。”他说道，脸上没有一丝笑意。

“那就在我生气的时候不要吵，”我回答，“我会失控的。”这是实话。

他俯身，飞快地亲了我一下，“我回来后一起吃早餐？”

我摇摇头，一个计划在我脑中慢慢成形，“不了。我今天去学校。”

“那不错。放学后过来？”

“好。”

他把狗绳扣到奈斯的项圈上，然后一同出门去了。

好吧。葵茵去学校了。我现在什么也做不了，不过这就意味着我不用去做什么。我今天可以找点别的事情去做。

我笑了。

葵　茵

这么多双眼睛看着我。眼睛里面有各种各样的情感：同情，好奇，还有一些藏得很好但明显不好的东西。看来，并不是每个人都喜欢珮珀，是不是？但是他们都藏得很深。妈妈去世、举行葬礼之后，她终于回来了——通过我这个双胞胎替身，大家都看在了眼里。那一片低语声，还有各式各样的表情，让我感觉一阵眩晕。

铃声终于响了。那个金发姑娘似乎信守承诺，真的一整天都在照顾着我。她一直在前面带路，穿过走廊，走上楼，到处都是奔跑的人，如果有幽闭恐惧症的话，肯定会在这里昏倒。

艾琳还有那个一同乘车的男孩跟我都是一个班的。老师点名的时候，我十分认真地听着，努力去记住他们的名字。金发姑娘名叫嘉斯敏，帮我打开车门的男孩是蒂姆。我使劲地去记那些名字，直到艾琳不断地用手肘推我，老师在喊珮珀·休斯。

"对不起，在呢。"我说道。不是我的名字，也不是珮珀的名字，不是吗？她应该叫珮珀·布莱克伍德。

老师是属于同情阵营的。她微笑着，"很高兴你回来上学了，珮珀。"她继续点名，我则继续努力把那些名字和面孔都记住。

我还在想这节是什么课的时候，下课铃响了，这节课就是看看谁来了吗？每个人都冲出教室，我起身准备跟着艾琳，但是嘉斯敏拉住了我的胳膊。她摇摇头，“你今天真是不在状态，是不是？来，我们要上英语课。”

我跟着她又不知走了多少个走廊，然后走进另外一间教室。其他学生也都鱼贯而入。

今天有学生上台做课堂讲座，所以我只要坐着听就行了。他们谈的是西尔维娅·普拉斯。这是谁啊？听起来她好像很厉害的样子，我很想多了解一些，读一读她的诗，去感觉一下她诗歌里面隐藏的纹理。教室里，有的人看起来很感兴趣，有的人一脸迷惑，还有的则是人在心不在。

他们知道好多东西，我都不知道。对那些东西，我都有一种想去读、去学、去了解的强烈渴望。但是，很多人似乎觉得待在这里是一种折磨。其实，他们根本不知道自己拥有什么，不知道这里能给他们提供什么。

这就是学校了。我以前一直都很好奇，不知道学校是什么样子。

铃声再次响起，我跟着嘉斯敏走出教室。

老师站在门口，“珮珀，留一下。”她等着别人都走出教室，“我现在不想给你任何压力，但是你也需要做一次课堂讲座。你的计划是明天。如果你还没有准备好，我可以想点儿办法，把你的调到最后去。”

我不知道珮珀是否准备好了，我感觉她应该没有。她和扎克忙活得不行呢。

我微笑着回答：“没问题。我明天做。”

珮　珀

我站在我家外面那条路的尽头，远远地查看了一下家里的车库：爸爸的车已经走了。我快步走到门口，输入密码，心里默念着希望没有哪个饶舌的邻居看到我早上坐车离开，然后现在又穿着不一样的衣服走路回来。

楼上，我的房间门半掩着。我走了进去，然后把门关上。当我转身的时候，惊讶得眼睛睁得老大。床上到处扔着衣服，有的扔到了地板上——还有我婶婶们去年圣诞给我买的那件连体衣。

难道她翻遍了所有的东西？所有我的东西？我查看了一下书桌和抽屉，看起来没有丢什么东西。但是所有东西都感觉不太一样了，乱了。我所有的东西都已经被她看遍了，翻遍了。我感觉浑身不自在，就好像一个小偷乱翻了我的东西一样。

但她是我的姐妹。我努力让自己冷静下来，但无法阻止怒火在心中淤积。这么个姐妹，我真想现在扇她一巴掌，但又做不到，因为她现在正和我的朋友们一起待在我的学校，装扮成我的样子。

集中注意力，珮珀。

那么，我现在知道些什么？前几天，我在这个房子里找不到任何关于妈妈来自哪里的线索。爸爸告诉了我妈妈的姓——也就是我的姓——布莱克伍德。葵茵确认了这也是她的姓。爸爸说还有一个布莱克伍德家族的遗产，但是他不知道这个遗产是什么，也不知道在哪里。葵茵告诉扎克她是被外婆带大的，而且她也告诉了我们俩，妈妈经常去看她。

那么可以肯定的是，我们现在只有一个家人，那就是这个外婆。我必须想办法找到她，要做到这一点，只有找到葵茵曾经住过的地方，或者妈妈去过的地方，然后才有可能找到我们的家族和遗产。

下一步怎么做？因特网。

我打开笔记本。葵茵是不是也看了这个？

不可能。她根本不知道密码——除非她能猜到是“奈斯”。

我首先在搜索引擎里输入了“伊莎贝尔·休斯”，出来的都是她的死亡报道。屏幕上，她的眼睛看着我。我伸出手去抚摸她的图片。这张图片是她，又不是她。

就仿佛我昨晚做的那个梦一样。刚开始她就是我儿时记忆中的那个她，然后她就变成另外一个人，另外一个可怕的人。

这张照片是在某个法律公司的聚会上拍的，是她最不喜欢的一张照片。她稍微低着头，有点儿心不在焉，还有点儿悲伤——如果她看到了相机，肯定会微笑，把自己想展示给别人的一面露出来。拍这张照片时她有些猝不及防。她当时在想什么？我真的想知道吗？

我往下滑动页面，直到看不到照片。但是略过近期发生的事情，出现的就是一大堆随机的人和地点，和她一点儿关系都没有。

然后，我搜索“伊莎贝尔·布莱克伍德”，然后搜索“葵茵·布莱克伍德”。这两个关键词的搜索结果都一样，都是无穷无尽的页面，没有一个和妈妈或者葵茵有任何关联。没有脸书，没有推特，什么都没有。我知道妈妈对社交网络并不感兴趣，葵茵估计也不会上网——她对技术的东西不太懂，连使用智能手机都得教她。但是更让人惊讶的是，葵茵的一切都没有出现在网络上，没有任何人注意到她。不管她到过哪里，互联网上就是没有她的踪迹——至少，作为葵茵·布莱克伍德，没有任何踪迹。

如果把“布莱克伍德”和“达特穆尔”放到一起查呢？我不确定自己的家族是不是来自达特穆尔，或者即便是，也不确定他们是否还住在那里。我所知道的，是妈妈遇见爸爸的时候，在那里工作。但是如果他们来自达特穆尔，那肯定就能找到什么。我把那两个词输入搜索框，并没有期望能发现太多东西，然后点击了确认键。

屏幕上出现了一大堆链接。

布莱克伍德是一个古语，指的是达特穆尔的黑泥炭，过去用作燃料。加思·布莱克伍德是达特穆尔监狱一位残忍的典狱长，1895年被一名关押的犯人杀害。后来他复活了来报仇。看起来有希望。

然后就是各种随机的、表面上毫无关联的链接，都是关于达特穆尔和我们这个名字的古老版本：黑森林家族[①]。里面是各种鬼怪、神话和超自然的东西。

看来，因特网也是很怪异的。不是吗？有的时候，你搜索某个东西，跑出来的全都是和你想找的完全没有关联的奇奇怪怪的东西。但是这些奇怪的东西里面还有更加奇怪的东西，很多东西乍看上去让人感觉似乎有些意思。但是却没有什么能够确定的东西。没有任何内容涉及我的家族和达特穆尔，也没法告诉我如果到了达特穆尔，我该从哪里开始找起。

我叹了口气，愁容满面地看着电脑。下一步该怎么办？

如果葵茵住在达特穆尔，她肯定也会在那里或附近上学。我查了那个区域所有的中学，列出了一个带有地址和电话的列表。我从最上面那个试起。

“你好？我有一个很紧急的私人信息，要告诉你们那里的一个学生。是的，我是她的家人——和她是姐妹。很不幸，家里有人去世了。

① 布莱克为英语“黑色”的音译，伍德为英语“森林”的音译——译注。

她的名字是葵茵·布莱克伍德……哦？你那里没有叫这个名字的学生？”

我把列表上的第一个学校划掉，然后继续。每一次，对话内容都差不多，都说没有葵茵，直到我把最后一个学校从列表当中划掉。

这个世界上怎么可能有人什么轨迹、什么痕迹都不留下呢？葵茵肯定是个幽灵。

葵茵

铃响了。刚才的数学课让我完全云山雾罩，但至少我不是唯一一个听不懂的学生。我扫了一眼整个教室，发现大多数人都和我差不多，一脸疑惑不解的表情。铃声还没有响完，大家就仿佛被地狱猎狗追赶着一样，争先恐后地跑出教室。但当我跟在嘉斯敏后头准备出去的时候，老师堵在了门口。

“珮珀，你有没有带上周就应该交的学期作业？”他的话音里面没有一丝方才那位英语老师的那种柔和。

“抱歉。没带。”

“我不能再让你往后推了。”

“我明天带过来，可不可以？”我说道，着急地想摆脱他，去追赶嘉斯敏。如果她不见了，我可不知道下面该去哪儿。

“那一定要带来。”

幸好嘉斯敏在门外等着我。“你写完了吗？”她问我，很明显是听到了我们的对话。

“哦……”

她扬起了眉毛，“如果你老是叫蒂姆给你做数学作业的话，他肯定会期望得到些什么，你知道的。我觉得他还没有花痴到这个地步，连学期作业都帮你做。”

我震惊了。珮珀叫蒂姆帮她做作业？

我跟着嘉斯敏到了咖啡馆——到午饭时间了吗？难怪刚才大家都闪得这么快。咖啡馆已经人满为患。但是嘉斯敏昂着头从人群中走过，人人都给我们让路。一张很大的桌子上有两个空位，上面放着书包，我们走过去的时候，有人把书包拿开了。

我坐到蒂姆旁边，嘉斯敏坐在我另一边。

“可怜的珮珀，你看起来累坏了。”蒂姆说道，然后把一条胳膊放到我肩膀上。他拥抱了我一下，我看到对面的艾琳很奇怪地瞅了我一眼。珮珀通常不会允许他这么做吗？我微笑着靠在他肩膀上，她的眼睛睁得更大了。

“我帮你去买午餐，”他说道，“吃什么？”

“你定吧。谢谢。”我微笑着对他说道，他起身朝望不到尽头的队伍走去。

“亲爱的，”嘉斯敏在我耳边低声说道，“我刚才说如果让他帮忙写数学作业，他肯定会有所求，我不是让你现在就开始。”我眨了眨眼，她偷笑了一下。“不知道我们无所不在的扎克会怎么看这件事哦。”

“我能搞定他的。”我耸了耸肩膀，说这话的时候内心充满了好奇。珮珀真的能搞定扎克吗？珮珀已经有男朋友了，还和别的男孩调情。这，恐怕珮珀也搞不定吧。肯定会有人告诉扎克的。

嘉斯敏赞赏地笑了，然后也朝我眨了眨眼。我感到了一种温暖和归属感。这也可以是我的生活啊。如果当初伊莎贝尔离开外婆来到温切斯特时选的是我，而不是珮珀，那这里的生活就是属于我的。

这应该是属于我的生活。

只要当初伊莎贝尔没有把我撇下。她怎么能这么对待我呢？现在问她已然晚了，而我自己得出的那些结论都让我心中不安。

蒂姆端着午餐来了——我的是沙拉和酸奶，他的是薯条和调味酱。这就是珮珀中午吃的东西吗？生菜？

“可以吗？”蒂姆显得有些担心。

“还行。如果我能从你那里偷几根薯条的话？”

“那都给你。我再去买一份。”他很想讨好我，这让我想起了奈斯。我摇摇头。他准备起身的时候，我拉着他的手让他坐下来。

“真的，没关系——不要去了。”我说道，看到他一脸的高兴——因为我碰了他的手吗？

“不，让我去吧。”他站起来又去排队。

珮珀怎么有这样的魅力，她的朋友们都是这样的做派？我仔细看着桌上的其他人。

他们都是同情珮珀的。我——她——怎么说，他们就怎么做，有的时候看起来很怪异。

珮珀的一些朋友看起来真的很关心她，比如，嘉斯敏。她让我想起了开着豪车来宾馆的那类人，他们从来不会去关注在那里工作的人。她很漂亮，她的头发、衣服还有其他一切都显着奢华，她和其他许多学生，甚至老师交流的时候，就仿佛他们理所当然应当来帮她，不需要什么理由。但她似乎是珮珀的闺蜜，而且很乐意照珮珀说的去做。

看起来，珮珀在她的朋友当中有着一种能带来爱与服从的影响力，但是为什么呢？她是怎么做到的？应该不是她的善良或者可爱的本性。她随口就能向她爸爸和婶婶撒谎，估计对其他人也是如此。外婆会被吓坏的。

我仿佛也变成了珮珀，当我假扮是她的时候，谎话轻易地就从我嘴里说了出来。

外婆也会被我吓坏的，我内心有一个声音对我说道。我假扮成珮珀，故意为她揽事、惹事，和蒂姆调情，只是为了捣乱。这些都会把外婆吓坏的。我为什么要做这些事情？

我的内心深处感到一阵难受，这都是因为扎克。我这是在报复珮珀，因为她和扎克一起过夜，让我感觉不好过。我内心有一个扭曲的声音在说，她肯定是故意的，就是要让我难受。

外婆说得对，不是吗？伊莎贝尔也说得对。如果我像现在这样继续无端地猜测下去，我就只能不断地证明她们说的是对的。

嘉斯敏靠了过来，声音很低。“你还好吧，珮珀？我能做点什么吗？”她的眼神很柔和，很担心。她挽着我的手臂。我突然感到一阵莫名的难过。我低下眼，摇了摇头，说不出话来。她拥着我的肩膀。

她是珮珀的朋友，不是我的。所有这些人都不认识我。他们也不会想认识我。

我抬起头来，感觉到之前的那种幽闭感又回来了。这么多人，这么多双眼睛，他们都在盯着我——希望我成为他们心中的那个人。

“对不起。我得离开这里。”

我站起来朝门口走去，嘉斯敏跟了上来。她对其他人摇摇头，他们都待在原地没有动。

“我们逃学吧。出去喝杯茶，吃块蛋糕？”

“不。不，对不起。我只想离开这里，独自待会儿。”

“你确定吗？”

“是的。”

她本想开口争两句，但还是点了点头。“好吧。但是如果需要我，就给我打电话，我会立刻过来，好吗？”

“好的，谢谢。代我向蒂姆道歉。我需要告诉别人我走了吗？”

她摇了摇头，“我帮你搞定。你去吧。”她靠过来，轻轻拥抱了我一下。然后我推开门，走了出去。

珮 珀

我的脖子有点儿僵，转了转肩膀——朝前，然后朝后。怎么样才能找到幽灵？

我想了一会儿。也许我的方法出了错。葵茵从来没有确认过自己来自达特穆尔，不是吗？我所知道的，只是爸爸在达特穆尔的一家宾馆里碰到了妈妈。尽管同时搜索布莱克伍德和达特穆尔能带来许多非常有趣、怪异的结果，但是它们可能真的什么用处都派不上。妈妈的家乡可能在任何地方。这完全就是浪费时间。我不可能给全国的每一所学校都打电话。

但是我还能怎么做？我叹了一口气，双手撑着脑袋。好好想，珮珀。

往后退一步。关于葵茵，我能确认的是什么？

她和我是双胞胎。我们有同一个妈妈，伊莎贝尔·布莱克伍德。葵茵告诉扎克她是外婆带大的。妈妈时常去看她。

我已经检查过了所有我能找到的账单和记录，但是都找不到她经常去的地方。她肯定是刻意地把自己的行动路线隐藏起来了——不管是我，还是爸爸，都无法发现。

突然，所有的这些碎片都连接起来了。我猛地坐直身子。葵茵和她外婆住在一起。妈妈的妈妈。那么，如果我找到了妈妈的过去，她小时候和她妈妈住在哪里，也许我就能找到葵茵的现在。

关于妈妈的过去，我唯一知道的事情就是她曾经在达特穆尔的一家宾馆工作过。爸爸说他和宾馆联系过，但是他们回答说她已经不在那里工作了，也不知道她去了哪里。但是他有没有问她是从哪里来的呢？

时间太久远了。过去了这么多年——即便我找到了那家宾馆，能不能找到一个记得她的人都是未知数。即便我查出了妈妈来自哪里，我们的外婆也有可能很早以前就和葵茵一起搬走了，但我想不出别的办法了。

我又回到电脑旁，这回搜索达特穆尔及附近地区的宾馆。另一个列表生成了——名字，地点，电话。我试了一下第一个。

“你好？我在为学校做一个家庭谱系表，想请你帮忙查一个亲戚的信息。我们了解到，大概十八年前，我婶婶在你宾馆里工作过——她的名字是伊莎贝尔·布莱克伍德？你们十年前才开业？哦。好吧，对不起。”

我给另一家打电话，接着下一家，但是都毫无结果。肯定有办法把搜索范围缩小。爸爸说他不记得宾馆名字叫什么了——可能是妈妈告诉他必须忘掉那个地方的名字。不过，他倒是说过酒店的标志仿佛是两条河？

我扫了一眼列表。双桥，这个宾馆叫双桥。是这家吗？

好吧。再试一次。我拨了号码。

那边响了。一声，两声，三声，四……

“下午好，双桥宾馆！”

“你好！我是一名中学生，我正在为历史课准备一个家族谱系图的介绍。我希望你能帮助我提供以前在你们那里工作的一位亲戚的情况，可以吗？”

“多久以前？”

“我觉得大概有十八年了。”

“哦，抱歉，我来这里才几年时间。我觉得恐怕没有人能记得那么久以前的事情了，不过我可以帮你问问这里的老员工。你要找的人叫什么名字？”

“布莱克伍德。伊莎贝尔·布莱克伍德。”

“你是说布莱克伍德吗？很有趣啊，我们这里有一个清洁工，也是这个姓！她叫葵茵。但是她请假了，因为她外婆病了。不过你是问很多年前的另外一个人，我得到前台去查一下……你好？你好？”

我盯着手里的话筒，那边的声音越飘越远。我挂了电话。葵茵·布莱克伍德。葵茵在这家宾馆工作？伊莎贝尔是不是曾在这里工作，已经不重要了。如果葵茵在这里上班，她们肯定住在附近。

我找到她了。

葵茵

乌云密布。我冷得发抖，抱紧双臂离开学校。珮珀的外套是好看，但抵挡不住十月的天气。我把沉重的书包换到另一侧肩膀，叹了一口气。我们坐车来的时候，我怎么没有注意一下路呢？现在我完全不知道自己身处何方。

但是我冷并不完全是因为降温了，还有其他原因。内心更深处的原因。有那么一会儿，就一小会儿，我把这件事情忘记了。我感觉这就是我的生活，有朋友，去上学，和普通人一样。但是珮珀的朋友只是聚拢在她的身边，而不是我身边。他们不知道我的存在。如果珮珀告诉他们我假扮成她做的那些事情，他们肯定会大为光火。

但还不止这些。他们是对的。外婆和伊莎贝尔，她们是对的。那些话在我脑中回响。黑暗力量会找到我，已经找到我了，很快就会让我屈服。我很软弱。我本可以阻止，但没有做到。自从我离开达特穆尔，就走上了一条错误的道路：忌妒，撒谎，故意捣乱。我下面该怎么办？

走路不够了，我开始跑起来，越来越快，跑过我不认识的街巷——但我逃不开我心中的东西。不管到哪里，它都如影随形。泪水模糊了我的视线。跑步和大口呼吸带来的热量，让我的皮肤感到暖和，却不能驱散我内心那冰冷的恐惧。

过了一会儿，我意识到自己找到路了。我知道自己在哪里，我正往扎克家走去。

到他家门口那条路的时候，我放慢了速度，然后在他家房子外头停了下来。他的车停在门前。我知道他今天要上班——他肯定是走着去上班的。

昨晚我离开的时候，琊珀给了我一把备用钥匙。我找到钥匙，打开门。奈斯朝我奔了过来。我半蹲下身子，伸手抱住了它，把脸埋在它茸茸的毛里。我再也控制不住，大声哭了出来。

前厅的门开了。一只手，温暖的手，轻轻地抚摸着我的头发。我泪眼模糊地抬头望去，是扎克，就是扎克。

他伸手抓住我的手，把我拉了起来。他紧紧抱着我，我身体里面的冷气开始渐渐消退。先是一点点，然后一股热量在我整个身体里奔流。这股热量从我身体最深处升腾起来，很快就冲击到我的手臂，我的腿，还有我的脸上。

我睁开眼，望着他的眼。他弯下腰来，亲吻我的脸颊，把泪水都吻掉。我又闭上眼睛，他亲吻了我的眼睑。我仰起头，他的嘴唇压在我的嘴唇上——温柔的，甜蜜的，温暖的，但是还不够。我的手抓住他的头，把他拉得更近。我也回吻着他，渴望着得到更多。他的手放在我的臀部。我被推到墙上，他的拇指抚摸着我的大腿，就在琊珀的低腰牛仔裤下方。

琊珀。

理智挣扎着醒来。他肯定以为我是琊珀。我努力想抽开身来，但是他的手在我皮肤上摩挲着，仿佛带着火一样。

前门打开了。

珮　珀

我呆呆着站在原地，张大着嘴，就仿佛一个白痴一样看着扎克和葵茵。如此热烈的亲吻？还不止是亲吻。

葵茵从扎克身边跳开，眼睛大睁着，一脸惊慌。

他看着我们俩，一副很迷惑的样子。他摇摇头，“这是怎么回事？”他说道。

我咽了一下口水，努力保持着镇静。“看起来，你和我双胞胎的另一半在亲热。”

“我不……什么……葵茵？”他转身面对着她，“是你吗？你怎么不说呢？”

她摇了摇头，往后退缩着——刚亲吻过的嘴唇一片鲜红，脸颊上的绯红已经消退成粉红色。

“你怎么能这么做？”扎克对葵茵说道。

她的心碎了，从她的眼神里看得很清楚。就在那一刻，她的心碎了。仿佛能听得到声音一样，心碎了。

“对不起，对不起。”她跑上楼去。门砰的一声关上了。

扎克揉揉眼睛，仿佛这样就能让一切都过去。他转身对着我，“你得相信我，我以为是你。嘉斯敏给我发了短信，说你离开学校了，心情很糟糕的样子。我给你打电话了，但是你没有接。我离开饭店，开车到你学校去，但一路上都没有看到你。刚回到家里，门就开了，然后她就在那里——在哭。她还背着你的书包，你开始跟我说要去学校的。”他指了指，书包还在地板上。“我以为是你呢。”

我抱着手臂，内心异常平静。“你真的分辨不出来吗？她亲吻的方式和我的一样吗？”

他没有回答，但是答案很明显，就在他眼睛里。他其实是知道的。在某一个时间点，他感觉到了不同，但是他没有停下来。

“对不起，珮珀。真的对不起。我真的以为是你，真的以为是你。”多说几遍，就成真的啦？他的话里除了惊讶和难以置信，还有别的东西：负罪感。

不管怎么说，你都做了。我转过眼，轻轻摇了摇头，然后撒谎道：“我没生你的气，扎克。葵茵，她知道你搞错了，但是并没有纠正你。”

楼梯那边传来犹犹豫豫的脚步声。

葵茵换回了她自己的衣服。她脸色惨白，但很坚定，她没有抬头看我们两个。

“我给你们带来了太多麻烦，实在抱歉。我要走了。”她说道。

葵 茵

“等等，”珮珀说道，“一句话，就一句话。”我真想现在就跑出门去，害怕再过一会儿，离开这里的勇气就消失了，然后她愤怒的指责就会倾泻到我身上。

我停下脚步，回头看着她。惹了这么多事，我得听听她想讲什么，这是我亏欠她的。

“让我们单独待一会儿。”她对扎克说道。他走进前厅，把门关上。我看着他离去，心如刀割。这真的是我最后一次见他吗？这一切都是真的吗？我强迫自己转头看着珮珀。她看起来很平静。她怎么能这么平静？她靠在墙上，就在那里，我和扎克……

不行。我不能再想这件事情了。现在不行，以后永远不行。

“你去哪儿？”她问我，声音很平静。

“我……我不知道。回家吧，也许。要不还能去哪里呢？”

她的回答出乎我的意料。“不要走。不要以这样的方式走。”

“你刚说什么？”

“不管发生什么事情，葵茵——我们都是姐妹。但如果你再靠近扎克，我就杀了你。”她脸上露出一丝笑意，“但你是我们家庭的一员。不要走。”

我摇摇头，“我不理解。我惹了这么多事情。”我咽了一下口水。和扎克亲吻，可能是我对珮珀所做的最糟糕的事情了，但这并不在我的计划之内。如果我早知道，绝不会这么做的——不止是因为这件事对她的影响，也包括对我的影响。“这还不是全部呢。”我说道，希望能逼迫她说出让我走的话。

“你说。”

“我今天到你学校去了。你明天要做英语课的课堂讲座，我还告诉老师你的数学作业明天也能交了，而且我还和蒂姆调了一会儿情。”

她脸上闪过一阵恼怒，不过她耸了耸肩膀，“没关系。我会想办法解决那些问题的。”

“你是怎么了？我不明白。你应该很恨我才对啊。”我恨你。

“我们是一家人。就这么简单。这就够了。你明白了吗？”

我的眼泪又流了出来，我没有去管，任它们掉落在地上。我一动不动站在原地。“葵茵，请留下来。至少等我们之间的事情都弄清楚了。”

“可我惹了这么多的事。”

她耸耸肩，“如果你知道我做过哪些事情，可能就不会这么大惊小怪了。”

珮珀的话听起来很有道理，我看着她：我的双胞胎姐妹。每一处都是相同的——我的脸，我的嘴唇——和扎克亲吻过的一模一样。

珮珀做过什么？也许我们之间的相同点比我想象的还要多。但如果是一样的，那为什么我们之前会被分开？我不明白。

“但你必须告诉我你和扎克之间是怎么回事。”珮珀说道。

“我也没有想到会发生这种事。我只是——我真的很难过，难过得哭了起来，然后他抱住了我。我没有想到我是在假扮你。我当时什么都没有想。”

我说话的时候，她紧紧地盯着我。我说的是实话，但听起来完全站不住脚，根本站不住脚。

不过，她立刻点了点头。“我相信你。我希望这件事情没有发生，但是我原谅你了。不过，下次你如果需要一个人来安慰你，可以试试找我。”她伸出手来。

我犹豫了一下，然后颤抖着朝前走了一步。她伸手抱住了我。她的手比扎克的柔软，扎克的拥抱我再也没有机会去感受了。我哭了起来，因为在我做了这么多事情之后，她还愿意拥抱我。她知道我内心的黑暗力量，而她还拥抱着我——伊莎贝尔从来没有这么做过，外婆也没有。完全不像现在这样。

也许珮珀是唯一一个能真正了解我、理解我的人。就好像我是唯一能理解她的人一样。

我哭，还是因为扎克。她原谅我了，这就意味着我再也不能靠近他了。永远不能。

珮　珀

门打开了，先传来一声清嗓子的声音。“我做好茶啦。”扎克说道。

葵茵把脸埋在我的肩膀上。我挥手叫扎克走开。“我没法面对他。”她低声说道。

“让我和他谈一谈。我会把你说的告诉他。在这里等一小会儿。不要走。行吗？”

“好。我答应你。”

我把她留在门口。我回来的时候，她还会在那里吗？不知道为什么，我知道她肯定会在的。

我走进厨房，关上门。

“嘿，”扎克说道，“外面都还好吧？”

“我觉得是的。”我叹了一口气，伸出手去，他伸手握住。

“这里也没问题？”

“是的。但是你真的是个白痴。找个时间一定要好好惩罚你。”

“葵茵还走吗？”

“她得走，我觉得。但是现在还不行，不能让她一个人走。”他扬起眉毛。“但是她不敢面对你。”

“我自己也很尴尬啊。”

“问题是，扎克，我真应该听你的。你一直都是对的。”

“是吗？”

“这一切对葵茵来说有些难以应付了。我不知道她成长过程中经历了些什么，但是她仿佛一团糟糕。现在事情都冒出来了，她就有些不知所措。我觉得刚才发生的一切，都不是她故意要做的。她只是很难过，你不过就是一个提供肩膀供她哭泣的人。”

“你的善解人意真是让人难以置信。”

“是吗？”

他亲吻了一下我的前额。他的嘴唇很温暖、很柔软，但是变了。永远地变了。我内心深处受伤了，我不知道该怎么办。

但有一件事情是确定无疑的：葵茵不能离开。如果她要离开，也要和我一起。我们必须在一起。

“那么，下面怎么办？”他说道。

“这得看葵茵。我把她带进来？”他点点头，我打开了门。她还站在原地，仿佛一直都没有移动，甚至没有呼吸。她茕茕孑立，一脸悲戚，还有些恐慌。看起来她受了很大的惊吓。

我伸出手去，“没事了，来吧。”

葵茵

我双手围着一大杯热茶。我的眼睛四处乱看，就是不敢看扎克的脸。看他的肩膀——没问题。他的手，放在桌子上呢。我就是不能看他的脸。

我的头曾在那肩膀上倚靠。那只手曾火一般地抚摸过我的皮肤。我颤抖了。

“葵茵。”他说道。尽管我竭力控制，但我仍然不由自主地望向他的双眼。他的眼神很稳。“没事了。珮珀跟我解释过了，我完全理解当时的情况，但是我们已经发明了一种秘密的握手方式，因此我们再也不会弄混了。”

我脸上掠过一丝笑容，但是不知道该说些什么。再也不会发生了。不需要什么秘密的握手方式。

“该我说了，”珮珀说道，“这些事我通常不会说，所以你们应该觉得很荣幸。”

“什么事？”

“我很抱歉。我看得出来你十分难受。扎克之前提醒过我，这种情况对你并不好，我没有听。我错了。我想现在是时候在我们大家之间建立起完全的信任了。”

珮珀这个善于撒谎的人，能完全信任吗？但是我应当信任她，这是我亏欠她的。她是我的双胞胎姐妹，是我的家人。今晚，她已经给我展示了“双胞胎”“家人”这些词语的真实含义。

“你是说，你们将一起去见你们的爸爸？”扎克说。

“是的，”珮珀说道，她看着我，“如果你愿意的话。”

我内心升起一阵恐慌。我知不知道怎样融入一个家庭？我知不知道怎样去原谅一个人，只是因为他们是自己的家人，就如珮珀所做的那样？我内心有一个声音在低声说，如果换个位置，如果扎克是我的男朋友，而珮珀亲了她，我肯定不会原谅她。我为自己感到羞愧。

“但这还不是全部，”珮珀说道，“另外一方面，我也希望我们能一起到你家里去，到你住的地方去。”

我盯着她，“我不知道你是否会喜欢那里。”

“那里是不是也是我们的妈妈长大的地方？”珮珀问。

我犹豫了一下，然后点点头。“她出生在那里，我们的外婆也是。我也是，所以我估计你也是。”

“你看——这也是我的历史，是我的一部分。我想去那里。我想见见我们的外婆。”

“她不在那里了。”

“即便如此也没关系。我们可以一起去吗？是达特穆尔，对吗？”

我看着她。我内心里有什么东西在变化，在屈服，虽然只是一点点。我点了点头。

她笑了。当珮珀高兴的时候，她那种喜形于色的样子是我从来没有的，虽然我们其他方面都一样。我的喉咙仿佛堵了。我无法转头，内心里满是温暖的感觉。这就是为什么她的朋友和其他人都希望让她高兴，他们希望她能像现在望着我一样望着他们。

“感谢你对我这么坦诚。”她说道，而我还想跟她讲更多。

“我外婆的房子在荒原上，在一个叫双桥的小地方。我从小就住在那里。我到这里，是第一次离开家。”

她笑得更开心了。她伸出手来，握住我的手。“我们的外婆在哪里？”

“她中风了。但没事，在医院住着呢。”

“我们能去看看她吗？”

“我觉得可以。”

“葵茵，我们是先去看爸爸，还是先去达特穆尔？”珮珀说道。两双眼睛都盯着我，等我作决定。对于一个通常没有决定权利的人来说，这真是一件吓人的事情。

“嗯，既然我们在这里，我们可以先去爸爸那里……”珮珀双眼之间隐隐起了皱纹。我亏欠她，不是吗？但是她想去的那个地方，是我永远也不想再去的地方。我把心里的恐惧压了下去。“但也不着急。你确定你想见外婆吗？她可不是个好对付的人。她比我还糟糕。”

珮珀笑了，“家人就是要相互容忍对方的缺点，对吗？”

我不知道外婆的问题算不算缺点。我不敢回去，不敢面对她，害怕自己再也不能出来了。但是如果珮珀和我一起去的话，情况就不同了。我这边又有了一份力量。珮珀让我不那么害怕了。

“好吧。那我们就这么办！”我说道。

“不过还有一件事。在我们告诉爸爸我们是双胞胎之前，不能让别人知道。否则，对他来说就是不公平的。”

我看着珮珀。她还希望我只是个秘密的存在。在自己家人知道前，不让别人知道，这也有一定的道理。但我心里还是在嘀咕：她总是希望这样，有没有别的原因？但还会有什么样的原因呢？

“同意吗？”珮珀边问，边伸出手。

“同意。”我回答。我们握了握手，事情就这样定了。

之后，我们商量了具体的细节。扎克说他送我们去，但前提是我们的爸爸同意珮珀去。他似乎觉得这肯定是一件不可能的事情。珮珀看起来却信心满满。我现在开始知道为什么了。她有一种能力，能让事情按照她希望的方式进展，不是吗？

我们坐在沙发上，三个人一起。珮珀在中间，一手挽着扎克，一手挽着我。

不知道为什么，我感觉这很正常。扎克和我之间并没有那么大的鸿沟，即便没有珮珀作为我们之间的桥梁也是如此。她是我的姐妹。也许我现在才开始体会到双胞胎应该是一种什么样的感觉？

珮珀给我们讲她童年的故事，那些好笑的日子，一些重要的事情。她的第一辆自行车，她从上面掉下来的时候怎样摔断了胳膊。她的声音很温暖，抑扬顿挫，有一种让人平静的力量，我听着听着渐渐有种想入睡的感觉。但就在此时，她说的一些细节让我心中一动，我睁大了眼睛。

“珮珀，你刚才说你摔断了胳膊，那时候你多大？”

“六岁。那是我过完六岁生日后的春天。”

“怎么发生的？你是失去平衡了，撞上什么东西了，还是别的什么原因？你还记得起来吗？”

“我记得很清楚，也许是这件事情很怪异吧。我当时一切都很正常，然后突然就从自行车上飞了出去。好像有人把我从自行车上拎了下来，然后把我摔在地上。”

“那是四月份。对不对？”

“是的，是复活节——”

“复活节，星期天，上午。”

珮珀扭过身来，看着我的眼睛。她一脸好奇，扎克也是。“你怎么会知道？妈妈告诉你的吗？”

“没有。她从来没有跟我说过你的存在，不记得了吗？但是我在六岁的时候，胳膊也摔断了。就在那天上午。”

“怎么回事？”

“我在爬山，然后摔了下来。”

“哇，”扎克说道，“这就是人们常说的那种很奇异的巧合吗？”

琊珀和我互相看着。我们同时慢慢地摇头。“不是巧合。”我们几乎同时说道。

我摇了摇头。“你先说。”

“这不可能是巧合，”琊珀说道，“在同一时刻，你掉了下来，然后我又莫名其妙地从自行车上摔了下来。”

“你们觉得这是双胞胎之间那种奇异的感应？”扎克看起来不太相信，“你们两个还受过其他比较大的伤吗？”

我摇头表示没有，琊珀也是。“只是一些小伤小痛。撞了个包啊，擦伤啊。不过……”我停了下来，还有一些我不太愿意讲的事情。

“什么？”琊珀问。

“我十三岁的时候，大病了一场。我当时觉得自己都快死了。”

琊珀一脸平静。“我也是。他们说是流感，但又不是那种普通的流感。”

“我做了好多可怕的梦。我醒过来之后，还忘不了。”

“高烧时的幻觉？我也是。”

“你从来没有说起过。”扎克对琊珀说。

“我连想都不愿意想。”她回答。

“我也是。”我说道。

“你们都是什么样的幻觉？如果是一样的，那就真的有些诡异了。”扎克说道，看起来他很感兴趣，但是我不想说，从琊珀的表情我看得出来，她也不想说。

琊珀摇头表示不愿意说。“今天太晚了。让我们换个话题吧。”

“好。聊什么？”我说道。我之前的睡意已经一扫而空。过去的回忆犹如现在指尖冰冷的感觉，我需要关注其他东西，任何东西都可以，好驱散这种冰冷的感觉。

“我已经说得够多的了，”珮珀说道，“我们听听你的事情吧。”

“比如什么？”

“你在哪里上学？”

我摇摇头。“我从来没有上过学。严格说来，直到今天我到你的学校去。”

“你是说你在家上学？”

“也不完全是。”

扎克和珮珀对望了一眼。“那当地政府——”扎克开口说道。

我摇摇头，“当地政府怕我外婆。”

珮 珀

两杯茶：一杯是爸爸的，一杯是我的。我端上楼，然后走进书房。

他从笔记本上抬起头来，扫了一眼钟。“上学回家可有点儿晚啊。”

我走过去，把茶放到他面前，手里端着自己的茶。

“嗯，是的，关于那个嘛。我感觉还没有准备好回学校去呢。”

“珮宝。学校很重要。”

“我知道。但如果我到了那里，所有的事情都一团糟的话，那就没有一点儿意义。另外，过了明天，下周就是半期假了，而且我想做一点儿事情。”

“什么事情？”

我把茶放下，走到桌子另一侧，然后坐在靠近他的桌子边，就好像我小时候经常做的那样。

“你还记得我之前说过想找到妈妈是从哪里来的吗？我找到了。”

他很惊讶。“真的吗？怎么找到的？”

“我给达特穆尔的宾馆打电话，然后找到了她曾经在那里上班的宾馆：双桥宾馆。她小时候住的房子就在附近。”我略去了那些中间环节，略去了他的另一个女儿，是他的这个女儿证实了我的猜测，把这一切都画成了一个圆。

“你的侦探工作让人印象深刻。”

他拿起我的手。“珮宝，我理解你的感受。但是我知道你妈妈和她的妈妈有些疏远，我相信她一定有自己的理由。我一直对你外婆有一个印象，感觉她很危险。我不希望你去见这个女人。谁知道她能做出些什么事情来？”

“我外婆已经不住在她的房子里了。宾馆的人说她中风了，现在住在医院。她的日子可能不多了。”我自己又往里面加了一些料。

他相信了，态度上有了变化。“我明白了，”他停了下来，抿了一口茶，“你想做什么？”

“我想到双桥去，去看看妈妈从小长大的房子，然后去医院看看外婆。不管以前她们之间发生了什么事情，你用不着担心，一个在医院病床上躺着的老女人能做些什么。”

他面无表情地看着我，最后点点头。“那好吧。我看能不能抽点时间出来。”他打开电脑上的日历，一言不发地开始浏览，但是我已经知道他有一些辩护案子要做。“至少要等一个月我才走得开。”

“让扎克带我去。”

他用父亲特有的眼神望着我。“你还只有十七岁呢。你不能单独和男友出去。”

“说真的，爸爸！这可不是什么浪漫旅行。我是去寻找妈妈的过去，寻找我的家人。我外婆老了，一个人待在医院里——如果我还没有到，她就去世了怎么办？”

长久的沉默。“我会考虑一下的。”

过了一会儿，我的门响了。

“什么事？”我说道。

爸爸探进头来。“我和扎克说过了。”真是不出所料，“你们去吧。”

准备上床睡觉的时候，我扬扬自得地笑了。一切都很顺利，一切都将水落石出。

我在燃烧。

我掀开毯子，踉跄着走下床，打开窗户。还是晚上，我独自一人。月亮很圆，越来越圆。然后变红，燃烧起来，从天空掉落。

我尖叫着趴到地上，手放在脑袋上，但无处躲藏。

嗷——远处传来号叫声，听不真切，却十分可怕。慢慢地，号叫声越来越大，越来越近。到了我楼下的花园里。

它们正顺着楼梯往上而来，然后进到我房间里。它们还在号叫——嗷——声音如此巨大，仿佛占满我的脑袋，我的五脏六腑都变成了液体。我不敢看，又不敢不看。

它们就在我旁边，浑身燃烧着。巨大的、黑色的猎犬，红色的眼睛，尖利的牙齿上是散发着臭气的舌头。它们身上有一种死亡和绝望的气味。

它们匍匐在我脚边，等着我死去。

不知何处传来了一个人说话的声音，一种给人慰藉的声音。妈妈？她告诉我这一切将会过去，我会没事的——她也曾经历过，她的妈妈也是，什么都做不了，只能坚强地活下去。

但我还是在燃烧着。

葵茵

在扎克的车里，奈斯一脸专注地舔着我的脸，它可能还不习惯车后排原本是它座位的地方现在被人躺着占领了。“我的脸都被你舔遍了。”我低声对它说道，然后紧紧地用双手抱住它。它不停地哀鸣，然后我才放手。车停了。扎克下了车。奈斯从打开的前门跳了出去，扎克大声喊着它的名字。车门关上了。

我本该躲在车里，等到他们走了再抬头起来，但是我忍不住，还是从车窗往外望去。房子的前门打开了，奈斯穿过草坪向前奔跑着，扎克在后头跟着。珮珀站在对面，我赶紧低下头，免得被她瞧见。

昨晚珮珀走了之后不久，电话铃响了。我听见扎克的门打开，想象着他穿着短裤和T恤衫穿过走廊，就好像那天晚上我见到的样子，打开我的房门来接电话——我床边也有一个分机。我想象着他就坐在我的身边，身体散发着热气。但是，他下楼了，拿起来那里的分机。

房子很安静，悄然无声。他的声音很清晰，从他的话里很容易就听出什么意思。因此还没有等到早上，我就已经知道我们明天将到达特穆尔去，但是我们的爸爸在同意之前想先和扎克在电话里聊一聊。我听到扎克向他保证一定会照顾好珮珀，同时还作了些其他的承诺，大致是不允许琥珀见到他穿短裤，我敢肯定那意思跟不许我和他过于接近差不多。

这就意味着，在我莫名其妙答应和琥珀一起去那里之后的几个小时之内，一切就都安排好了。昨晚，我躺在床上，一动都不敢动，满心的恐惧。就好像我是一个被抓住了的逃犯一样。如果我再回到监狱去，我还有机会再出来吗？

不，葵茵。邪恶的葵茵。一直以来，我都在接受惩罚，却不知道为什么，不知道自己做错了什么。一直以来，我的想法都被曲解了，然后被迫去做或者说些我不愿意、不相信的事情。在那里，有一种东西把真实的我压榨得变形了。直到离开了那里，我才开始感觉——感觉到那些属于我自己的东西。即便那是一种伤心的感觉，就比如扎克的事情，我也宁愿拥有自己的伤痛，而不愿意什么都感觉不到。

但是，除了对过去的恐惧之外，我内心深处还有一种不好的预感在淤积着。到那里去，可能对我们大家都有危险。但琥珀为我做了这么多，我现在怎么能够退出来呢？

我做不到。

几乎一夜无眠——尽管睡了一小会儿，那也全都是噩梦缠身。现在我到了这里，在扎克的车里。马上，我们就要出发去那个我再也不想回去的地方。

时间很快过去。房子那边有开门的声音。有人说话，然后是脚步声。后备厢打开了，然后车身向下微沉，应该是放进了什么东西。后备厢又关上了。驾驶座的车门打开了，扎克坐了进来。“还好吗？”他低声问道。

“还行。”我回答道，只是回应他的问题而已。我表面上看起来还行，但实际上我是真想跳起来，一把拉开车门，然后跑掉。

“琥珀说她想单独和她爸爸说几句话。我猜，主要原因是让他不要走到车子这边来，免得看到你。”他的声音又低沉下去，转头过去假装在调试收音机。

"是的，那就抓瞎了。"

"她来了。"

车外传来脚步声。"再见！"珮珀大声喊道。

车门打开，珮珀催促奈斯赶紧蹦到后座上，和我待在一起，然后她自己坐到副驾驶座上。车发动了。她朝外挥手。

车倒出停车道，然后开上马路。

珮珀笑了。"我差点觉得自己没法成行了。现在终于上路咯！"

"我能坐起来了吗？"我问道。

她转过身来。"真的很抱歉，你能不能再忍耐一下，至少等我们离开温切斯特？我怕有人看到我们俩。"

收音机的声音开得很低。车子来回摇摆着。一夜没睡，我现在开始犯困了。我打了个哈欠，伸了个懒腰，把身上的外套拉紧。

随着每一下心跳，我们离我的家乡越来越近了。

漆黑一片。我在荒原上使劲地奔跑着，奔跑着——在崎岖不平的大地上，我危险不断，却仍尽可能快地逃离。

嗷——巫猎的猎犬在我身后发出悲戚的号叫。我害怕不已，不断往前跑，速度越来越快。

但这样的速度并不能保持太久。我心里一阵恐慌袭来。

它们越来越近了。

四处都是号叫声——不止在我身后，我周围全都是。它们是在把我驱赶到那个最诡异的地方——那个与恶魔签订协议的丑陋之处。没有希望了。

我匆忙爬上一个陡峭的斜坡，在绝望中试图找到一条能逃离它们的路。

然后我看见了它，再也动弹不得。

它的眼睛是湛蓝色的，皮毛很厚，后面拖着一条长长的黑色尾巴。黑尾狐。它盯着我的手腕——盯着我手腕上戴着的伊莎贝尔的手链。

猎犬的号叫声让我的血液凝固。它们现在很近了，近到我能闻到它们呼出的那恶臭的死亡气息，感觉到我自己的死亡也在一步步逼近。

狐狸的眼睛里闪着智慧，它朝一侧歪着头。它知道我是它的，它是我的。后有猎犬，前面是狐狸，我没有选择，但是它希望我自己来作出选择。

琥 珀

我很冷。颤抖从我内心深处升腾而起，脖子上所有的毛发都竖立起来。阳光照在我脸上，车里很暖和，但我仍然在颤抖。奈斯哀鸣着，我转身望向后座。

葵茵睡着了。她脸色很白，嘴唇在无声地动着，身体在颤抖，皮肤上满是鸡皮疙瘩。奈斯蹲在她身边，舔着她的手，仿佛想帮忙。

我解开安全带，俯身过去摇晃葵茵，使劲摇晃。

她突然惊醒，大口喘着气。她的眼睛瞪得老大——狂乱的眼神，却似乎什么也看不见。

“葵茵？葵茵！”我说道。奈斯叫了起来，终于葵茵的眼睛转动了，先是看着奈斯，然后看着我。她的呼吸开始平静下来。她的颤抖慢慢平息，我也不再颤抖了。“做噩梦了？”

“好像是的。”她回答。她坐了起来，我回过身，重新系上安全带。

我从后视镜里仔细看着她。她试图坐起来，但又靠在后座上。她脸色惨白，头转向一边，仿佛在望向窗外。她出神地抚摸着奈斯，但是她的眼睛像是蒙上了一层雾，仿佛在看一些不是属于这个世界的东西。

那么就是说，葵茵做了一个噩梦，一个在白天做的噩梦，而我的身体也有了相同的反应。这究竟是怎么回事？我又颤抖了一下。和我们同时发烧，同时摔断胳膊一样？如果我们两个人当中的一个受了重伤会怎么样？如果死了呢？

“都还好吧？”扎克问道，迅速看了我一眼，又从后视镜里看了葵茵一眼，然后重新盯着前面的路。

“现在没事了。我们到了吗？”

“你都问了一百遍了，还没有。”

“除了我之外，还有人感觉饿吗？”

“我！”扎克说道，“葵茵，你怎么样？想不想吃点东西？”

她慢慢转过头来，“好啊。”

阳光还很大，十月中旬的天气还是很暖和。扎克去买午餐，我挽着葵茵，牵着奈斯坐在服务站里的餐桌边。我选了一个最靠边的座位，这样可以离其他人远一些。我们紧挨着，奈斯绑在狗绳上，在尽力地撒着欢。

“你的手好冷。”我说道，把它们握在我手里。她的头无力地靠在我肩膀上。“你还好吗？”

她耸了耸肩膀。“还行。说不好。”

“是因为我们要去的那个地方，还是别的什么事情？或者是你在车上做的那个梦？”

“都有一点儿。”葵茵说道，哪一个都没有否定。我感到一阵暖流：她终于开始对我有一些信任了——也许这就够了。

“你做了个什么梦？”

“我真的不太想说。”

“很奇怪的是，我知道你在做噩梦。我浑身颤抖，然后才转身把你叫醒的。我能感觉到你的梦。”

葵茵直起了身子，“那真是很奇怪啊。”

“所以我才好奇你做了什么梦。我还能想得起来，以前也有过这种奇怪的感觉和反应，但那个时候我根本不知道是为什么？”

这下，葵茵开始认真地望着我了，若有所思。她点点头。“我也有过这样的经历。”

“双胞胎之间都有这种奇怪的生理反应吗？还是只有我们这样。”

“我们怎么能分辨得出来？我们就是我们。”

“说得对。那么，你能跟我讲一讲你的梦吗？”

葵茵耸耸肩。“就是一个很愚蠢的噩梦而已，在荒原上被追，后面很多狗在叫。好像我是被追猎的一只狐狸。”她说出最后这句话的时候，露出了些微惊讶的表情。她想了一会儿。“对。差不对就是这样。”

“就这些？”

葵茵点点头，但我感觉得出来她还有些东西没有说出来。那就说明，她对我还没有足够的信任。

“珮珀，你做过这样的梦吗？”她问道。

“我不知道荒原。我没有去过，所以不知道荒原是什么样子的。但是我梦到过，晚上在崎岖不平的路上跑。不过那不是噩梦——很兴奋。我就是不停地在跑。”

但是有些话我也没有说出来。在我的梦里，是我追别人，而不是被别人追。

“昨天晚上呢？”葵茵有些犹豫地说道，“你昨晚做梦了吗？我做了。”

我背上起了一阵疙瘩。我点点头。“我以为这是因为我们在扎克家里聊了天的原因，我们聊了——”

“我们发烧的时候，”葵茵帮我说完了下半句，“我也以为是这个原因。”

“你梦见了什么？”

“我生病了，烧得不行，躺在床上。我爬起来，我看到了圆圆的月亮，还有——”

“整个荒原都着火了。然后就是那些猎犬。”

“是的，”葵茵低声说道，“那是巫猎中的猎犬。”

“巫猎中的猎犬是什么？”我问道，但不知道为什么，还没等她回答我已经知道了答案。

葵茵颤抖着。“巫婆的猎犬。传说它们暗夜里奔跑在荒原上。如果你看到或者听到了它们，死亡或者比死亡更可怕的事情就不远了。几个世纪以来，达特穆尔都有人说看到过，然后那些人都死了，但是我们怎么会做同样的梦呢？”

“我不知道，葵茵。你知道是怎么回事吗？我们以前发烧，做噩梦，都意味着什么？”

她疑惑地看着我。“我当时以为就是病了，但是后来有些不一样了。外婆变得不一样了，而且我……我不知道。我开始经常性地昏倒。你觉得还有其他的意味？”

“妈妈说她也有过这样的经历，她的妈妈也是。”

葵茵点点头，一脸沉思。“她们从来没有告诉过我。”

“我觉得这是一种预兆，预示着我们很快就要知道我们是谁了。”

葵茵皱起了眉头。“你是说——”

扎克走到我们身后，我用手肘顶了她一下，让她别继续往下说了。

葵 茵

我双手紧紧握住一大杯汤，感觉无比温暖。扎克买了三明治，还有一堆薯片和饼干。我强迫自己吃上一点，感觉好了一些，身上暖和了。但是，那个梦还萦绕不散。

珮珀感觉到了我在车里做的那个梦，然后叫醒了我。如果她不叫醒我，会发生什么事情？我做过那个梦，但每次一见到那只狐狸就醒了过来。但今天没有。我觉得，我很快就要获得一种顿悟了，很快就必须面对我不想面对的一些事情了。

过了一会儿，我们回到了车上，离那里越来越近。我们驶上荒原的时候，我心里的那种恐惧更加真切了——在这里我无处躲藏，走得越近，我越感觉自己像是裸着身子，迷失了方向，而且四周还有警惕的眼睛死死地盯着。现在才刚过中午，但天空仿佛也感觉到了我的情绪，开始变黑。乌云凝聚起来。

扎克已经在导航仪上输入了“双桥”。在到达宾馆之前的一个路口，我告诉他在这里转弯。前面不能算是条正儿八经的路，只是一条细长的小路。

“你确定车子能受得了吗？”扎克问道。

“确定。路不平，但是已经不远了。只有大概一英里。”

他开得很慢，我们的车上下颠簸着。

“希望对面不会来车。”珮珀说道。

“前面有地方可以通过两辆车，但通常不来车的。”以前基本没有车来，现在更加不会了，因为外婆已经住到医院去了。除了伊莎贝尔，没有别人来看过我。直到今天。

路变窄了，我指着荒原上一块不大看得清楚的空地。“停这儿。”

扎克看起来有些疑惑，但还是停了进去。我们四周的地都微微隆起，散布着满是青苔的石头，还有金雀花和蕨类植物。从他们城里人的眼光来看，这里很荒凉，很狂野。

“没看到什么房子啊。”扎克说道。

“是的，从这里还看不到，但是车只能到这里了。剩下的路，我们得步行过去。看这天，我们恐怕得快一点儿了。”

我们下了车。珮珀环顾四周，眼里充满好奇，满脸兴奋。“还有多远？”

“如果选难走的路，大概一小时，如果选好走的路，大概两个半小时。”

“一个小时？难走的路？”扎克说道。

“有多难？”珮珀问道。

我耸耸肩。“以前我每天走两趟。”

“那奈斯怎么办？”扎克说道。

“它没问题的。只有几段路我们需要帮一下它。”

“那就来吧，我们现在就出发。”珮珀说道。

扎克打开后备厢。扎克的双肩包，他借给我的包，还有一个巨大的箱子：这就是要在珮珀家那里停一下的原因了。我摇摇头，“我跟你说过要少带点东西啊。”

“确实很少了啊。”她惊讶地回答。

“如果要带上这个箱子，我们就得绕远路。不过走哪条路可能都躲不开暴雨。”

珮珀摇摇头。“我要去！要不我拿点东西出来吧？扎克，我们能不能共用一个包？”

她开始在箱子里翻，扎克也从包里往外拿东西，让它腾出一些空间。她转过身看着我。“你包里还有空间吗？”

我摇摇头。“没有。我这里面大多是从扎克冰箱里抢来的食物。这些可不能少。”我努力克制自己，没有再说出“快点儿”的话。天越来越黑，风也起来了。“你们看，天气开始变得糟糕了。也许我们应该先去宾馆，明早再过来。”

“那不行。我们现在已经这么近了。”珮珀的眼神很兴奋，红色的头发在风中飞舞，微光打在上面，闪着奇怪的光。我不由自主地盯着她看，看她那兴奋的样子。她笑了：“带路！”

扎克把车锁好。我又不安地看了一眼天空，然后朝那条窄路走去，奈斯紧紧跟着我。我加快了速度。现在肯定才下午三点，但是已经黑得连路都看不清了。我对这条路再熟悉不过，在漆黑之中也完全能找得到，而且我还以最快速度在这条路上奔跑过——外婆中风那次。

刚开始的路比较粗糙，但总体比较平坦。路旁散布着石头，两边都是松散的碎石。然后我们走上一段比较平坦的路——很多步行爱好者经常沿着这条路走到远处那崎岖不平的森林里，他们这种强迫症我一直无法理解。

远处传来一阵哀鸣声，一下子把我带回了梦境。我惊恐地停下脚步，那是一条狗还是风？

然后，奈斯开始低声嘶吼。

又来了，更加近了，肯定不是风。珮珀和扎克跟了上来。

“你们听到了吗？”我问道。扎克摇摇头。

珮珀点点头，因为那声音又来了，这回更大更近了，听得很真切，就是一条狗。她笑了。

“在那里！”扎克说道，指着那边山头上一个正在移动的黑点。黑点停了下来，朝我们这边看过来。现在，它朝我们这边跑了过来。等它靠近了，我看得出来那不是条小狗，也不是一条很友善的狗。我又感觉到恐惧了。扎克抱起奈斯，我不由自主地往后退了一步。

扎克把手放在我肩膀上安慰我道：“别怕，你看。”

珮珀慢慢走向那条狗。它已经放慢了速度，正大口喘着气，仿佛已经跑了很长时间。眼神狂野，牙齿露着，喉咙深处传来低沉的吼叫声。

“别犯傻，”珮珀说道，她朝它走去，我为她捏了一把汗，“你就是一条很友善的狗狗，对不对？”她说道，声音很温暖，仿佛唱歌一样。它看着她的手——尾巴开始摇摆，然后匍匐在她脚下。她俯身拍拍它，它尾巴摇得更欢了。

远处传来人的声音——在呼喊。两个人影出现在那条狗跑来的山那边。珮珀看到他们，朝他们挥起手来。他们快步朝我们走来，是一对穿着健步服的男女。

“你在这里呢，调皮的家伙。”那女人说道，然后俯身揉了揉它的毛。

“它在追一只狐狸，一会儿就不见了。希望没有吓着你们。”那男人说道。

“完全没有——它很可爱。”珮珀答道。它竖起了尾巴，仿佛表示赞同。“它可能是被什么东西吓着了，我觉得。”

那女人直起身子。“你们不会现在还要往那边去吧？很可能要下雨了。”

根本不是可能要下雨。

“我们准备去——”珮珀刚开口，我打断了她。

“我们没事。谢谢你们的关心。”然后我顺着小路往前走去。我听到他们互相道别。扎克把奈斯放到地上，它立刻蹦跳着跟到我身后。扎克和珮珀也跟了上来。

我们很快就分辨不出脚下的路了，只依稀可见一条朝上的小路——刚开始很平缓，然后就越来越陡了。风越来越大，我停下来扎紧头发，塞到我的外套里面。我朝底下望去。珮珀落在后头，扎克在她后面帮忙。我不得不停下来等他们，心里却有一种想逃离这个地方的冲动。奈斯紧紧待在我脚边，仿佛能感觉到我的恐惧。

停了下来才发现气温正在不断下降。我脖子上、手臂上的毛发都竖立起来，但又感觉这不仅仅是因为寒冷的缘故。我四顾望去，一切都没有什么异常。然而，这个地方肯定有什么东西让我浑身充满警惕。

这个地方，这难道就是我下午在梦中见到狐狸的地方？我的心里一阵发紧。梦不是现实——大多数情况都是如此。要冷静下来。

刚才那两个人说他们的狗在追一只狐狸，但应该不是我梦中的那只狐狸，那是一只有着黑色的毛茸茸的尾巴的狐狸。如果他们看到了任何不同寻常的东西，肯定会跟我们说的。

珮珀终于追了上来，喘着粗气。“是不是着火了？”

我惊讶地瞪着她，不知道她在说什么。

“我的意思是，你为什么要走这么快？”

这个时候，雨下起来了，仿佛老天在替我作答。不是以一种温柔的方式，而是一种荒原特有的方式。几秒钟时间里，大雨倾盆而下——我们就好像是站在瀑布底下一样。奈斯痛苦地哀鸣着。

珮珀挣扎着从扎克的背包里取出一把雨伞。我摇摇头。“风太大，别费事了。”风雨交加，我得大声说，她才听得清楚。

“还有多远？”扎克问道。

“翻过这座山。不远了，但是路很湿滑，爬起来很困难。或许我们也可以回到车那里去？”

“绝不。”珮珀说道，语气坚决。

扎克一脸忧郁，“危险吗？”

我犹豫了一下。“下雨的时候我走过很多次，但是我认识路，知道怎么下脚。如果你们走错了，就会很危险。”

“我觉得还是要好好考虑，珮珀，”扎克说道，“我答应过你爸爸要照顾你的。”

“我们会小心的，没问题，”珮珀说道，她的头发贴在脸上，“赶紧走吧，太冷了。”

“好吧，”我说道，“跟紧我，看着我的脚步。有些石头不稳，也不要踩苔藓，很滑的。”

陡峭的路很快到头，前面尽是岩石，必须手脚并用往上爬。好几次我都停下来，好让扎克把一脸生无可恋的奈斯递到我手中，因为脚下的路对它的小短腿来说根本没法应付。我想加快速度，离开这里，躲避这倾泻而来的大雨，但我又担心珮珀和扎克。催促他们加快速度，会很危险。我强迫自己放慢速度，保持镇定，确保他们跟得上。

一道耀眼的闪电，让我一阵犯晕。在天空被照亮的那一刻，我看到一个影子出现在威仕特山岩那丑陋的轮廓旁边。是一只狐狸吗？我眨了眨眼，但是闪电已然过去。我被闪得两眼发花，看不清楚。紧接而来的滚滚雷声大得惊人，吓得我跳了起来，差点摔倒。

“好近啊。”扎克大声喊道。

我回头看去。他也看到了？但他在仰头看天空。

又一阵闪电和雷声紧跟而来。我赶紧转头去看那只狐狸是不是还在那里，但等我转过眼去的时候那里已经是一片漆黑。

珮珀和扎克拥在我后头，呜呜叫的奈斯被抱在他们怀里。“往前走安不安全？”扎克刚说完，另一道闪电划过天空。紧接而来的雷声将他后面的话完全吞没。

“往前走和停在这里、掉头回去，都差不多。”

“那就往前走！”珮珀说道。

雨越来越大。一股股细流开始顺着岩石往下流，渐渐汇聚成瀑布大小的水流。尽管我对这里的每块石头都了如指掌，但此时也不知道往哪里落脚了。

我回头看了看珮珀。她咧嘴笑了，很明显她喜欢这个状况。我摇摇头，继续往前走，靴子里进满了水，不停顿的攀爬让我的手完全麻木。

再往上努力一下，我到了。扎克把奈斯递过来，然后我转身去拉珮珀。她攥住我的手，她的手比我的暖和。她脚下一滑，所幸有我在前面拉，扎克在后面推，她直起身子，爬了上来。扎克的腿很长，很轻易就爬了上来。

一连串的闪电点亮了整个天空——如果我在房子里往外看的话，一定是幅漂亮的景象。雷声紧随而至，声音大得仿佛震到了骨头里面，让我感觉五脏六腑翻来覆去。

“我们必须站在山顶上吗？”扎克一脸警惕。

尽管我内心很害怕，但我尽力保持镇定。“别担心，这就是风暴最大的时候了。马上就会离我们越来越远了。”

老天仿佛听到了我的话，一道不如刚才那么亮的闪电划过天空，紧接着是一片雷声，也没有那么响了。我回头望去，天际处再次闪现出那只狐狸的轮廓。

珮 珀

我们深一脚浅一脚地走过山顶，走到一堆看起来很危险的岩石旁边。岩石很高，就在我们头顶。葵茵认出来了，是威仕特岩石，于是她停下脚步。

“威仕特，意思是许愿吗？”我问她。

葵茵摇摇头。“威仕特[①]，有巫术的意思。跟巫猎中的猎犬差不多。”

岩石那一侧的山坡微微向下倾斜。雨慢下来，黑云渐渐散去，天开始放亮了。

“就在那里了。”葵茵说道。

“什么？”

“外婆家。”她指着山坡尽头，我使劲望去，看到了一栋灰色石头房子的一角。房子周围零零散散地种着许多树，屋后是另一片石头山。房子掩映其中，很难分辨清楚。

我停下脚步，想先看看全貌。这个荒无人烟的地方，就是妈妈出生成长的所在，是葵茵和我出生的地方。也就是从这里，妈妈带着我逃了出来，把葵茵留了下来。

房子的石材看起来仿佛融入了屋后的石头山里面，就仿佛是石

① 威仕特为音译，英语中该词的拼写和“愿望”“巫术”都有些类似——译注。

头山的一部分，抑或石头山是房子的一部分。房子周围有一圈凌乱凋敝的石头围墙，遮住了望向房子的视线。顽强生长其间的树木都扭曲着躯干，看起来既不在墙后，也不在墙前，而是很怪异地成为围墙的一部分。这一切都看起来很有年头，非常古老。房子一侧挤着一片摇摇欲坠的外屋，仿佛还有一口井。真的吗？一口真的井吗？

“怎么样，什么感觉？”葵茵问我。我转身面对着她。她脸色惨白。她的眼神里有一种深不可测的东西，但是我什么都看不出来，只看到浮动其上的痛苦。她其实并不想回到这里来，永远都不想回来，是吗？她是为我而回来的。我抓住她的手，她紧紧握住。

“看起来好像童话故事里面女巫的房子。”我说道——这是一种试探，一种刺激。

她扬起眉毛，点点头。“把‘童话’两字去掉就对了。”

“走吧，两位女士。”扎克说道，“让我们到暖和的地方去。”

“那里也不比这里暖和多少，”葵茵回答道，“不过我们走吧。”

我们艰难地走上这最后一段路，然后发现眼睛看到的距离都是骗人的。房子离我们很远，而且走到近处要大很多。

等我们终于走到房子旁边，我发现我刚才看见的那些树真的就长在围墙上面，树根盘根错节地铺展在石头之中。

我们跟着葵茵走到围墙的远端，那里有一扇很窄的木门，长满了苔藓，看上去破败不堪。我们跟着她走进门，沿着一条小路往前，路边是一块块的石头，仿佛给房子画出了一个倒塌的轮廓。

房子外墙由一块块交错的石条筑成，石条两端圆润平滑，显示出它们有许多年头了。它们看起来仿佛组成了一个巨大的谜语，不用灰浆水泥，单靠它们就能把房子立起来，如同农夫搭建的石块墙。外墙上只有寥寥几扇窗户，都深深嵌在墙里。从窗户望进去，里面一片漆黑。

前门很宽，是双开的木头门，好像是由马厩的门——这房子是由马厩改造的？如果是这样的话，那肯定也是很久很久以前了。在门前，葵茵停了下来，仿佛在等待，但是我们就在她身边。

“我们能进去吗？”我问道，她静静地站了一会儿，然后点点头。

“没锁？”扎克惊讶地说道。

“没人会到这里来。”葵茵答道。她深吸了一口气，然后迈步走进去，我们紧随其后。

我们走进了前厅，左手边有一扇门，右手边有两扇小一点儿的门，厅的尽头是往上去的楼梯。

扎克把门拉上。尽管门上开了一个小窗，但是外面的光线没有之后，感觉里面很黑，我眯着眼睛调整视线。里面比外头还要冷。葵茵在颤抖。

“灯在哪儿？”我问道。

“我们没有通电。”葵茵说道。她放下包，在墙边桌子的抽屉里翻了一会儿，找到一些蜡烛和火柴。她点亮了三根蜡烛，递了一根给扎克，一根给我，然后自己留了一根。蜡烛上有烟熏的痕迹，很厚实，而且凹凸不平——自制的？

“跟我来。”葵茵说道，她打开左手边的门，走了进去，奈斯跟在她脚后。我们举着蜡烛往里走，微弱的光线颤颤巍巍地照出一间巨大的房子，里面有一个巨大的壁炉，大得可以在里面烤一整头牛。

“我来生火，”葵茵说道，“但是要过很长时间才能把冷气赶走，这里有好多天没有生火了。”

葵茵跪在地上，从壁炉旁边的一个盒子里取出柴火和纸。她的动作很麻利，几乎跟爸爸在我们家里生火一样熟练，不过我们家里那个壁炉更多的是为了营造气氛，而不是为了取暖。她把蜡烛微微倾斜，用蜡烛的火焰去点纸。

纸被点燃，发出明亮的光。柴火很快开始燃烧，随着噼啪的声音，跳跃的火焰照亮了整个房间。葵茵往里面加了一些煤炭，慢慢燃了起来，我们伸出手去。我不由自主地四处打量着房间。

“这个地方真是让人惊讶。”扎克一边说，一边和我一样四处望着。

墙上挂着画，因为时间、烟尘和光线，上面绣着的场景已十分模糊。一个巨大的填充沙发，看起来仿佛是从博物馆里拿出来的东西，厚重的皮革，上面扔着一条毯子。还有一把风格粗犷的木质摇椅——好像是手工做的？

还有一个巨大的独立侧柜，上面是书架，下面是柜子。书架上摆满了书和一些有趣的装饰物，都是我从来没有见到过的。

葵茵打了一个喷嚏。

我们回头看着她，她正在猛烈地打战。

“你需要洗一个热水澡，”扎克说道，“我们大家都需要。”

她摇摇头。“没有热水，除非我们从外面的井里打水来，倒进那里头，然后用火烧热。”她指了指角落里，那里有一个老式的锡制澡盆。

“那就现在都换上干衣服，怎么样？”扎克说道，把我们留在门边的背包都拿了进来。“有毛巾吗？”

葵茵点点头，然后离开了她点燃壁炉后就没再挪窝的地方。她打开侧柜下面的一个柜子，伸手进去拿出一条毛巾，递给扎克。扎克从包里拿出几件衣服，然后离开了房间。

我走过去，在柜子里翻看：都是毛巾，但和我们以前看到的有些不一样——很薄，打满了补丁。我扔了一条给葵茵，自己也拿了一条。“来吧，姑娘，你都冻僵了。擦干头发，把衣服脱了。我给你找几件衣服。”

她的背包里果然全都是食物，于是我到扎克包里去找我的衣服。找到了——一件厚重的套头衫，短裤，外裤。我都扔给了她，她伸手接住，犹豫了一下，然后看到我开始脱衣服，也开始脱下湿透的衣服。

在火光的照映下，葵茵的皮肤很白很纯，上面尽是鸡皮疙瘩。她很害羞，转过身去，从头上套上了衣服。然后她转过身来，就跟我刚才一样开始打量我的皮肤，眼睛里也满是和我一样的惊异，因为我们两个的一切都是如此相似。

门敲响了。

“都打扮漂亮了吗？”扎克的声音从门外传来。

“那得看情况啦，”我说道，“不过你可以进来了。”我停了一下，等门打开了然后才慢慢把衬衫往头上套。

葵茵转过头去，掩饰她那一脸的惊诧。扎克咧嘴笑了，然后摇摇头。“不要起了个头，却不让我来收尾。”

我走过去，抱住他的腰。他有点儿不太自在，是因为葵茵在房间里，还是因为他对我爸爸说的那些话？

我依偎在他身边，低声说道：“答应了的事情，是可以不去照做的。”就如你在吻葵茵前答应我的事情一样。

葵茵

我们决定就在火边过夜，这里最暖和。于是，我举着蜡烛，从房子的各个房间里收集来毯子和垫子，都堆在火边。珮珀兴奋地在我身边跳跃，就仿佛是在探险一样。相比起来，扎克就有用多了。他负责来回运送东西。

珮珀又消失在大厅里，然后就听到她喊我。“葵茵，这扇门打不开。”

我刚才还在想她需要多久才会发现。我起身走到大厅里。

“是打不开，锁上了。”

“哦，那你有钥匙吗？”

我摇摇头。

“里面有什么？”

我耸耸肩，犹豫了一下。“我也不知道。我只进去过一次，那还是很久以前了。这是外婆的书房，是她见客户的地方。只有一把钥匙，在她手里。”

“她不会把钥匙留下来吗？”

“不会的。她把它一直挂在自己脖子上。”

“真是让人好奇啊。”她又试了一下，门发出了一点声响。门很沉，很厚，木头做成的，合页都设计在里面。恐怕很难进得去。

哇哦！

珮珀吓得跳了起来，转头看着前门。“那是什么东西？”

“可能是猫吧。”

珮珀把她的蜡烛递给我，一脸的义愤。“你居然一直就这么不管它？”她往门口走去。

“小心点儿，这猫是野猫，对人可不是那么友好的。它不是我们的宠物，也不是别人家的。它高兴的时候，会经常出现在我们这里。”

珮珀打开门。它就坐在门外，看着她，和其他猫一样，一副唯我独尊的样子。这是一只黑猫，带着和其他猫打过架的伤疤。“它叫什么名字？”珮珀问我。

“猫。”

“真有想象力啊。”她俯下身，伸出一只手，轻声安慰着它，慢慢靠上前去。我估计她恐怕会被它狠狠挠上几爪子。

“小心点儿。”我又提醒她。

“啊，它不过就是一只小猫而已，对不对？”猫警惕地看着她，但没有移动，反倒低头闻闻她的手。她轻轻抚摸它，它靠在她的手上，然后蜷在她腿边，喉咙里发出咕噜咕噜的声音，我在这里都能听得很清楚。

我摇摇头。在我特别需要朋友的时候，我曾经反复地尝试过和它交朋友，但是它只有在我拿着食物的时候才会和我待在一起。而即便是那个时候，如果我靠得太近，它也会把我挠出血来。

之后，我们三个吃完三明治，舒舒服服地蜷坐在火边。猫从火边朝珮珀那里走去，奈斯溜到我这边来。聪明的狗狗。猫蛮横地叫着，等到珮珀开始抚摸它，它便躺倒在珮珀身边的毯子上，蜷起身子，悠然睡去。

“你是怎么做到的？”我问她。

“做什么？”

“和这些根本没法交朋友的家伙交上朋友。”我指了指猫。猫咪睁开半只眼，瞪了我一会儿，然后又沉沉睡去。

“说真的吗？我也不知道。”

“对动物，她总是很温柔。”扎克说道，边说边敲着自己的脑门。珮珀朝他扔过去一个枕头。猫乖戾地叫了一声，仿佛很不喜欢这样突然的动作。“你都不知道到了什么地步，连咬死你们妈妈的狗，她都不愿意别人把它们杀死。”

我惊讶地盯着她。

“我怎么想没有用，”珮珀说道，“他们还是把狗都杀了。”

“狗很危险吗？”

“什么叫危险？我很危险，你也很危险。对那些粗心大意的人来说，这只猫也很危险，但我也绝不会让别人把它杀了。”珮珀的眼睛在火光中奇异地闪烁着，那只猫的黄色眼睛就在她的眼睛旁边。这让我一阵颤抖。危险？她和我，都危险？

扎克打了个哈欠。“晚安，危险的姑娘们。现在得睡一会儿了。”他俯身过去，想给珮珀来一个晚安前的吻，但是闪电般袭来的猫爪让他不得不退缩回去。“我觉得这只猫肯定是你爸爸派来的间谍。”他说道。

奈斯在我旁边，让我终于暖和了过来。昨晚一夜没睡，再加上现在的温暖和一个下午的跋涉，让我感觉瞌睡起来，但总有什么东西不肯任由我睡去。我的眼睑开始坠落，但很快又睁开。我的视线忽远忽近，火苗变得模糊，直到眼前只剩下那一片跳跃的、闪动的火光。

火光闪动跳跃，既让人觉得美丽，又让人感觉痛苦。灼热包围着我，让我无处遁逃。整栋房子都被夷为平地。

只留下荒凉、死亡的土地，几块残破的石头是大火的见证，就在外婆房子前门的外头。

那是禁地，就和其他那些事情、那些地方一样。

但紧接着，一切都开始抖动，发生了变化。火光不见了，我蜷缩在外婆椅子后面。来不及逃走了。如果她们发现我，我的麻烦就大了。

“她在哪儿？”伊莎贝尔问道。

“你这么想见女儿，真是让人高兴。别着急。”外婆的声音很轻柔，但让我感到痛苦。我知道伊莎贝尔并不想见到我，她只是想确认我的位置而已。

“那姑娘已经察觉了，你得把她看得更紧才行。”

察觉什么？我伸长耳朵去听。

“想想你在和谁说话，注意一下你的语气。”外婆说道。

“你知道这件事的分量。”

“我比你清楚。”外婆的声音里带上了一丝警告的意味，伊莎贝尔肯定也听出来了。

“对不起，妈妈。我并不是想来质问你。”

“那倒点儿茶来，我就不计较了。”

我努力地在椅子背后缩起身子。伊莎贝尔从椅子边走过，进了厨房。厨房门关了起来。

“葵茵！”我仿佛弹簧一样转过身去。外婆站在我身后，脸上仿佛带着雷霆一般。“赶紧走。别让她看到你。”

我仓皇跑到外面的阳光下，躲到鸡舍后头。外婆居然知道我在那里，然后还放我跑掉，这让我十分意外。也许她要等以后再一并算账。

太阳很暖和。我躺在干草上，心里想着不知道她们在聊些什么。

伊莎贝尔说我察觉了，是什么意思？察觉什么了？我真想去听一听。

我闭上眼睛……意识开始飘散开去。

我从自己身体里飘了出去，重新回到了房子里面。外婆和伊莎贝尔就在底下。我看得到她们，也能听到她们在说什么。

但就在这时，外婆抬头望了过来。她看到了我，虽然她应该什么也看不到。她朝空中扔了什么东西，让我浑身疼痛——痛得我一下子就回到了自己的身体里。

不安的梦境把我弄醒了。我拉紧毯子，温度降低了。

是什么让我在梦中想起了这些往事？珮珀之前说过我们开始觉醒了，也许就是这个。然后扎克拿着午餐走过来，我也就没有时间问她是什么意思了。

那次灵魂出窍般的经历，发生在我生病之后不久。那之后，我告诉自己这肯定是发烧引起的幻觉，就好像我之前也有过关于老房子被烧毁的幻觉一样。我皱起眉头。也许我错了，那是真实发生了的。当时，我以为外婆在椅子后头发现我然后却放我走，是一种出乎意料的好意。现在想来，也许她就是想试一试我，看我能不能身体不动，但让意识回到房子里去。

或者，她是想看看自己能不能阻挡住我。

这一切都疯了。那肯定就是幻觉，或者是做梦。整个事情都完全是扯淡。

我冷得发抖。火已快燃尽。我叹了一口气，掀开毯子，往火炉里又加了一些炭，我的动作很慢很轻。奈斯动了一下，睁开惺忪的睡眼，然后又钻到毯子底下。

不知道为什么，我不想去看珮珀和扎克。他们是不是已经把猫赶走，然后两人现在依偎在一起？但我还是忍不住看了过去。

在微弱的火光下，扎克的脸看不真切。他在睡梦中笑着，但只有他自己。

珮珀到哪里去了？

嗷呜呜呜呜呜！

我浑身起了鸡皮疙瘩。是狗，或者更可怕的东西。声音不大，在很远的地方——就如我下午做的梦一样。我立刻完全清醒过来，站在原地一动不动。一股冷风在我脚边徘徊，穿过房间，从烟囱朝外吹去。是从大厅门口吹来的风。

我慢慢朝通往大厅的门口走去，门开着。

我把门又拉开一点儿，好看得更加清楚。前门敞着。我走进大厅，冷得牙齿打战。珮珀难道出去了？这么晚跑到了荒原上，而且还有那么多巫猎中的猎犬在号叫？

我真想跑回到火边，把扎克叫醒，让他去找她。但我鬼使神差地朝前门走去：一步，又一步，每一步都犹犹豫豫。我走到门口，朝外面的夜色望去。

天空清朗，星星都看得很清楚。月已近满，再过几个晚上就会是月圆之夜。

珮珀站在门边，映照在月光里。她只穿着睡衣，但并没有冷得发抖。猫蜷缩在她脚边。她和猫都望向荒原深处，仿佛他们的视线能穿透黑暗。他们就像是被钉在地上一般，一动不动。

我应该喊她，把她拉进屋子，关好门，把夜色和那些黑暗的东西都关在外头。

但是她站立的姿势，她头颈的曲线——里面有一种狂野的东西。不管她在想什么，肯定是不愿意被人打扰的。

或者这只是我自己的一厢情愿而已，但总有某种东西让我不敢上前去，害怕？

珮　珀

“让我们规划一下接下来几天的安排吧。”我说道。

“你想做什么？”葵茵问我，然后又咬了一口果酱三明治。这真是万能的早餐。

“嗯，我当然希望去看看外婆。但是今天我们待在这里，怎么样？”

葵茵立刻同意了。显而易见，她并不想去看外婆。

我们三个走到门外。太阳温暖地照着，昨天狂暴的天气现在已经看不到一点儿痕迹。

猫慢慢走过来，把一只死老鼠丢在我脚边——对猫来说，这是一只体积相当可观的老鼠。

“哦，你真是个聪明家伙，对吗？”我弯腰拍拍它的头，仔细看了看老鼠。“干得漂亮，但是我可不大喜欢老鼠。还是留给你自己当早餐吧，怎么样？”我直起身子。“扎克，我觉得我们需要从你车里再拿一些东西过来。要不你和葵茵把包清空了，然后过去背一些东西来？”

“马上就办，珮宝殿下。”他模仿爸爸的口吻说道。

我吐了吐舌头。“反正也只有两个背包，而且我还想在房子里转转。对了，你能不能再给我爸爸打个电话，告诉他我们已经安全抵达了？这里没有信号。”

葵茵看起来有些不自在——不知道是因为要单独和扎克待在一起，还是因为要把我独自留在房子里？不管怎么说，他们很快就出发了，奈斯跟在他们后头。

现在，我至少有两个小时能不受干扰地做我的事了。

不知道要找什么，这是找东西这项工作最难的地方。我知道这个房子里一定有某样东西——某样只有布莱克伍德才能继承的东西。妈妈特意让我保留“布莱克伍德”这个姓，肯定是有理由的。虽然她不愿意回答我的问题，但那样东西她肯定是准备留给我的。

看起来，我应该从楼上外婆的卧室找起。

我打开门。这里只有我一个人，感觉有些不安心。“别傻了，”我大声对自己说，“这只是一个普通的房间而已。”说完这句话，我感觉轻松许多，然后迈步走了进去。

光线很暗，我举高了蜡烛。这是一个很大的房间。方形的。中央摆着一张双人床，一把椅子，一个梳妆台和一个五斗橱。

墙幔后头就只是光秃秃的石墙而已——没有墙纸之类的东西。不管这些石头镶嵌得多么严丝合缝，风还是能透进来。每一幅墙幔后面我都看了一眼，尽量地让蜡烛远离墙幔。其中一幅后面是窗户。

梳妆台上有一个烛台，我把蜡烛固定在上面的铁钉上，把它留在桌上，然后掀起墙幔，走到后面朝窗外望去。墙幔压在我身上，很沉，让我有一种被幽闭的感觉，只想着赶紧出去。

房子的外墙特别厚，站在这里根本看不出去。宽敞的窗台仿佛一个座位，我爬了上去，蜷起腿靠坐在一侧的墙上。

下面就是房子的前门。我们昨天冒雨爬上来的山路看得不大真切。起伏不平的山坡上散乱地点缀着许多石头，看不到任何路。葵茵对路很熟悉，她根本不用低头找路。房子一进入她的视线，她就会紧紧盯着房子。

下面，在房子与古墙还有哨兵一样的树之间，坍塌的石头在地上围成了一个很好辨认的轮廓。那是一栋倒塌的小屋的围墙。墙里面的地上光秃秃的，什么都没有长。

昨晚我出去的时候，我绕着那片废墟的边缘走了一大圈，而不是像我们刚来的时候那样直接穿行而过。我在门边站了好几个小时，望着夜色。那外面有一种东西——一种与我内心的狂野相呼应的东西——不管葵茵做了怎样怪异的梦，那个东西一直刺痛着我意识的最深处。昨晚葵茵醒过来然后出来找我的时候，我并没有回头，也没有表示我知道她就在我身后，然后她就回到了房子里。

我跳下窗台，推开墙幔，再次走到卧室里。这里的空气看起来如此浓重，让人窒息。我只想找个暖和点儿的地方，但是这房间的窗户已经是整栋房子里最大的窗户了。这里的照明又都只能靠蜡烛——这让房子显得很封闭，很模糊不清。

楼下的壁炉管一路延伸上来，在房间里唯一没有挂墙幔的墙上露出来。我摸了摸那里的石头，是热的。

梳妆台上烛台旁，摆着一把梳子，上面留着几根白头发。没有香水，也没有化妆品。一个看起来很古老的雕花木头首饰盒里面有一些奇奇怪怪的东西：一根尾部发黑的羽毛，一把小刀，几片贝壳。

五斗橱里面没有多少东西。几件散落的衣服，大多又破又脏。还有几样好一点儿的东西，我捡出一条色彩斑斓的裙子和围巾，不知道是什么材质，摸上去很轻很暖。

外婆的房间里空空荡荡的，很快就被我搜完了。

然后，我去了葵茵的房间。在壁炉管道的另一侧，但是她那里的墙上没有挂东西，也没有窗户。尽管楼下的壁炉把一面墙的石头都烧热了，她的房间还是明显感觉冷得多。一张硬邦邦的窄床，一个很小的五斗橱。我知道自己要找的东西肯定不在这里，但我就是忍不住把每个抽屉都打开来，把葵茵肯定一次又一次摸过的东西也都摸了一遍——仿佛她的东西里面已经渗透了她身份的线索。

她的衣服比外婆的多，大都零零碎碎，相互都不搭配。穿旧了的牛仔裤和工装一样的衣服——蓝色的束腰外衣和裤子。她不是在宾馆里当清洁工吗？也许这就是她工作时穿的。

五斗橱顶上有一个破损了的瓷盘，里面是一些枯萎了的花瓣。还有一个很漂亮但裂开了的空相框，一条天鹅绒的镶边，和她的衣服似乎都配不上套。

这里的东西真是少得可怜，仅有的一点儿东西也根本提供不了任何关于葵茵的信息。看了她的房间，才明白难怪她会被我的房子、我的东西给震撼到。但是，这里肯定还有更多的东西，那个东西肯定就在这房子里。

我不耐烦地把手塞到床垫底下去搜寻，结果碰到了一个硬硬的东西。我掀开床垫一角。书？都是些乱七八糟很无聊的东西，小说和戏剧，都很乏味，看起来也很古老——有十年了，而且——还是二手的。为什么要藏到床垫底下呢？《呼啸山庄》应该是她最喜欢的一本——看起来读了有一百遍了。还有《罗密欧与朱丽叶》也是。

就这些了。

楼上还有一个房间，在葵茵的房间旁边——昨晚我们举着蜡烛在这里找到了一些毯子。房间里有一个小小的窗户，没挂窗帘，好让光线能照进来。看起来像是一个工作室，里面有一张桌子，上面还有一块床单，葵茵说她正在做，还没有完工。我摸着一块块缝合起来的方布，上面有细细的针脚，一条条纹路组成的复杂图案正慢慢显现。桌子旁边，是一个装满了杂物的箱子，都是一些手工材料的碎片和剪好的布块——床单上的方布就是从这里面来的？

我走下楼，回到我们昨晚睡觉的大房间里。昨晚我已经仔仔细细地检查过一遍了，但是我又一丝不苟地查了一圈。侧柜里面有一些很奇怪的陶片，还有一些毛巾。上面的书架上有几本很古老的书和看起来很古怪的饰品。看起来都不贵重，也很无趣，不可能是留给后人的遗产。

然后是大厅那一侧的厨房，里面很冷，石头地板光秃秃、油腻腻的。有一个小一号的壁炉，还有一些厨具，黑乎乎、冷冰冰的。我噼里啪啦地在橱柜里翻着，里面都是罐子和盘子。除非你是个古董收集者，否则这里的东西不会让你产生一点儿趣味。

厕所在房子后门外头，不能冲水，晚上尤其难受，还到处是蜘蛛。外头还有两个独立的小屋。葵茵说，其中一个是养鸡仔的。里面很黑，散发着一股霉味，到处散落着枯草。一个黑影快速溜过，估计猫就是在这里捉到早餐的。

另一个小屋里有一条长凳，还有一些做园艺的工具。石头围墙里面有一片蔬菜地，已经被寒流和昨天的暴雨糟蹋得不成样子了，不过现在那里也没有种多少东西。

那么，就只剩下厨房旁边那间上了锁的房间了。葵茵说那是外婆的书房。不管里面有什么，总得进去看看吧，对不对？

我回到房子里，再次研究了一下房门。除非采取一些非常暴力的手段，比如，用大斧子砍，或者用火烧，否则根本进不去。

我到房子外头去看了一圈，数了数窗户。楼下的窗户都很小，相互之间隔得很远。那个房间应该没有窗户。

那就只有一个方案了。我们需要外婆，对吧？让她来把门打开。

葵茵

今天我们的路程很轻松而且很快，即便是回来的时候包里装满了补给和珮珀的衣服。奈斯也在我们旁边高兴地又蹦又跳。

“在阳光下，这个地方完全是另外一副模样。”扎克说道。

大多数事情都是这样的。比如说扎克。他的皮肤有一种很温暖的光泽。太阳越明亮，他在我身边就显得越自然。我几乎可以假装他就是以前的他，就是在我亲吻他之前的那个他，尽管我自己已经不同。另外，现在也听不到远处有号叫声，看不到狐狸，不管是寻常的还是不寻常的。只有鸟的鸣叫，秋天的蕨菜，还有明艳的黄色金雀花。

我小时候特别喜欢在荒原上奔跑——探险，攀爬，大地和天空就是我的朋友。那次把胳膊摔断了，我也不愿意离开荒原。但等我长大了一些之后，事情就变了。我开始感觉到这个地方的沉重，感觉到自己仿佛在被人监视——让我几乎无法呼吸。

我现在感觉呼吸更加自如了，是因为珮珀和扎克在这里吗？又或者是我自己已经变了。也许待在这里也可以，并不会发生什么坏事。也许所有那些所谓的征兆，只是我对回到这里有些紧张过头了的感觉而已。

我们在威仕特岩石山顶上休息了一会儿，从那里可以俯瞰外婆的房子。今天天气特别好，站在这里视野十分开阔。扎克把手遮在眼睛上面，朝远处眺望。

“那边是什么？”他指着远处一片树林旁边那个灰绿色的小点。即便从这么远的地方望去，那里也让人感觉寒冷，不可靠近，连太阳都仿佛找不到那里，只在荒原上留下一个黑色的污点——那是一个邪恶的地方，外婆是这么告诉我的，也不许我去那里。

“威斯特人树林。”我一句话也不愿意多说。

“在附近没看到多少树，除了你家院子里那几棵之外。”

“确实没有多少。荒原上本来树就不多，尤其是在这么高的地方。”我起身上路。

“你外婆的房子离那树林有多远？”

我耸耸肩，没有回头。“大概走一个小时吧。那里有些地方会很危险，像沼泽一样，尤其是在昨天那种大雨之后。不管怎么说，我觉得今天我们已经走得够多的了。”

等我们回到房子，珮珀立刻扑过来拿走了我们身上的背包。她把里面的东西都倒了出来，我们带的和没带的东西都让她大呼小叫。然后她叹了一口气，坐倒在门前台阶上。她招了招手，我坐到她身边，扎克靠在她旁边的墙上。

“葵茵，这里有些什么好玩的？”

“没什么好玩的。”

“好吧，那你一天都怎么过的呢？”

“早上七点走路去上班，大概一个小时，打扫卫生六个小时，然后再走一个小时回来，一点儿都不闷。”

扎克一脸吓坏了的表情。

珮珀不耐烦地摇摇头。“不是，我的意思是在这里的时候你通常都做些什么，又没有电视看，又没有网络。”

“我想想啊，”我说道，同时抱起双臂，“做饭，收拾，缝纫，种菜，睡觉，就这些事情。”

“难怪你那么喜欢温切斯特。”

“是的，我确实喜欢。是你叫我来这里的啊，你想做些什么呢？”

“游客到这里来一般都做些什么？比如，那些住到你工作的宾馆里的人。”

“大多是吃吃喝喝，然后抱怨天气。欣赏一下风景，在荒原上面逛一逛，然后迷失方向，然后达特穆尔搜救队就去搜寻他们。”

“明白了，那我们出去逛一逛吧。”

“我们已经逛了一圈了，”扎克开始逗她，“之前好像是你不想和我们一起去来着。不过如果你真的想出去走走，我们在那边倒是看到了一片树林。你刚才说有多远来着，葵茵？”

“如果走得快的话，大概一个小时。不过那段路真的没什么意思，到处是沼泽，到那边能看到的就是一堆树而已。”我转过头去，希望我的紧张情绪没有出现在脸上和声音里。但是我失败了。

“葵茵不想去那里，这让我一下子就来兴趣了。”珮珀说道。

“那里很黑，让人毛骨悚然，到处是蛇。那里的路有一段就跟沼泽一样，昨天下了那么大的雨，估计你一不小心就会陷到能淹到你脖子的泥巴里头。还想去？”

“听起来简直完美极了。我们去那里野餐吧！”珮珀说道，“你不一定要去，告诉我们怎么走就可以了。”

我叹了一口气。“那条路有分叉，刚开始的那段路很难看得清。我还是去吧，免得你们找不到地方。奈斯不能去，它可能会陷在沼泽里面。”

珮珀轻快地跑走去准备午餐，顺手拉上了扎克。我盯着天空研究了一会儿，今天很清朗。看不出来会有什么不测的风云。但是在荒原上事情总是变得很快，我心里在打鼓，但不是因为天气，是因为别的事情。到树林里去，我内心有一种隐忧，不是外婆的警告或我自己的原因——是琊珀的原因。

我决定了，我不去，假装生病，跟他们理论一下。

但是当他们从扎克包里拿出午餐再次出现的时候，琊珀是那么高兴，那么雀跃。扎克也一起去。阳光在照耀着，琊珀在笑着，让我硬不起心肠来。

我敢肯定，我的隐忧都源自外婆关于那个地方阴郁隐晦的描述和警告。她不让我去那里，随便她说好了，谁管呢？如果我什么都听她的，我就永远不可能离开这里，也就不可能遇到自己的双胞胎姐妹和扎克。

外婆虽然不在这里，但仿佛仍然在控制着我的思想、我的决定。是时候停止她对我生活那铁链般的控制了，一次性解决干净。

我们出发了。奈斯被拴在房子里，在我们身后哀怨地叫着。

“那里——看，那片明亮的绿色。”我说道。

“怎么了？”琊珀问道。

“别走近了，那是一片沼泽。”我举着从房子里带来的棍子，慢慢靠过去，小心翼翼地始终踩在坚实的岩石上，然后将棍子往那片绿色中插下去。一直往下，再往下。但是当我打算把棍子往外抽的时候，又完全是另一回事了。我使劲摇动棍子，然后听到了很轻微的一种咕嘟的吞食的声音，棍子陷得更深了。我放开手，棍子慢慢消失不见了。

“不要到那里去，其他这样的地方也不要去，”我说道，“知道吗？”

“如果人陷到里面会怎么样？”琊珀问道。

“你越挣扎，沼泽就缠得越紧，陷得越深。最终的结果要看沼泽有多深。如果很深的话，你就会被淹死。大多不会太深，但是如果没有人发现你，把你拉出来，你就会因为饥饿，因为被风吹日晒慢慢死去。再或者，因为你跑不了，也不能保护自己，所以会被野兽活活吃掉。”

“好酷啊。”珮珀说道，扎克和我都无奈地摇摇头。

“我们要走的路不好找，经常在变化。沼泽似乎也经常变换地点，吞噬掉那些粗心大意的人。跟紧我，下脚的时候一定要注意。”

在阳光下，很容易看到沼泽，至少对我来说很容易。但这里是达特穆尔，没人敢保证阳光会一直这么好。我还有一根棍子，好随时测一测前面的路。很快，我们就安然通过，到了坚实的土地上。又过了一会儿，我们的小路走到尽头，前面是一条主路。

“不错。”扎克说道，指着来路旁边的一块警告牌：危险——小心沼泽。

我们继续往前走，珮珀一直说个不停、笑个不停，蹦蹦跳跳，完全不像是在走路，一会儿跑到前面，一会儿跑到后面。扎克也一起笑着。我一言不发地走着。他们是来度假的——就是这么回事，不是吗？对珮珀来说，这并不是真实存在的地方，这就是一种好玩的探险，她来看一圈，等她回到温暖的、有人照顾的家之后，就能有一段值得回味的记忆。

仿佛感觉到我在冷眼观察他们，她蹦了回来，挽住了我的胳膊。她的身上很暖和，而我的皮肤却一片冰凉。

“你为什么这么高兴？”我实在没有忍住，开口问她。

“我和你还有扎克在一起。太阳这么好。此时此刻，此情此景，为什么要不高兴呢？”她笑着说道，那温暖的声音几乎要把我内心那冰冷的恐惧融化掉。

走在前面的扎克停了下来。我知道为什么。我们到了，珮珀的嘴巴成了一个圆形。

威斯特人树林就好像是鬼魂一样的不速之客，突然矗立在荒原之上——七扭八歪、发育不良的橡树，仿佛被追赶的魂魄，永远定格在最惊恐的那一刻。

“真漂亮。”珮珀喃喃说道。

从某个角度来看确实如此。我知道她是什么意思，也知道为什么那些人要走那么远到这里亲身感受一下。

但是在树林深处，游荡着一股幽怨之气。

珮珀

在我们靠近那片树的时候，我抓住了葵茵的手。那里面有一种特别的东西，把我拉了过去，就仿佛磁铁吸引铁一样，催促着我往前去。

我们都保持着沉默，仿佛进入到这个地方就不应该说话。

我们走到了第一片树林底下。它们扭曲得厉害，完全不是正常模样，树下散落着许多巨大的石头，仿佛它们被人随意地扔了过来，然后就待在那里，上面长满苔藓。下脚都很困难，我不得不放开葵茵的手，尽力地保持平衡。

光线阴柔，不只是因为树林把阳光都遮挡了——透过头顶树冠照下来的阳光很充足——更多的是因为这里的光线给人的那种感觉，看起来仿佛被稀释过了一样。我停在一棵形状奇特的树前。几根枝丫往前伸出去，就仿佛四肢一样。树干在下面也向前弯曲，似乎冻结在抬腿逃跑的那一刻。

我继续往里面走去，没有特别的方向，也没有什么规律，眼睛看到哪里，脚就带我走过去。扎克跟在我身后，葵茵在后面稍远一点儿的地方跟着。

我停在一棵弯曲的、压抑的树前，鬼使神差地把手放在树干上面。

欲念；可怕的、不可遏制的欲念。

在黑暗中奔跑。

猎物的气味。

脑海中闪过无数影像，我吓得倒吸一口气，把手拿了回来。我犹豫了一下，然后又伸出手去，放在树干上。

血，鲜红的血；温热的，美味的。想要，需要更多。

没有止境。

绝望。

“珮珀？珮珀？”扎克说道。他把一只手放在我胳膊上，我一下子跳了起来，切断了我与树之间的联系。

“什么？”

“葵茵说我们得继续往前走了。”她走了上来，我转身看着她。她的眼睛盯着上方的树。

细细的白雾有如手指绕在我们身边，冷冰冰的仿佛在搜寻着什么。刚开始，雾还很薄，带着扭曲的边缘，在树与树之间游荡。然后很快，雾突然就变得厚重起来，我只能看得清几步之外的葵茵。扎克伸手抓住我的手，另一只手去抓住葵茵的手。他把我们三个拉到了一起。

“我们是不是应该在这里停一会儿？”我说道，“这样很难看得清路。”

我不假思索地靠在树上，那可怕的欲念和鲜血又充斥在我脑中。我抓起葵茵的手，放在树干上。她的脸离我很近。她的眼睛睁得大大的，像被刺痛了一样把手缩了回去。

原来在这件事情上我们两个也是一样的。

“这是个什么地方？”我问她。

“关于这个树林，有很多传说，有一些比其他的听起来更加真实一些。”

“跟我们讲一讲。”

“这里并不是讲故事的地方。现在，我们得离开这里。”

但是她的声音变得很微弱，很遥远。我还站在那里，手放在树干上——品尝着那种恐惧的感觉，跟随着血迹，然后——

葵茵抓住我的胳膊，把我从树边拉开。我又回到了此时此地，回到了树林和白雾之中。

她小心翼翼地慢慢在前头带路，走了一条我完全看不到的路。随着我们往前走着，往上爬着，白雾慢慢消散，一点儿一点儿。很快，我们回到了之前走进树林的地方——那里的树都如冻结在惊恐之中。

“没有你，我们肯定会彻底迷路的。”扎克对葵茵说道。他是对的，但是对我来说却完全是另外一番意味。如果不是他们两个把我从那些树旁拉开，我现在可能还待在那里，内心充斥着那种渴望而呆立原地。

我自己能摆脱吗？那种感觉很吓人，很残忍，没错。但是，不知为什么……

我还想再回去。

我们爬上起伏不平的山坡，站到了高处。太阳重新照在我们脸上，而脚下的树林仍然包裹在迷雾之中。

“这是野餐的绝佳地点。”我说道，于是扎克开始准备把我们的毯子拿出来。

“我们能不能再往上走一点儿？”葵茵盯着下面的树林说道。

“我饿得不行了，”我说道，内心渴望着能始终看到那片树，“而且，这里也没有什么风。”

我抖了抖毯子，铺在满地的欧洲蕨上头，扎克从包里拿出三明治。我们坐了下来，开始吃。

“好了，葵茵，我们已经离开那里了！跟我们讲讲树林的传说吧。”我说道。

她耸耸肩。“关于威斯特人树林，有各种各样的故事，都说这里有鬼，魂魄被困在这里。”她犹豫了一下，“还有人说，很多年前，这里是一个审判的场所。外婆说，那些被认为是巫婆的女人会被封到一个石头盒子里面，上面放上很沉很沉的石条，这样她们就跑不出来了。她们会在里面慢慢死去，因为寒冷和饥渴，然后树林会把她们的魂魄收走。”

“这种死法真可怕，”扎克说道，“审判又是怎么回事？”

“如果其中有人是巫婆，她会使用魔法把石条移开，然后逃掉。然后，她会被抓住，活活烧死。”

“对她们来说这又有什么区别。”

“确实没有，”葵茵耸耸肩，“如果你真的相信这些东西的话。”她说这话的方式，说明她是信的。“好了，我们走吧。”

“还没有讲完吧，对不对？”我问道。

葵茵开始收拾东西。“好吧，还有关于巫猎的传说。那些猎犬就被关在这片树林里。它们会跟踪晚上在荒原上游荡的人，把他们撕成碎片，让他们和自己一起参加永无止境的巫猎。”

我浑身打了个冷战。这正是我在那些树上所经历的幻觉，如果你认为是幻觉的话。绝望，撕碎一切的欲念。嗜血的欲念。

还有我的梦：夜晚在荒原上奔跑，但并不像葵茵梦中所体验的被追猎的感觉。我永远不会被追猎。

巫猎。

那晚我完全睡不着，一直盯着天花板。葵茵睡了，奈斯也睡了，但是猫的眼睛还睁得大大的，映照出红色的火光。我的脑子在飞速地旋转。图像、声音还有感觉，在里面搅成一团，仿佛我在盯着一个万花筒——又或者，我自己现在就是一个万花筒，在望着这个世界。

树林……欲念……鲜血。恐惧……厌恶……鲜血。需要更多的鲜血。这些念头在我脑中不停地转着，直到我朝下坠落，坠落，坠落，坠落……

很冷，但是火正熊熊燃起。很黑，但红色的眼睛看得很清楚。

我们被包围了。

冻僵了。

等待着。

欲念，绝望的欲念。

很快，我们就将获得自由了。

葵茵

第二天早上，扎克和我再次跋涉在屋后的山坡上。我走得很快，脚下一不注意差点在松散的石头上滑倒。扎克伸出手来想稳住我的身体，但是我自己直起了身子，他的手也就收了回去。

在山顶，我继续往前快走，走过威仕特岩石。

“等一等。”扎克说道。我停下来，转过身。他背靠在岩石上站着，荒原在我们四周高低起伏，但是他并没有在看风景。

“怎么了——跟不上吗？”

他摇摇头，嘴角还在笑着。“跟我说说话，葵茵。”

“说什么？”

“讲讲这里，还有你外婆。对你意味着什么。回到这里之后，你仿佛变了个人。”

他的眼神很坚定，也很好奇，但是很温暖——仿佛他并不像珮珀那样急切地想获取信息，而是在关心一个朋友。这又再次勾起了我内心的痛楚，那种希望有人能了解我、能让我倾诉心声的渴求。

但又不完全是。不是一个朋友，不是随便什么人，而是这一个——眼睛，嘴唇，温热的皮肤，关心，聪明，幽默，都集中在扎克高大、颀长的身形之中。离我这么近，我伸出手去就能触碰到他，伸出手去就能把他拉到我的身边来。

但绝不能这样。

“你很快就能见到我外婆了。”我说道，然后又开始往前走。剩下的路程里，我们保持着沉默，但是我的思绪在飞速转动着，争吵着。

我们为什么要做这些事情？珮珀是怎么说服我的，她怎么想我就怎么做？比如，昨天去威斯特人树林。尽管我很害怕，还有一种感觉不该让珮珀去那里。尽管外婆一再警告，我却告诉自己不要去管。

然后，珮珀抓起我的手，放在某棵树粗糙的树干上面——让我去感觉那种痛苦，那种欲念。我摇摇头，不去想那究竟意味着什么。还有昨天晚上的梦呢？我打了一个冷战。

现在呢，我又在做着她吩咐的事情，自己什么都没有想。

她周围有一种东西，驱走了恐惧，让我相信一切都会好起来。那是一种魔法，也许是一种很普通的魔法，但确实就是魔法，藏在她的笑容里面。这种魔法让我从内心深处认同她的渴求。

在我们来之前，珮珀说她想看看房子，然后去医院探望外婆。但是昨晚，计划又都变了。她说，如果我们现在去探望外婆，她一下子看到我们两个，可能受不了。她可能会再次中风，我们不能冒这个险。

我跟她争了一下。我说，医院之前告诉过我，她身体很强壮，如果有人能照顾她，就可以回家了。我甚至还说，如果珮珀觉得我们不应该一同到医院去，那么她可以假扮成我，和扎克一起到医院去，就好像我在温切斯特假扮成她那样。我没有告诉她，这肯定瞒不过外婆，外婆肯定能看得出来。

等我意识到自己的错误已经太晚。医院说外婆可以回家，珮珀揪住这个点，她说我们可以带外婆回家，但是方式要很有艺术，慢慢来，让外婆知道我们现在在一起。

昨晚，珮珀让我相信，一切都会没事的，外婆只是一个生了病的老太太，需要我们去把她带回家来，让我们这些家里人来照顾她。

于是现在，扎克和我就准备到医院去接她，珮珀待在家里。

但是珮珀没有在身边，理智和恐惧就又回来了。不管我自己怎么想，如果外婆在这里的话，我绝对不可能离开这里，不敢直接面对她。如果现在还是和以前一样怎么办？

仿佛珮珀就坐在我身边，我听到她在我脑袋里说道："一切都没问题的。我在这里，就不一样了。"我在心里牢牢地记住这句话。

"是葵茵吧，对不对？真的很高兴见到你，但我知道还有人会更开心。"护士见到我确实很高兴，但是她的笑容里面还藏了些别的东西。她瞟了一眼扎克。"这位是？"

"我的朋友，扎克。今天他开车送我来的。我外婆怎么样了？"

"好多了。她说话还不大利索，走路也比较困难，但是她特别想回家。我们一直在联系你，知道吗？"她一脸的批判，"我们只有一个你工作的那个宾馆的电话，但是他们也不知道你在哪里。来吧，我带你去见她。"

她朝大厅那头走去。

"你想自己一个人去吗？"扎克问我。

我摇摇头，没有多想就牵起了他的手。紧接着我意识到了自己的举动，想把手抽回来，但是他紧紧握住了我的手。

"没关系的。"他说道。

护士在一扇门边停了下来，做了个手势，然后快步走开。很明显，她并不想进去。是外婆急着想回家，还是他们急着让她离开？

我打开门。外婆直直地坐在床上，后面靠着枕头。她白色的头发被扎成了辫子，病号服外面披着她自己的围巾。她转过头，看着我，又看看扎克，然后看了看我们握在一起的手。她的眼睛睁得大大的，伸出手来。她的手是在颤抖吗？

我松开扎克的手，强迫自己走进房间，朝她走去。

“苏——苏——手。”她说道，因为表达不清脸上掠过一丝不耐烦。

“手？”我说道，伸出手去。她抓住我的右手，抓得很紧，然后看着伊莎贝尔的手链。这就是她在盯着的东西吗？不是扎克和我牵着手？她眼睛里是泪水吗？不，绝对不可能是泪水。怎么可能？

“我拿了伊莎贝尔的手链，没有问题吧？”我问她，突然很害怕她会叫我把手链摘下来——然后说她想把它作为女儿的纪念物自己留着。

但是她点了点头，然后把我的左手放在右手上。“留着，”她说得很清楚，“永——永——”她皱着眉头。“永远留着。”她笑了，眼睛里闪着亮光。一种东西搅动了我内心里面的恐惧，搅起了另外一种情感，我的眼睛也开始感到刺痛。我使劲眨了眨眼。她想让我留着手链？

她转过头，盯着扎克，招手叫他上前。

他走上前去，她指了指床另一侧的椅子。他坐了下来。

“外婆，这是我的朋友扎克。”

她再次伸出手，他也伸出手——这是一个很普通、很自然的举动，但是她并非一个普通的、自然的女人。她拿着扎克的手看了一会儿，然后把他的手翻过来仔细研究手掌。扎克看了我一眼，眼里满是疑惑，但是他并没有把手拿开。

外婆松开了他的手，探身过去把手放在他左胸心脏跳动的位置上。

她笑了，我内心深处某个结也松了开来——她喜欢他。如果她不允许他跟我们一起回去，那我就真不知该怎么办了。

“扎奇，”她说道，“纯净。”她在他胸口心脏的位置点了点。这回她说得十分清楚。

扎克脸上的笑容消失了，他的眼睛里满是痛苦和惊异。他摇了摇头，“你怎么知道？”

外婆又笑了，但是什么都没有再说。

很快，护士就拿着一堆文件回来了——看得出来文件早就已经准备好——就等着外婆出院了。很难相信他们就这样让外婆出院，什么都不做。但外婆就希望如此。外婆希望，一切就成为了可能。一个医生过来签了字，然后要跟外婆说几句话。趁这当口，扎克把我拉到一边。

“她怎么知道我的名字是扎奇？”

“你的名字是扎奇，不是扎克？”

他点点头。“只有我妈妈叫我扎奇，”他看上去大为震动，“在阿拉伯语里，‘扎奇’的意思是内心的纯净。你外婆懂阿拉伯语？”

我摇摇头。

“她肯定懂，然后猜到了我的来历，因此扎克就成了扎奇。”扎克在试图为这件讲不清楚的事情梳理出一个逻辑来。我很想让他就这样理解，但是不行，他必须知道。

“想一想。她一辈子都住在达特穆尔一栋偏僻的房子里面。她怎么可能去学这门语言？”

“那你怎么解释呢？”

“她对别人很了解。他们都来找她，听她讲他们自己的事情，讲已经发生的和有可能发生的事情，然后许下愿望来改变这些事情。”

“你是说，她是心理医生？”

“她是个有智慧的女人，一个疗伤者，一个预言家。”

他仿佛有些醒悟过来了，眼睛里露出了恍然的神情，但还没等他开口，护士回来了。

“来，葵茵，你外婆现在只能走很短的路，所以我安排了一个特别资助方案，给她从医院申请了一个轮椅。不要跟别人说啊。”她冲我眨了一下眼睛，显得很紧张，又急切地希望我们赶紧走，现在就走。我们向她表示感谢。外婆在一个护工的帮助下坐进了轮椅，我们把她推到大厅，出了门，然后下了一个斜坡。她现在坐在轮椅里，等会儿我们回去的时候就只能绕远路了，但即便是远路也很难走。我希望今天的好天气能继续保持下去。

扎克帮外婆坐到副驾驶的位置上，然后那位护工告诉我们怎样把轮椅收起来。后备厢刚好装得下。

“我们怎么把她送到房子里面去？”扎克轻轻地说道，跟我在想同样的事情。“要不我们去宾馆？”

外婆的耳朵尖得很。“不。”她说道。这回，她的声音又坚定又清楚。

“这个单词她现在用得可熟练了。”护工往回走的时候，小声嘟哝道。外婆从座位上回过头，恶狠狠地看了他一眼，让他踉跄了一下，头撞在扶手栏杆上，跌跌撞撞地走进门。

“我们能想出办法的，”我说道，“绕那条远路。”

琬 珀

我从外婆的卧室往外望去。刚才把房子又搜了一遍，我知道肯定找不到什么东西，但就是待不住，得找点儿事情来打发时间。她的卧室我特意留到了最后。我搜完一遍之后，把墙幔推到一边，然后坐到窗台上，朝外望去。开始的时候，我还想把猫逗引过来和我做伴，但它不吃我这一套，一溜烟就消失在了楼下。奈斯也不愿进这个房间，忧伤地蜷缩在门外的廊厅里。

已近黄昏，太阳低悬在十月的天空中。是不是出什么岔子了，是不是外婆不愿意回家？还是葵茵改变主意了，不愿意带她回来？

奈斯叫起来了。我听见它的爪子轻巧地抓在地上的声音，它跑下楼，到前门去了。它的那套扎克预警系统在这里也管用？

我再次扫视了一遍我们来这里的那座山包。什么也没有。但过了一会儿，在右手边远处某个地方，传来了什么东西的反光。我眯起眼睛，尽力望去。

那是一个很高的身影，推着什么东西？又过了一会儿，他们靠得更近了，看清楚了，那是扎克。一个轮椅上坐着一个驼着背、个子很小的人。葵茵在旁边走着，他们走的肯定是葵茵说过的那条远路。

我又看了一会儿，然后从窗台上跳下来。被他们看见就前功尽弃了。我偷偷溜下楼梯，按照之前商量好的，从厨房那里溜到房子外面。

我笑了起来。我来这里之后并没有睡太久，按理说现在应该已经筋疲力尽了，但完全相反，我现在感觉精神百倍。

我控制不住地笑了起来，差点绊倒在一片荒芜的蔬菜园里。房顶上的猫茫然又警惕地一直盯着我。

一切都如我所愿在进行着。和以往一样，我就知道事情会如此发展。

葵 茵

扎克在门口把轮椅停了下来。房子前面那一圈废墟尽是坑坑洼洼，轮椅根本过不去。即便有人帮忙，外婆要走过去也很困难。

“夫人，我背您过去？”扎克问道。

“不。”她回答，声音很尖。一路上我们已经发现医院那人说的没错，她现在最喜欢说的就是“不”字。

扎克扶着轮椅，我帮她从轮椅上站起来。一路上遇到轮椅没法过的地方，我们就是这么办的。她的脸拉得老长，明显很疲惫，但是她的眼睛里闪着亮光。

她抓着我的胳膊，大半重量都靠在我身上。我们走进了她的领地。扎克跟在后面，抬着轮椅。她仔细地查看着那一片烧毁的废墟，仿佛在担心会有什么不同之处。在我们祖先留下的这片废墟周围，每一块散落的石头都在时间流逝中拥有了自己独特的面容、独特的感觉。她板着脸，扫视着每一块石头。她是什么感觉？这个地方对我来说是禁地，就跟其他很多地方一样。自从多年前那次高烧和幻梦之后，我就特别不愿意接近这个地方。

门那边传来一阵兴奋的狗叫声。

“那是奈斯，”我说道，“我们跟你说过的，扎克的小狗。扎克？”

他放下轮椅，趋步上前打开门，赶在奈斯扑过来之前一把抓住了它的项圈。

外婆细细看了奈斯一会儿，然后就不再管它了。

我们走进门的时候，我感觉很紧张。珮珀是不是已经按照我们商量好的去做了——留意我们的到来，然后躲起来？我飞速地四顾一圈，没有看到她的影子。毕竟这是珮珀自己的主意，她应该没有理由改弦更张。

外婆敏锐的眼神想看遍每个地方——她叫我扶着她走进楼下的每个房间，一个个地看。在锁好的书房门前，她盯着看了好一会儿，然后往前走去，走上到她卧室去的楼梯。她能不能看得到珮珀的脚印，会不会感觉到其他人呼吸过她房子里的空气？

我扶着她躺到床上，把枕头在她脑袋下放好。

她抓住我的手，于是我坐在她旁边。她竭力想开口说话——她肯定有好多问题，想知道我去了哪里，我怎么拿到伊莎贝尔的手链的，还有怎么认识扎克的。

她咽了一下口水，然后又张嘴开始尝试。

“地……起。”她摇着头，看我无法理解显得十分沮丧，我只好开口说点儿什么。

“没关系的。睡一觉。我敢肯定，等你明天起来的时候会感觉好很多，然后就能说出来了。”

她的眼睛温热。她伸手抚摸我的脸。这回我弄明白了。“对不起，”她点点自己的胸口，“错了，对不起。”她又说道。

我有些疑惑，又有些害怕。外婆从来没有为任何事情道过歉，甚至似乎从来没有觉得她自己错了。我想问问她是什么意思，但是她的眼睛已经慢慢闭上了。

很快，她的呼吸变得平稳，抓着我的手也渐渐松开。我把手抽了出来。

我看着安然入睡的她，显得这么小，这么脆弱。这就是我一直在害怕的那个女人吗？有些东西已经在悄然发生变化，在我们之间实现了转换，不仅仅是她的变化。我也发生了变化。

是因为珮珀的影响吗，还是因为我离开了外婆一段时间？我在这里一直被监视的那种感觉，现在荡然无存了。骨子里要听从外婆指令的感觉，也神秘地消失了。这让我内心感到了一种轻松，一种自由，似乎现在只要我想离开这里，我就能立刻走。

但是她说她错了。我真想把她叫醒，然后问个清楚，问问为什么。是为了把我孤独地关在这里吗？还是把我藏起来，不让我见自己的姐妹和父母？

最重要的，我是想问问为什么。为什么外婆和伊莎贝尔从来没有告诉过我们姐妹彼此的存在。她们怎么能这么对我们？但这个问题我不能问，至少现在还不能问——珮珀计划假扮成我来见外婆，在她的计划失败之前——这计划肯定失败，我对此深信不疑——我不能承认自己知道双胞胎的事情。

我看着安然入睡的外婆。但这都是因为我自己愿意这么做。

珮　珀

我手里紧紧捧着盘子往楼上走去，感觉既紧张，又兴奋，还有一种其他的情绪——一种我不想点明也不想承认的情绪。恐惧。这都得怪葵茵，是她把恐惧传染给了我，她虽然什么都没有说，但我看得很清楚，她觉得外婆绝对不会被我们这次身份调换糊弄的。

在楼梯口，我很别扭地把盘子换了一只手，小心翼翼地不让粥洒出来。抬起手，轻轻敲了敲门。

转动门把手。

打开门。

走进去。

她躺在床上，眼睛闭着。我仔细研究着她。她个头很小，身子很细。在被子底下完全看不出她的任何痕迹来。被子拉得很高，看不到她的脖子，看不到那上面是不是有下面那个房间的钥匙。她满头白发，皮肤也很苍白，我要靠得很近，才能确定她还在呼吸。

葵茵说过，如果她睡着了，就把盘子放在外婆床边的梳妆台上，但是葵茵并不在这里。

我告诉自己要学葵茵的样子和动作。我一直在观察她。她比我笑得少，很少和别人有眼神接触。如果有的话，那肯定是为了说一件事，或者是挑衅——总之肯定有理由。她走起路来也不大一样：手臂不像我这样不停地甩动，身体也没有那么多跳跃的动作。她的动作更紧凑，更直接——这样就能少浪费能量，仿佛能量是一种她需要储存起来的东西。

"早上好，外婆。我给你把早餐端来了。"我一边说，一边朝她走去。

她惊醒了。眼睛睁开了一点儿，然后立刻睁得老大。她盯着我。深蓝色的眼睛里有警觉，还有一种穿透力。我垂下眼睛，走过去把盘子放在她旁边，尽量做出葵茵的样子来。

盘子放下后，我直起身子，抬起眼睛。她直直地坐在床上，仍然紧盯着我。

"需要吗？"我指了指她的枕头，然后不等回答就俯身过去，把枕头垫在她身后。我挪开身子的时候，她一把抓住我的手。她的手很有力，让人惊讶。她把我的手翻过来，仔细研究了我的手掌，然后放开了手。

"你为什么在这里？"她说道。我感到很惊讶，因为扎克跟我说过，她说话并不是很清楚。

我指着盘子，"给你送早餐啊。"

她扬起眉毛，"你为什么在这里，珮珀？"

我看着她，脑子飞快地转着。她是在猜，还是已经知道了？不过，扮成葵茵获得她的信任，然后拿到打开书房门的钥匙，只是第一套计划而已。我还有别的办法。

"你怎么知道的？"我开口说道。

"我就是干这一行的。撒谎对我来说就是一门营生。是谎言就逃不开我的眼睛。我再问你一遍：你为什么在这里？"

我蹲到她床边。"我想见你，想了解你。我想了解妈妈跟我讲过的家。"

“她居然跟你说这些事情，这让我很惊讶。她都说了什么？”

她真的能看穿谎言吗？我掂量着自己的回答。“她说，是她自己选择离开你，离开她的遗产。她把我带走了，但这并不是我的选择。”

“那么你，琬珀，你对这个遗产了解多少？你说的是这栋房子吗？”她指了指我们的房间。“你肯定不想待在这里。”她接着说道，话说得很慢，一字一句地说。

我确实不想待在这里。突然，我宁肯现在身处世界其他任何地方，我突然产生了一股站起来离开这个房间、这栋房子的冲动。我站了起来，身子也准备转过去。

我摇了摇头，然后冒险撒了个谎。“我想留下来。”我说出这句话时，那股冲动又消失不见了。

她扬起眉毛。“我看得出来，你对自己的遗产知道得可以说既不多也不少，但是你知不知道，来到这里得付出多大的代价？你为了找到这里而做的那些事情，”她的声音很冷酷，“你所寻找的，会让你付出更大的代价。”

“那你一定要告诉我。”我把所有的萌和娇都撒了出来，“你是我的外婆，你得帮我。”

她笑了，但是刻薄的、嘲讽的笑。“但是我有两个外孙女啊。可怜的伊莎贝尔，被诅咒过一次，现在又被诅咒了第二次。问题就在这里。葵茵！”她抬高声音喊道，“葵茵！马上到这里来。”

轻巧的脚步声从楼梯那边传来，反应这么快，她肯定一直在等着外婆叫她。

葵　茵

“到这里来，葵茵，”外婆说道，“站到她旁边。”她脸上看不出任何表情，恐惧在我心里淤积着。珮珀来到这里，而我还允许她假扮成我，这让她很生气？

我走了过去，站在珮珀旁边。

我瞄了一眼珮珀。她站在那里的方式，脑袋倾斜的样子——我现在能看明白了，懂了。她正为什么事情而烦躁不安，却又极力地压制着这种情绪。但这么做，并不是她擅长的事情。

外婆打量着我们。时间好漫长。最终，她摇了摇头。“长得真像，但你们的内心是不是不同？你们出生的时候，我看得很清楚。那时候，你们前面的道路很清晰，是绑在一起的。于是我们采取了行动，把你们的这种联系切断了，但看来这并没有起作用。现在，我看不清了。”

“外婆！”我惊讶地说道，“你现在说话真的流利多了，我跟你说过的吧。”

“确实如此。感谢你，葵茵，虽然对这一点我很担忧。就好像你们两个一样：一半好，一半坏。”她悲伤地笑着，摇着头。我感觉身子僵硬，她这么直截了当地就告诉了珮珀真相，让我特别惊讶。我们两个人当中一个好，一个坏。很难分得清楚谁是哪个。我是被藏起来的那个，太危险，不能放出来——就如伊莎贝尔经常告诉我的那样。

但是琲珀的关注点并不在这里。

“你说的那个道路是什么意思？”琲珀问道，“你们采取了什么行动？是说把我们分开吗？”

“你们两个现在分别要采取什么行动？”外婆说道，然后摇摇头，“时间会告诉我们的。这一点我不想再多说了。”她盯着琲珀，“但是你真的不应该到这里来。你怎么找到这里的？”

我看着他们两个。外婆似乎知道些隐情。琲珀没有说话，但是她的胸挺着，眼睛放着光。她被惹恼了。

“对不起，外婆，”我说道，赶在琲珀爆发前插话，“是我带她来的。”

“哦？我怀疑错并不在你。但腐坏的血脉必因此而起，就如它在你们两个身上流淌一样。”

我皱起眉头，感觉很困惑。腐坏的血脉在我们两个身上流淌？

“你是什么意思？”琲珀开口说道，终于不能再保持沉默了，“我们的血脉就是你的血脉。”

“也是你父亲的血脉。”

琲珀摇摇头。“爸爸身上绝对没有一点儿坏，更别说其他的了。”

外婆看着她，一言不发，但是她眼睛里有些别的东西。琲珀说，伊莎贝尔抱着琲珀出现在爸爸家门前，然后说琲珀是她女儿。我当时认定，伊莎贝尔肯定没有撒谎。这么多年来她一直教导我不能撒谎，她自己怎么可能明知故犯呢？

难道我错了吗？

我呆立在那里，两手放在身前，一只手无意识地抚摸着手链上的坠石。我看着外婆。突然之间我感觉自己看到了真相——谎言被揭穿了——就在她眼睛里。

“他不是我们的爸爸。对不对？”我问她。

外婆没有回答。许多年前她说过的那些话，那些隐晦的评语，现在又重新冒了出来。我之前一直觉得外婆对我爸爸那些不好的看法，和珮珀的爸爸并不相符。我是对的：她的那些看法不是关于他的，因为他不是我们的爸爸。

我感觉我丢掉了一样我从来就没拥有过的东西。

珮珀呢？对她来说，这个打击肯定更加巨大。我转身看着她，但是她的脸上仿佛戴了一副面具，什么也看不出来。

晚上，我往火里加进更多的煤炭，珮珀则把我们的毯子拖到离火更近的地方。煤不多了，明天我得去搬运一些回来。

她准备好了，我躺到她旁边，舒舒服服地把毯子围到自己身上。猫在她另一侧，奈斯则在我这一侧。

“可怜的扎克。他肯定感觉很孤单，”珮珀说道，“不知道他会不会溜下来看我们？”

“恐怕不会吧。外婆言出必行，他对此似乎深表同感呢。”之前，外婆说他不应该和珮珀还有我睡在同一个房间，于是他二话没说，搬到了楼上我的房间里。

“那个女人以为她自己是谁啊，大张旗鼓地对我们指手画脚，吹毛求疵？我真的想告诉她我是怎么想她和妈妈的，这么多年来一直把我们两个分开，我们本来应该在一起的。”

我内心很温暖。尽管我心里有一种黑暗的力量，但珮珀仍然愿意和我待在一起。

“在外婆那里，这些话最好还是不要说。”

“好吧。我在生气的时候，必须发泄出来。不管以什么样的方式。不过倒不在这一会儿。”

我犹豫了一下，但有一件事情必须得问问她。“珮珀，开始我说爸爸并不是我们真正的爸爸时，你怎么看外婆的反应？”

她抓起我的手，转身过来侧躺着。她的脸，那张我熟悉得不能再熟悉的脸，被火光照亮，摇曳的光在上面留下了一道阴影。

“这对我倒没有什么影响，他永远是我的爸爸。他告诉我妈妈带着我出现在他门前的时候，我就猜到他可能并不是我生理学意义上的爸爸。你怎么样？你还好吧？”

“我不知道。不知道为什么这事会让我心烦意乱。我还不怎么了解他呢。几个星期以前，我甚至都不知道他的存在。”

她品味着我说的话，眼睛里是沉思的情绪。“为什么这么难？也许是因为你原本没有父亲，后来感觉有了父亲，但结果又回到了一无所有的境地。”

“是的，我也是这么想的。”

“你还有我，”她的眼睛仿佛猫眼一样映射着火光，“我永远都会在这里的。”她的手握得更紧了。

我却在担心她问外婆那话的意思——关于好和坏的那些话。腐坏的血脉。即使她现在不问，她迟早会搞清楚我们两个为什么会被分开来养。

她什么都没有再说。她闭上眼睛，呼吸渐渐平稳。

但对我而言，逃入梦境都困难重重。

来吧：一起跑，一起追猎！

召唤之语在我体内翻滚，那只是我的某一部分，从试图阻挡它们的嘴唇中喷薄欲出。它们充斥着我的喉咙，我的耳朵，在我四周不断回响，直到整个树林都在其威力之下颤动起来。

树开始发出噼啪的声音，然后从里面爆开。

我们自由了！

我们可以奔跑了。

前爪，后爪；前爪，后爪。疾速掠过荒原——飞奔过金雀花、欧洲蕨，还有岩石。它们和我一起奔跑，带着一种极度的欢乐和欲念，吐着舌头，肩并着肩。

死亡与噩梦的巫猎之猎犬。

离它们如此之近，让我感到无比恐惧，但让我更加恐惧的是，当我低头的时候，看到的是正在急速奔跑的巨大的黑色爪子。

我也是它们中的一员。

我在内心大喊着："不行，不行，不行！"但无处可遁逃。

我们呈扇形散开，形成了一个包围圈。

把那些粗心大意的猎物包围在其中。

我们缩小了包围圈。它们恐惧地呼喊着，奔跑着，其中一个直接跑到了我的牙齿下。

第一口清甜的热血，冲刷下我的喉咙，让我的所有感官都开始变得疯狂，让我贪求更多。

我猛地直直坐了起来，心在疯狂地跳着。慢慢地，我开始感觉到自己的身体，感觉到身子底下的毛毯——感觉到房间里那些熟悉的日常物品。

真是个噩梦。如此真实，就仿佛我身临其境一样，就仿佛一切都真实地发生了一样。

最糟糕的是，我居然喜欢那种杀戮的感觉，喜欢那温热、清甜的鲜血。我有些反胃了。我努力把梦境、把那种味道赶出我的脑袋，定下心神深呼吸，避免吐出来。

我真的是睡着了吗？更像是我小时候昏倒时的感觉。那次昏厥把伊莎贝尔和外婆吓坏了。也很像那次我离开自己的身体去偷听她们说话。还有最近的那一次，我在温切斯特的时候，和扎克在一起。仿佛我又回到了过去，回到了那条巨大的狗踩在我胸口的时候。

我摇摇头。今晚的梦和那些时候的感觉很相似。这意味着什么呢？我转头四处看了看。除了奈斯之外，只有我一个人在房间里。珮珀到哪里去了？

珮　珀

太阳马上就要升起来了。很快，它就会越过那边的山头，把黑夜驱赶走。

我不冷。我本应该很冷，但是我的血液在滚烫地奔流。就仿佛我昨晚做的那个在荒原上的梦一样，我一路跑到威斯特人树林那里。把手放到黑色的树身上，把封闭在里面的猎犬召唤出来。

昨晚我对外婆特别生气——她居然说我永远都不应该到这里来。这里是我的家啊。当时，我闭上眼睛，稳住呼吸，但是我内心淤积着，无法入睡。当梦终于到来的时候，我想象着自己撕裂的是外婆的喉咙。

等我醒过来，我在屋子外面，到了门外头。我现在开始梦游了吗？光着脚踩在泥巴里，脚很痛。我腿上还有擦伤。我从大门走回去，走过废墟，走到门前坐到台阶上，只有猫陪着我。

不冷，也不累，虽然我本应该又冷又累。太阳升起的时候，我感觉自己的灵魂在唱歌。

天还很早。我应该进去，把自己收拾干净，假装自己整晚都安然睡着，这样就不会有人担心……

也不会有人问问题。

“来吧，猫兄，”我说道，“让我们去抓几只扎克鼠。”

后来，吃过早饭，我拉住扎克的手，把他拉到门外。

“终于能跟你独处了，”他紧紧揽着我，“你外婆和你爸爸肯定是一伙的。”

“哈。说得像真的一样！但实际情况是，我现在非常肯定，他不是我爸爸。”

“什么？”

我把一切都告诉了他，把外婆话里话外的意思都说了。

“你觉得这是真的吗？”

“也许吧。我其实已经猜到了。我的意思是，妈妈这么出众，还比爸爸小大概二十岁，然后她就这样带着我出现，告诉他我是他的孩子。我甚至觉得，他都不一定相信她的话？不过，也许他并不在乎，只要她能和他在一起。但我不知道这是不是他不愿意让我来这里的原因，也许他不想让我发现事情的真相。”

“他仍然是你的爸爸，是他把你养大的。”

“他永远是我的爸爸。但这还不是我发现的所有事情。”

“还有些什么？”

“外婆说了些很奇怪的话。大概意思好像是葵茵和我都出生在这里，那时候她能看得出来我们两个一个是好的，一个是坏的。因此我们就被分开了。她似乎觉得我们两个待在一起是件很危险的事情。”我没有告诉他的是，妈妈曾经也跟我说过类似的话。

他摇摇头，“这真是够疯狂的。”

“还有，葵茵有些事情不太正常。她一向就是这样，但我不知道，仿佛回到这里之后感觉她更加奇怪了。”

“她要处理的事情太多了。”

“也许吧。”

“珮珀，这些都是扯淡。不要让你外婆那些迷信玩意儿把你自己吓坏了。而且我在这儿呢，所以没有什么可以担心的。但是如果你愿意的话，我可以想办法，看能不能让葵茵把心多敞开一点儿。”他把我拥得更紧，既温暖又有力。

后面传来一声清嗓子的声音。我们转过身去。葵茵站在门口，一脸怪异的表情。她听到了多少？

“有没有人帮我去搬一点煤回来？”她问道。

葵茵

“葵茵，跟我聊聊吧。”扎克说道。

“聊什么？”

“我也不知道，聊天气啊，你父亲是谁啊，你外婆是怎么把珮珀吓坏的啊。都行。”

“好吧。今天出太阳了，北风，大约每小时十英里，估计速度能达到八级。”

扎克笑了。他从我手里接过空空的独轮推车，往前推去。“还有呢？”

我耸耸肩。“外婆似乎是说，我们的父亲不是我们想的那个人。但从刚才你说的话看得出来，珮珀肯定已经告诉你了，所以为什么要问我呢？关于把珮珀吓坏这件事嘛，外婆最喜欢做的事情就是吓人。还记得她吓你吗，叫你的名字，对不对？”我们绕过一块大岩石。“停在这里。”我说道，扎克四处望了望，似乎期待能看到一个卖煤炭的商店之类的。

“煤炭？这儿？”

“是的，就这儿。”我在一堆树枝和杂物底下找到了地方，然后拉开了盖子。

扎克凑过来瞄了一眼。“好吧，为什么在这么个偏僻的所在，地里会凭空冒出一个煤炭仓库来？”

我开始往推车里铲煤。“嗯，实际上，这里也并不偏僻。我们离一个农场主的路并不远。”我指了指另外一条路。

“但是煤炭为什么会出现在这里呢？”

“怎么说呢，当然是农场主定期帮我们填满这个仓库啊。”

“哦，是哦。但他为什么要这么做？”

“他好像是欠外婆一个情吧。”

“欠了个一辈子的情？”

“欠外婆的情，基本就是一辈子的事了。”

我们开始往回走。扎克坚持由他继续推车。“通常都是你自己来做这个吗？”

“那当然啦，我比外表看起来要坚强很多的。”

“我明白了。但如果你想找人说说话，葵茵，我就在这儿。”

“然后你就可以向珮珀去报告。”

“我不会那么做的。”

“那是自然。”

我们继续走着，谁都没有说话。我们回去的时候走的是另外一条路，稍微远一点儿，但是推着满车的煤炭会轻松一些。这次有扎克帮忙，我往车里装的煤比以往要多，同时坚持要求两人轮流推车。

我们走过一个拐角，我放慢脚步。这个地方有什么不对劲。是什么呢？这条路我走过无数次了，但从来没有像今天这样心神不宁过。肯定有什么不对劲。

扎克回过头。“累了？我来推吧。”

我摇摇头，皱起了眉。我把推车放下，然后穿过岩石中间的一条小路到了另一侧。扎克跟了过来。

“葵茵？你没事吧？”

我没有回答。我的血在加速流动，仿佛保留着在奔跑时的感觉。我回到了昨晚那个梦境，或者说是幻觉——在荒原上狂奔。追赶，围猎，把它们圈到一个地势低洼的地方，然后……

这里。

就是这里。

地上沾染了血。那里有三只羊，仿佛保留着它们被杀之后的模样。喉咙被撕裂，内脏洒了一地。血里有脚印——脚掌和四个趾印，像是狗，但爪子很长，而且比通常的狗爪印要大很多。

美味的热血。

我在此时此地和彼时彼地之间徘徊。胃开始翻腾，我努力压制住想呕吐的感觉。真的发生了吗？是我干的吗？我睡着了，绝不可能。

但这可怕的场景就摆在眼前。

身后传来脚步声。

“我的上帝啊。”是扎克的声音。

我转过身来。

“是什么东西干的？”他的眼睛盯着那堆东西，手掩在脸上，然后我才注意到那气味和那些苍蝇。我在想象中看到的，仿佛是刚刚发生的事情：血还是温热的、新鲜的，而不是眼前这一幕。

“我们走吧。”我说道，赶紧回到了推车前，满心想着要赶紧离这里越远越好。

“外婆，我们能谈谈吗？”

她招手叫我进屋。我关上门，紧张地走到她床边。我等到珮珀睡着了才过来，自己害怕得根本睡不着。我得搞清楚。真的是我自己做的吗？怎么做到的？

只有外婆知道。和她相比，我现在更害怕我自己。

我坐到她旁边。

“你很害怕。”她说道。

“是的。发生了一些事情。虽然听起来很不可思议，但是我感觉自己做了一些坏事。”

“跟我讲讲。”

我把头天晚上做的那个梦描述了一番，接着是今天看到的那些羊。外婆一直保持沉默，脸色严肃。

“怎么样？最初我以为只是一个梦，但然后我看到了羊，扎克也看到了。肯定不可能是梦。究竟是什么？”

外婆的脸上布满忧伤。“那不是梦。你刚才描述的是灵游——你离开自己的身体，然后以另外一种形态到了另外一个地方。从你说的来看，我觉得这场围猎被召唤起来的时候，你肯定也在场。你是领头的，还是追随的，我说不好。如果你是领头的，那么现在那场围猎就打上你的印记了。”

我恐惧地转头看着她。“灵游？我？但我不可能做出这样的事情。”我极力否认，但是内心深处我很清楚：其他的那些梦也不是梦或者幻想。

“这东西在你的血液里，葵茵，一直在你的血液里——你是我的外孙女。你小的时候，也曾经有过灵游。有一次我用过各种方法来阻止你：咒语，还有草药。记得吗？”

这就意味着……不。不可能是真的。我也……和外婆一样？也是一个巫婆？我摇摇头，想把我们回到这儿之后我所有记起来的事情都否定掉。

“是真的。现在围猎已经被重新唤醒，它已经沉寂好多年了。我这一辈子都在试图阻止这件事情。荒原上从此将不再有安宁。”

我感觉血液凝固了。“你说围猎打上了我的印记，是什么意思？”

“你现在已经是围猎的一员了，注定要参加那永无止境的捕猎，不管是通过灵游还是死亡的方式。我已经努力过了，葵茵。”她伸手抚摸我的脸，然后把手收了回去。“我把你的能力保护起来，不让你游离自己的身体。我把能用上的所有魔法和咒语都用上了。我不可能事事都走到你前面去。你戴上伊莎贝尔的手链后，就能打破咒语——也打破我给你设置的保护盾。我希望你现在还是很害怕狗，这样你就能主动离巫猎中的猎犬远一些。”

我十分惊讶地盯着她。这就是她为什么在我小的时候迫使我害怕狗。

我摸了摸手腕上的手链。“那我应该把手链取下来吗？”

“不！千万不要取下来。保护盾已经被打破，我没有能力重新设置。如果你没有手链，危险更大。”

“这个坠石呢？”我边说边摸石头：一面很光滑，另一面有一些其他人看不到的纹路。“真的是力量之石吗？它是属于手链的一部分，还是别的什么东西？”

听到“力量之石”这几个字的时候——这是温蒂告诉我的——外婆的眼睛睁得大大的。她点点头。“就是这个东西。但我不知道这个石头会对你产生什么作用。它往往因佩戴者不同而产生不同的作用。什么东西对你最重要，它就会在这样的东西上产生力量。你得自己去找到这样东西。”

“我要怎么做才能挽回这一切？”

“葵茵，我跟你讲过了的，要当心黑暗力量，不要被它捕获，否则的话，我什么也做不了，救不了你。”

“怎么样才能阻止它呢？”我低声说道。

“只有你自己能回答这个问题。”她摇摇头，“我能做的都已经做了。”

“这就是为什么我和珮珀被分开，然后我住在这里。对吗？”

“对。”这一个字证实了我所有的恐惧。“葵茵，你出生的时候，我就看到了你的未来。你将毁掉家族，偷走双胞胎另一半的生命。

你妈妈和我把你和珮珀分开，是想打破你们两个之间的联系，正是这种联系造成了你的未来。你找到了双胞胎的另一半，毁掉家族的第一步已经迈出去了。过去这十多年来，我一直想做的就是阻止这件事情发生。”她摇摇头。“不要让我的努力都白费。现在，走吧。”

她的眼睛里满是慈祥和悲悯，脸上却冷若冰霜。仿佛她不忍心再看我。

以前，伊莎贝尔也都是这么看我的。

我站了起来，感觉膝盖发软。我往门口走去。

走到楼下，我轻轻地躺到珮珀旁边。我看着她的胸口微微起伏。我们长得这么像，但不知为什么在她身上总有一种闪光的东西，那是我没有的东西，也正是这个东西让她如此美丽。即便在睡梦之中，她也是如此有活力。我双胞胎的另一半。我以前从来没有想过自己竟然会有姐妹。

我们在一起真的很危险吗？我伸手去轻抚她的头发。她在梦中嘟哝几句，朝我靠了过来。我感觉身体在颤抖，渴望着那种温暖，那种活力。

渴望着爱。

我把手举起来，放到火边。坠石在手链下面闪着微光。什么东西对我来说是最重要的？我不知道。也许是自由，或者是找到一个能爱我的人。

又或者只是搞清楚我究竟是谁，该做什么。我叹了一口气。

我轻抚坠石，用手抓住了它。在那一瞬间，我突然明白了：真相。对我来说，这就是最重要的东西。真相，或者真假参半。隐藏在谎言后面的东西，我必须付出艰辛才能揭示。

就在前一刻，真相已经显现：我要离开这个地方。我必须离开这个地方，独自离开，为了我们所有人。我脑子里面满是温切斯特和爸爸还有那漂亮的房子，但如果他不是我的爸爸，我就无处可去了。

珮　珀

外婆从衣服底下拿出钥匙，打开了整栋房子里唯一上锁的房间：她的书房。

“进来吧，你们俩都进来。”她说道。

葵茵脸色苍白，眼睛底下还有黑色的眼袋。我做了个手势，叫她先进，这样她就能保护我。她慢慢地走了进去。我转身在门边咳嗽了一下，然后跟着走了进去。

我站在房间里面，努力在最短时间内把所有东西都看到。房间很小，也许是因为放满了东西才让人有小的感觉。到处是椅子，还有一张桌子，还有许多书柜，里面摆满了书和装饰品。墙上挂着水晶和画。

虽然这里确实有书，但我猜这个房间叫书房并不是这个原因。

“坐下。”外婆说道。桌子前有两把椅子，桌子后还有一把。外婆俯身坐到后面那把椅子里面。

“葵茵，珮珀，”外婆开口说道，葵茵和我都抬头看着她，“这个场景我想了很久。后来我决定，如果你们有问题需要问我，我可以回答你们，希望能对你们有所帮助。但这是有前提的。”

“什么前提？”葵茵语调平静地问道。

“真话。这个房间里面只允许说真话。”

“我有一个问题。”葵茵说道。她的语调比以往强烈。我们都看着她。

“问吧。”外婆说道。

“我们的爸爸是谁？”

外婆盯着她，叹了一口气。“不是你们以为的那个人。”她脸上露出不屑的表情。

“这可不是正经的回答。”葵茵说道。

“但是真话。在我的房间，按我的规矩来。”

“该我了，”我说道，“妈妈说过有一份遗产。”

“只能说真话。”外婆扬起眉毛警告我。

“这就是真话！好吧，爸爸告诉我，妈妈曾经这么说过。有一份遗产，只有布莱克伍德家的人才能继承。是什么东西？”

“很直接啊，”外婆微微一笑，“确实有。只有直系后代才能继承，我们家族的女性从来不会改变自己‘布莱克伍德’的姓氏。现在伊莎贝尔走了，等我死之后就该留给你们两个中的一个了。只有一个人能继承。你们根本无法想象那需要付出多大的代价。或者，你能想象得到？”她盯着我。“好好想一想。”

“到底是什么呢？”我问葵茵。

“什么？”

“那份遗产。”她对遗产真的就这么不关心吗？

“我不关心。”

“真的？”

“真的！我想离开这个地方。不管是什么，给你好了。”

“你是说真的吗？那你能帮我找到它吗？”

“可以。”

我上前抱住了葵茵。刚开始她的肩膀很僵硬，过了一会儿就松弛了下来。她靠在我身上。

“关于布莱克伍德家族姓氏永不改变的事情，是怎么回事？”

葵茵耸了耸肩。“我以前听外婆讲过，大概意思是我们这个姓氏很强大，里面有某种力量。我也不知道是什么。”

“我能帮你做点儿什么？”我问她。

她耸耸肩。

“肯定有什么东西是你想要的……等等，我知道啦！”

葵茵直起身子，看着我的眼睛。“什么？”

“我们的爸爸。你想知道我们的生身父亲是谁。你帮我找我的遗产，我帮你找他。”我伸出手去。“怎么样？”

葵茵停顿了一会儿，仿佛在消化我刚才说的话，我刚才用的那个词——我的遗产。

然后她又耸了耸肩。“好的，行。”她用冰冷的手握住我的手。

葵 茵

珮珀拽着我回到外婆的书房去，一路上我感觉手腕上戴着伊莎贝尔手链的地方很痒。之前，当外婆打开门叫我们进去的时候，那感觉很不对，但现在似乎又没有什么感觉了。

“来呀，”珮珀不耐烦地说道，“她走的时候没有关门，不是吗？这不是摆明了我们可以进去吗？我们需要好好搜一搜她的房间。她现在睡了，扎克还要过老半天才回来。”之前，他已经自告奋勇走到车子那里，然后开车去搞一次采购。外婆一早就突然提出来特别想吃柠檬蛋糕，而且她又清楚地知道家里没有鸡蛋也没有柠檬——因此我敢肯定她的这个临时起意，一定是想上午能和我们两个单独谈一谈。

我停在门口。上次我未经允许偷溜进来，被关在黑房子里面整整两天。

但这回我觉得珮珀是对的。外婆上午把我们带进来，然后没有锁门。我不相信她是忘了，她肯定是故意留了门。于是，我跟着珮珀走了进去。

“我们要找什么？”我问珮珀。

“我还以为你知道呢。现在，我们就到处都翻一翻。”珮珀从房间一侧开始找起，我从另一侧找起。我随意地在书架上翻，拉开抽屉看，然后研究一下那些画着奇怪符号的挂画，刻着花纹的水晶，用干枯草药编织的符咒，那些草药都是外婆叫我去给她采来的。

上次我来这里的时候还是个小孩，在外婆抓住我之前，根本没有时间去欣赏那些闪闪发光的水晶，当时我刚从书架上面拿下来一本书。我的手链那里又开始痒了，我抓了一下手腕。那本书封面上的符号似乎和手链坠石上的纹路一样。外婆看到我手里拿着那本书，反应十分强烈，尽管我一再向她保证，我根本没有打开过它。

这下，我感觉自己有目标了。我迅速扫过书架，寻找记忆中的那些细节。书的封面是深红色的，皮质很古老，磨损得很厉害。装订线都是手工缝上去的。没有发现什么新的东西。

我叹了一口气，坐到外婆的座位上，把玩着伊莎贝尔的手链。我抚摸着石头，然后抓紧它。我们究竟在找什么？两样东西：关于我爸爸的信息，还有珮珀想继承的东西。找到这两样东西，我就可以离开这个地方，永不再回来。

发生了这么多事情，为什么我心心念念地要找我父亲的信息呢？外婆之前的表情已经说明了一切：她并不认为他是个好人。但即便他是个人渣，我觉得自己也必须找到他。是因为我以为自己在温切斯特找到了一位亲人，结果发现自己弄错了，所以才急切地想去找？

我往后靠在外婆的椅子上。从这个角度看，一切都显得不大一样了。我的视线在房间里游荡，珮珀正在桌子那一侧的书架上翻着。我转身朝后面看去。那里有一个古老的、满是灰尘的箱子，坐在桌子对面的椅子上看不到。它藏在房间的偏僻角落里，被书架挡住了。我起过身去，弯腰将它搬起来，然后放在桌上。

“你找到了什么？”珮珀走过来站在我身边。

“我不知道。一个盒子。以前没有见过。”

箱子盖很紧，我转动了一下身子才打开。里面是一些肖像画，剪下来的报纸，照片，做了笔记的纸片。那些纸片十分古老，感觉似乎一碰就会变成碎片。我很小心地不去打乱它们的位置，慢慢地翻看，但这些东西都是随意堆在一起的。

“是不是一些家庭的日常杂物？”珮珀问我。

我摇摇头。“应该不是。没见到布莱克伍德出现在任何地方。好像是别的某个家族，姓哈姆雷。”我看着剪下来的报纸。“一个非常不幸的家族，看起来是这样的。不断发生各种事故，最近的是几十年前，还有更古老的。打猎时的事故，灾难，谋杀，破产。你能想到的都有。好像是一个被诅咒的家族。”我手上的汗毛都竖了起来。

我开始看那些肖像画和照片，珮珀从我身后一起看。“真是奇怪。”她说道。

“什么？”

“这些照片冲洗得很搞笑。每个人脸上都有阴影。”我又看了一下，但是没有看到珮珀说的东西。我耸耸肩。

照片后面有字母缩写和日期。有一些很古老，还有一些是近几十年的。我拿起一堆照片，在里面翻看着。真希望立刻就能找到对我有用的什么东西！几张照片从我手上掉落下来。

我仔细地看了看。一个长着红头发的男孩。在荒原上，阳光很好。从他穿的衣服看，应该是在夏天。他笑得很温暖，也很亲切，仿佛他特别喜欢那个拿着相机的人。我的背上起了一阵鸡皮疙瘩。照片背面写着“W.H.”的缩写，还有一个日期，大概是四十年前，然后是一个破折号，破折号后面空着。这是他的出生日期吗？如果是的话，那他就只比伊莎贝尔大几岁。日期后面标注着“失踪”——外婆的笔迹。

“这几张照片你怎么看？”我问珮珀。她走过来，拿起照片，仔细地看。“他的头发是红色的，和我们的一样，还有颧骨。你觉得他可能是——？”

“你们的父亲？”外婆站在门口，脸色冷若冰霜，眼睛里喷着怒火。“是的，没错。”

珮　珀

“你们是怎么进来的？”外婆质问我们。她一脸愤怒，我不由自主地往后退了一步，心里却憎恨自己的懦弱。

“你没有锁门。”我说道。

“不可能。”

葵茵的脸变得苍白。她看着我。“珮珀？”她犹疑地问我。

“门确实没锁，”我坚持道，“我们以为你是故意为我们留下的门。否则我们怎么进得来？”

外婆转身仔细查看门锁。“门被做了手脚。真是让人刮目相看啊，珮珀。上午大家都在房间里，你是怎么做到的？”她摇摇头，眼睛里不情愿地露出了钦佩之意。“现在，你们两个都给我出去。以后绝对不能在未经允许的情况下进来。”

葵茵赶忙往外走去，我慢慢地跟在后面。

“就这么走？”我们转过身。外婆伸出手，指着我手里的照片。“如果你们找到他，会后悔的。过去的就让它们过去吧。”我递了过去，她抓在手里，回到书房，关上了门。

葵茵跟我走到前厅，一脸奇怪的表情看着我。“你骗了我。你说门没有锁。”

“我没有骗你，门确实没有锁。”

葵茵不耐烦地摇摇头。“但是门怎么会没有锁呢？”

“我在上面下了个咒。”我说道，然后她眼里满是震惊。我翻了个白眼。“当然没有，葵茵。上午我们进房间的时候，我在锁上面放了些口香糖。还记得吗？我叫你先进门，这样就能挡住我了。那个锁很古老，也很简单。只要放点东西塞住，在转动钥匙的时候就不会锁上了。”

“你是个疯子。”

“但至少，我们现在已经有父亲的线索了。这不正是你想要的吗？”

“没有照片，就相当于什么都没有。”

我笑了，伸手从口袋里掏出另外一张照片。“有一张，我之前藏起来的。”

昨晚一夜没睡，葵茵终于顶不住，蜷缩在沙发上睡了。我带着奈斯溜到了荒原上。刚过中午，但今天发生了这么多的事情，仿佛已经过了很久，那么多的想法、情绪和事情都挤在这几个小时里，感觉时间被拉长了，放大了。

我爬上来时经过的小山，停在山顶的威仕特岩石旁边。谈了这么久的爸爸让我想起来——如果我现在不赶紧打电话回家，爸爸很可能会出现在这里，一切的努力就会前功尽弃。这里是附近最高的地方：这里会不会有信号？我把手机拿出来，只有一格信号，还时有时无。我绕着岩石走了一圈，找到一个信号最稳定的地方。手机里跳出来几条未读短信和未接来电——大部分都是爸爸的。

我点击了一下回拨，响了两声。

“你好，珮珀？”

“嘿，爸爸。”

“都还好吧？我一直在给你打电话。”

“都挺好的。这里信号特别差，我现在爬到了一块大岩石上，才找到信号。”

他笑了起来，仿佛想到我爬上岩石是一件很有趣的事情。好吧，我也觉得很好笑。我也笑了起来，他在那头不停地说，不停地问问题，我想尽办法让他放下心来。这一切都不是他的错。不管他是否对妈妈说的话有过怀疑，他一直都视我如己出，当作宝贝一样带大。对妈妈来说，爸爸究竟是什么呢？一个可以躲藏的地方？

最后我打断了他。“爸爸，手机快没电了。这里充不了电，如果我没有接电话，千万不要担心啊，好不好？”

“别忘了——周一回来上学。”

“我尽力吧。但如果我们迟到了，可不要担心啊。行不行？”

“周一回来就行。”

我们相互道别。我把手机放回口袋。这次出来真是应该把手机充电器带上的。

我顺着岩石另一侧的陡坡往下走，这一侧看不到房子，却能看到扎克回来的路。我不像葵茵和扎克那样身手矫健，只能一步挨一步艰难地往下走。奈斯前前后后地奔跑着。它喜欢这里，不用被狗绳拴着，可以自由地奔跑。我知道它的那种感觉。来到这个地方，我内心某处似乎被触动了，产生了一种得到某种不知名东西的渴望。

如果我们——我是说，当我们回到温切斯特，就会感觉那里很小，很封闭，很文明。

扎克出现在远处。我朝他挥手，加快速度往下走。他背着包，拎着袋子，开始往上爬。

“你好啊！”他说道，“是珮珀吗？”

我翻了个白眼。“是的，就是我。”

“抱歉。我就知道是你，除非早上我走之后你们两个把衣服全都调换了。你自己一个人走过来的？让我感到很惊讶啊。你是来接我的吗？”

“差不多吧。你介不介意拎着那些东西我们再回车子那里一趟？我有点儿事情要做。”

“我明白你那个眼神，让我很紧张啊，”他说着笑了起来，“那就走吧。至少你在我爬上那座山之前截住了我。”

在路上，我向他解释了一切——外婆确认我们的父亲另有其人，而我现在拿到了他的照片。我们走到车旁，扎克把包和袋子都塞进了后备厢。

我把照片拿出来。扎克拿在手里，仔细地研究了一番。他吹了一声口哨。“好吧，我仿佛看到了你们家族的一些共同特征。现在怎么做？”

我咧嘴笑了。“我们得找一些当地人，问一问这照片的情况，所以我想到那个宾馆去喝一杯。”

“这个主意不错，但是葵茵在那里工作过，他们会把你当作她的，是不是？”

我耸耸肩。“她在温切斯特好多次都假扮成我，这回轮到我了。”

“你有没有想过你爸爸——我是说，那个把你带大、一直爱你的爸爸——会怎么想，如果你们找到了这个人？”

“如果他知道了肯定会不高兴。对了，我刚给他打了电话。山顶威仕特岩石旁边有一点儿信号。”

“家里怎么样？”

“他当然很想念我，但是他没事。你用不着担心爸爸，这里的事情我都不打算告诉他。”

“那就来个好运之吻吧？”他把我拉过去。感觉还是一样，就和葵茵出现之前一样。但是她出现在我生活中之后，一切都不可能一样了，不是吗？一切都永远地发生了变化。

这就是双桥宾馆了。

这里的风格很乱——房顶的高度和窗户完全不搭——给人一种危险的感觉，和老式的乡村宾馆一样，不过看起来感觉还不错。我们离开温切斯特之前，我在网上查过，这个宾馆已经有两百多年的历史，它最早是一个驿站，后来，改了好几次名，换了好几次手。不过实地看起来比我想象的要更加漂亮。周围环境也不错。这个季节这里风景很美，三三两两的长凳点缀其间，甚至还有一个观景露台。

缓坡上长满绿草，一小队白鹅在宾馆下面的空地里行进着。它们看到我们，开始相互吵个不停，仿佛是在讨论该逃跑还是冲我们杀过来。

奈斯冲它们低吼，扎克一把把它抱起来。“相信我，”他说道，“这个麻烦你可惹不起。”

我们走过草地。我一边观察这个地方，一边努力想着葵茵走路的方式。这里就是许多年前妈妈工作过的地方。她就是在这里遇到了那个把我养大的男人，那个我以为是爸爸的男人。这里也是不久以前葵茵工作过的地方。

我们走进前门。刚从外面进来，感觉里头很暖和。扎克把奈斯放下。一个女人在前台接电话，另一个人在等待。那女人抬起头，看到了我，非常兴奋地朝我挥手。

“我们四处看看？”我低声对扎克说道。

公共房间到处都是，而且相互之间都连通着，摆满了风格不统一、已经老化褪色的巨大家具，墙上的画也搭配得乱七八糟。钟表都停了，时间完全不一样，而且都不对，大小不一，形状各异。有壁炉、书架和舒服的小角落。这里有的东西闪亮时尚，有的东西老旧破损，但都融为一体。

角落里的一幅画引起了我的注意。黑色的巨狗在画布上盯着我。

它的眼睛是红色的，爪子又长又尖。巫猎中的猎犬？旁边是被框起来的各种故事和报道：午夜听到号叫声，心脏病发去世；目击猎犬，三人失踪。找到尸体，已被撕成碎片。都是很久以前的事情了。

“葵茵！你来啦。真高兴见到你。”我转身，前台的那个女人快步走来，伸手抱住了我。她先看看我穿的衣服，又看看扎克还有奈斯，眼睛瞪得越来越大。

“嘿，”我说道，“这是扎克。”

“你还回来上班吗？你外婆怎么样了？哦，对不起，看我这个冒失鬼。坐吧。我给你倒些茶来，然后我们再聊。”她把我们带到火炉边的沙发处，然后就不知跑哪儿去了。我们坐了下来，我很好奇：清洁工也能在火边喝茶吗？她那高兴的样子，看起来仿佛不像是缺清洁工。她肯定是打心眼里喜欢葵茵。

另一个女人走了过来。“卡伦说你来了，葵茵。见到你真高兴。我又给你找了几本书。”她递过来，我伸手接住。

我说“谢谢你”，然后开始研究手中的小说，正好也免得向她介绍扎克。这几本书又老又破——一本是侦探小说，作者的名字闻所未闻，另外一本是《爱玛》，就是去年英语课上让我睡着的那本小说。

扎克自己主动出击。“嘿，我是扎克。”他伸出手去。

“我是琳德赛，”她微笑着回答，“能遇到葵茵的朋友，真是高兴。”我抬起头来，她好奇得眼睛都快鼓出来了。奈斯叫了起来。

前台的女人——卡伦？——端着茶点来了，还给奈斯端来了一杯水。我略感抱歉地看了扎克一眼。这和他想象中的在酒吧喝上一杯差别不小。

琳德赛去招呼客人，卡伦坐了下来。“来吧，跟我好好说说，”她说道，“你外婆怎么样了？”她说这话时的那种方式，那种犹豫——和其他很多人一样，外婆让她感觉很紧张。

“她好多了。现在已经出院，住在家里。我得照顾她，所以不能来上班了。”

卡伦看着扎克。“那你呢——你是从哪里冒出来的？”

他看着我，不知道该怎么讲。我决定糊弄了事。“哦，外婆住院的时候认识的。他正好过来办点儿事。”

“那你有没有在达特穆尔四处转了转？”然后她就噼里啪啦地说开了，从荒原说到下周末的手工艺品市场。我的手放在兜里的照片上，想着怎样问才显得不那么突兀。

她停下来喘口气，我赶紧插嘴：“卡伦，我在想你能不能帮我个忙？”

“当然没问题。什么忙？”

“外婆中风之后，记性没有以前那么好了。这两天我和她一直在看一些老照片，帮她记起以前的人来。”

“哦，天哪。”她眼睛里那种尴尬不见了，取而代之的是同情。

“下午我们找到了一张照片，这个人我不认识，她也记不起来是谁。我想也许你可能知道这是谁，背面写着‘W.H.’。”我把照片递了过去。

她接过去，仔细地看了一会儿，然后皱起眉头。最终，她摇了摇头。“不认识，抱歉。你应该今天晚上再来，问一问这里的常客。他们可能知道。”

葵茵

我醒来时，只有我一个人。我在房子里面转了一圈。外婆在房间里睡觉，没看到珮珀，也没看到扎克。我走到房子外面。已近黄昏了。

我大声地叫奈斯，但是它没有跑过来。扎克回来，然后和珮珀一起带着奈斯出去散步了？我在心中告诉自己不要介意。

我的手链那里又开始痒了。上午我在外婆房间里找她那本带着符号的书时，那里就已经开始痒了。书不在房间里。难道那本失踪的书就是珮珀急切要找的遗产？

我应该找到那本书，交给珮珀，然后离开这个地方——离开珮珀。这个念头在我心底里痛苦地翻腾着。我们是一体的两个部分。我们一直就捆绑在一起，以前我们不知道，但现在我们知道了。她是我在镜子里面的倒影。想到要离开她，就仿佛知道自己要丢掉影子一样。

但是我们没有在一起，是有原因的。我很肯定原因在我：我很危险，就如伊莎贝尔一直说的那样。外婆说我晚上出去灵游的事情证实了一切。我应该离开珮珀，否则就来不及了。

我坐在前门台阶上，靠在门上，望着他们回来的方向。想到要离去，我就急切地想见到珮珀，现在就想见到她。双胞胎的另一半，长得和我一样，却又与我完全不同。我想着她的笑容，想着她的乐观，然后……

一切都变了。我的胃在恐惧中一颤。我不再身处外婆的房子前，而是漂浮在荒原之上。大地在底下飞速地掠过，我好害怕掉下去。

突然我停了下来。听到了人说话的声音？

我把注意力放到下面，感觉往下落了一点儿。是珮珀和扎克，还有奈斯。他们正离开宾馆，往车子走去。他们打开后备厢，把购物袋拿了出来。这是扎克出去买的，不是珮珀。他们要做什么？

不要去管他们在哪里。我在哪里？

我没有在自己的身体里，我开始感到恐慌：万一回不去怎么办？

我是怎么离开身体的？我想见到珮珀，然后我就见到了。现在我把注意力集中到外婆家门前台阶上我的身体上：命令我自己回到那里，现在就回去。

恐惧让我的速度变得特别快，荒原在底下一片模糊。外婆的房子出现了，然后是我的身体，瘫坐在台阶上。

我一头撞了下去，非常用力，用力过猛了，那感觉就像是被卡车给撞了一下。我大口地吸进空气，眼睛里满是泪水。我伸出手，放在自己眼前。是我的手，我的脸，我的身体。都回来了，完好无损。

我做到了。我想见珮珀……然后我就见到了。

这真是疯狂。

我站起身来，开始绕着房子前面的废墟奔跑。跑过来跑过去，跑过来跑过去。活动，感觉，呼吸，体会再次回到自己身体的感觉。

最后，我停了下来，靠在门旁树下的一块石头上。我心不在焉地扯着树根。什么东西刺了我一下，我立刻把手缩回来。我手指上有一滴鲜亮的血。

我把几片枯叶扫开，树根处缠绕着一株带刺的绿色植物，在十月的土地里显得那么翠绿。植物的上面还长着红色的果子。

跟以前外婆花园里长的那种植物一样。那时，我把果子摘下来弄碎，在泥土里画出红色的眼睛，然后就制造了一个怪物。那件事情之后，这植物就从花园里消失了，但是外婆肯定又重新种在了这里，藏在根和叶子底下。

我盯着果子，开始想起来了：那不是一个梦。我离开自己的身体游荡，也不是梦，是真的。我刚才就做到了。

我究竟是个什么？

还有那个巫猎，以及那些鲜血呢？虽然外婆说那是真的，但看起来实在太过于夸张，让人不敢相信。然后……

我的心底感到一阵恐慌。我跑回房子里。我必须离开这个地方，必须快一点儿，否则……否则……我也不知道会怎么样，但肯定不是好事。

就好像我一样。

我要为珮珀找到那本书，然后我就可以走了。或者我努力去找一下。我努力了，失败了，就够了。

外婆卧室的房门还关着，她肯定睡着了。珮珀和扎克很快就会回来。我飞速地在房子里翻了一遍——厨房、前厅、楼上的空房——仔细地找那本书。我甚至跑到自己的房间里面去找了一圈，扎克现在睡在里面。床上的毯子乱摊着，跟他睡的时候一样。我竭力控制住自己过去躺下来、躲起来的冲动。

我没有找到那本书，但不知为什么，我知道自己肯定找不到。

但我至少已经努力了。

“葵茵？”珮珀的声音从楼梯下传来。我赶紧下楼去。他们在厨房里。扎克正在收拾他买来的各种补给——柠檬还有其他东西。

“外婆呢？”珮珀问我。

“睡着呢，刚才我去看的时候还睡着。”我再次看了看珮珀。他们刚才去哪里了？她心里肯定藏了好事，脸上的笑容更加灿烂了。“你们刚做什么去了？”

“嗯。我们——扎克，奈斯还有我——去了一趟双桥宾馆。当然，他们都以为我是你。我觉得自己演得还不错。”

“你去那里了？”我震惊了。“为什么？”

她从兜里把那张照片拿了出来。“去看看有没有人知道这是谁。”

我的血加速流动起来。“然后呢？他们知道吗？”

“不知道，但是有一个叫卡伦的人建议我们晚上再去，问问酒吧里的人。你想不想去，或者我去？”

“我……我不知道。”我说道。

珮珀伸手过来，拥抱了我。她现在很高兴、很兴奋、很开心能为我做这件事情。如果外婆知道了，肯定会气得跳起来。但是，我现在管不了，满心都是冲动。我盯着照片。“我想找到他。”我说道。

“我明白。”她说道，但我看得出来，珮珀对找到我们的父亲是谁这件事情并没有像我这样执拗。也许是因为她已经有一个爸爸了，因为她一直都有一个爸爸？

但是她说过会帮我找到他——她是为我而这么做的。

我内心的声音都在说离开这个地方，现在就离开，但是我也需要找到我们的父亲。

“嘘。”扎克说道。他指了指门口。外面传来了脚步声，慢慢朝这里走来。

珮珀把照片塞回口袋里。

门打开了，外婆走了进来。

琥珀

葵茵递给我一个小小的金属物件，还有一个柠檬。我盯着这个铁家伙看了一会儿，一头雾水。厨房里的东西几乎全都可以送到博物馆里面去，但我手上这个家伙有点儿太现代了。

“这是什么？”我问道。

“你不会吧？”葵茵说道，“这是柠檬削皮器啊。来，我给你演示一下怎么用。”她在一个碗的上方用这个东西在柠檬上一刮，一片整齐的黄皮就脱落下来了。

我试了一下，刮得太浅。我又加重了力度，结果矫枉过正，刮得太深。外婆瞥见了，摇摇头。“平稳、坚定地去刮——然后往下拉，不要往下推。”她说道。

我又试了一次，这回力度刚好，黄色的汁液落到了碗里。

奈斯蜷缩在厨房火炉前。扎克在对付黄油和糖，葵茵仔细地用金属量杯而不是秤在帮他称重。外婆坐在椅子上，掌控全局，确保我们的工序都正确——一位女家长和她的家族，两个一模一样的外孙女，一条狗，还有一个男孩。如果葵茵和我都在这里一起长大，和外婆还有妈妈在一起，会是怎样一幅景象？

至少外婆已经不再为我之前在门锁上要的把戏而生气了——不

过如果她知道我还拿了一张照片，又和扎克跑到宾馆去，事情肯定会立刻完全改观。

外婆往扎克拿的碗里看了一眼。“好了，可以了。加鸡蛋。”

葵茵小心地往里面打了一个鸡蛋。

“慢慢地搅拌。”外婆说道，扎克开始搅拌，葵茵加进另一个鸡蛋，又加进一个，然后是面粉和柠檬汁。我在扎克身后看着这些东西慢慢变成糊状。

“你以前没有做过蛋糕吗？”葵茵问我。

“当然没有。蛋糕都是从烘焙店里一盒盒买来的啊。”

“伊莎贝尔都在想些什么呢？”外婆摇摇头，然后满脸悲伤。

“妈妈在这里跟你做过蛋糕吗？”我问道。

“那当然。”

“她在家里从来没有做过。”现在回想起来，妈妈在我们那宽敞、明亮、现代化的厨房里面，似乎就从来没有自在过。

蛋糕糊被倒进加了油的盘子里。葵茵说烤炉——如果你管那个火上的盒子叫烤炉的话——温度刚刚好，然后盘子被塞了进去。

“现在，我们就等着吧。”外婆说道。

夜晚到来，扎克到另外一个房间去生火。我们围坐在桌子旁。葵茵把水壶放到火上，然后把茶杯拿了出来。小小的厨房里，火烧得旺旺的，那温馨的感觉就好像是那些幸福的家庭一样，好像是过节，好像回到了烤蛋糕是一件大事的年代。我努力地想象着我所知道的妈妈——优雅，高冷，头发一丝不苟，一身都是名牌的妈妈——在这个地方的画面，但实在想象不出来。

“我们的妈妈小时候是什么样子的？”我问道。

外婆把葵茵递给她的糖放进茶里搅拌。“伊莎贝尔啊，她是个很阳光的孩子，总是很淘气，好奇心也很重。我对她还是太温和了。”

“她在我们这个年纪的时候是什么样子？”葵茵问道。

外婆好长时间没有说话，我以为她不会回答了。最后她摇了摇头。“她很叛逆，听不进道理，结果惹了麻烦。”

“惹麻烦，你是指我们？”我问道。

“是的。你不应该来这里的，珮珀。”

一下子，厨房对我来说突然变得冷冰冰的，尽管葵茵打开炉子翻蛋糕的时候，一股热浪袭了过来。她关上炉子，直起身来，看着我。

“我只是想来找葵茵，来和我的姐妹还有家人待在一起，”我说道，“难道这也有错吗？”

葵茵皱起了眉头。她摇摇头。“但是是我找到了你。我在宾馆的报纸上看到了伊莎贝尔，于是我去找到了你。你说，在我出现在伊莎贝尔的葬礼上之前，你并不知道我。你说你想来找我是什么意思？”

“珮珀从伊莎贝尔那里已经知道了你，”外婆说道，“伊莎贝尔不应该告诉她，但是伊莎贝尔说了。”

我摇摇头。“不，不，这不是真的，我——”

葵茵打断了我的话。“别说了，珮珀，别再骗我了。我们第一次相遇的时候，你肯定就已经知道我了。如果你不知道的话，你肯定不会是那样一副泰然自若的样子。但当我问你的时候，你却告诉我你不知道，我相信了你。你为什么要骗我，珮珀？”葵茵说道。

我牵起葵茵的手。她为什么不相信我？我的话不管用了。“我求过妈妈，叫她带我来找你，但是她不答应。”

葵茵把手抽走了。

“珮珀，你知道谎言会带来怎样的伤害吗？”外婆一脸严肃，“撒谎是危险的，尤其是对我们家族的女人来说。伊莎贝尔没有教你吗？”

我内心里有一个声音说以前她曾经试过，但是我从来不听，不是吗？

葵茵离开了厨房，过了一会儿，我也跟着出去了。她站在前厅的火边。

“让我们单独待一会儿，好吗？”我对扎克说道。

我等到他出了门，把门关上。

“你骗了我，珮珀，”葵茵说道，“为什么？”

“我所做的，都是为了爱。为了找到你，找到我想去了解、去爱的姐妹。”

“我不懂。撒谎对这有什么帮助？我已经到你那里了。跟我说实话。”

我很害怕葵茵眼睛里的那些情绪——受伤，失望，以及这些情绪可能带来的后果。

“对不起，我以为这不会造成任何伤害。我这么做，是因为我不想让你难受。”我希望你喜欢我。请喜欢我吧。

“你还做了些其他什么事情吗？还撒过其他的谎吗？”

我的手攥成了拳头。葵茵怎么看不出来我做的一切都是为了我们呢？为了让我们能在一起，回到我们应该有的状态。

但是我还有没有做过其他事情呢？

我感觉内心很不安，于是把这个问题抛到了一边。我没有回答葵茵，也没有回答我自己。

葵　茵

扎克和我在黑暗中往宾馆走去。他拿着手电筒，但我不需要。我在前面带路。今晚月亮和星星都出来了，我对路又熟悉得很。

“没事吧，葵茵？”扎克问我。

我耸耸肩。“只不过是珮珀又开始把真话拉长了一点儿而已。”

“啊，我明白了。你想不想聊一聊这事？”

我停下脚步，转身面对着他。是的，我想聊，但是我不应该。如果我告诉他一切，他可能会立刻跑到一英里以外去。而且我不是还答应了珮珀，要和扎克保持距离，要控制自己的感情吗？这是对珮珀原谅我的回报。但是现在，我感觉我的决心有些动摇了。

月光和扎克相得益彰，我真想抬起手来，抚摸他的脸，把手指放到他黑色的头发里，然后把他拉过来，亲吻他，就好像第一次、最后一次也是唯一的一次那样。但事情并不是这样的，不是吗？我并不仅仅是喜欢他，虽然我确实喜欢他，但还有更多的东西。他正在等着听我往下说，他黑色的眼睛看着我的眼睛——既好奇又关心，对一个朋友的关心。他现在是离我很近，但是如果他看清了我的真实面目，我恐怕就会变成《呼啸山庄》里凯瑟琳的鬼魂一样，永远迷失在冰冷的荒原之上。

但他并不是我的希斯克利夫——他喜欢的并不是我。我叹了一口气。

“葵茵？”他说道。

“我不想聊，但还是谢谢你。”

我转身继续往前走去。我们一言不发地走着，我听得到身后他的脚步声。他的腿很长，因此步数比我少。我听得到他的呼吸声，还有他的心跳声，扑通——扑通，那是为珮珀而跳——永远都是。

珮珀，还有她的那些谎话。她骗我说外婆的房间没有锁，在温切斯特的时候骗我说她不知道我的存在。她今天终于说了实话，但那是外婆逼着她说的。

外婆说骗人是很危险的，尤其是我们家族的女人。为什么？是因为我们与别人不同，还是因为我们说的谎话？

这么久以来，我对骗人一直都有一种深深的畏惧，这是外婆一次又一次灌输给我的结果。还有对骗人可能从我内心深处唤醒黑暗力量的畏惧。但是珮珀不停地在骗人。现在我还想着自己得离开她，好保护她的安全。

珮珀说我们是一家人。她说希望在她的生活中有我。她还想要她在温切斯特的生活，想要不是她爸爸的爸爸，还想要扎克。她还想要这个地方——想继承不知道究竟为何物的遗产。她什么都想要——而她总是能得到自己想要的一切。

为什么她就能得到一切，而我却一无所有？

晚上到这里来，感觉很奇怪。酒吧里面很热，生了火，到处是端着酒杯的人，有点儿太热了。

哪些人是本地人，哪些人是游客，很容易就分辨得出来。游客通常都是一对或者一小群人，坐在沙发和椅子上。本地人大多是农场主，站在吧台旁边，聊着庄稼和羊，夸张地挥舞着手，大笑着谈论拖拉机、游客和某处发生的事故。几个年纪大一些的人看到了我，于是压低了声音，不让我听见。他们在说什么?

在这儿，在宾馆的这个地方，我感觉不大自在。扎克仿佛察觉到了我的感受，牵起了我的手。他的手指很温暖，轻柔却又坚定地握紧我的手，不让我挣脱。他把我拉到吧台，给我们两人各点了一杯喝的。吧台里的那个人我不认识，也许是新来的，也许只是晚上才来上班。

我站在那里，不知所措。我不能平白无故地跑到那些陌生人面前，掏出兜里的照片，然后开始发问吧?

然后，那两个刚才我觉得是在聊我的人走了过来。“说起来，你是不是伊莎贝尔·布莱克伍德的女儿葵茵？”

“我……是的，我就是。”我答道。

“你的头发颜色更亮一些，但你和她简直就是一个模子里印出来的，和她当年在酒吧工作时长得一模一样。她很多年前就搬走了，对不对？她现在怎么样？”

我看着扎克，不知道该怎么说。

“很不幸，伊莎贝尔最近去世了。”扎克说道。

“啊，听到这个消息真是让人难受。”其中一个人说道，给他的朋友们还有我们买了一圈喝的。

他们举起杯子。“敬伊莎贝尔！”他们说道，然后一齐碰杯。

年纪大的人开始聊起她来，回忆起那个在吧台后面和大家嬉笑打闹的活泼姑娘，我则想——这和我那个冷冰冰的妈妈是同一个人吗？真是难以置信。

我突然有了一个点子。

“在我妈去世前，她写了一封信给一个老朋友，”我对他们说道，“但是我不知道往哪里寄。不过我有照片，在这里。”我掏出照片，“你们认识他吗？”

几个人凑过来看了一下，照片中他那一头和我一样的红发估计引起了他们的猜疑，不过他们并没有说出来。“这是哈姆雷家的小伙子吧，对不对？”其中一个人说道，脸上一副不大瞧得上的表情。“他们搬走了，很多年前就走了。不知道他们现在到了哪里。”

另外一个人也在听。“他们的农场没了之后，是不是搬到了艾克斯特那边去了？”他又转头问另外一个人，那个人拿出手机，打了一个电话。

他走过来。“我表弟说一个朋友有他们的电话号码。他们会回过来，如果——”

他的手机响了。他挥手要来了纸和笔，写了一些东西，然后把纸递给我。“给你。不知道地址，但这是他的名字——威尔·哈姆雷——还有他的电话。如果愿意的话，你可以打给他，但是要当心啊。他们哈姆雷家没别的本事，只会惹麻烦。”

真是得来全不费工夫，只要撒个小小的谎就行了。外婆说骗人很危险，但是什么都没有发生啊——没有闪电劈头，地狱之门也没有在我脚下洞开。

珮珀教会了我，骗人很简单，而且能让你得到自己想要的东西。

我们在黑暗中沿着那条远路回家。我手里抓着那张纸条，心里痛苦地翻腾。我们该不该给这个威尔·哈姆雷打电话？突然之间，我有些拿不准了。首先，外婆警告过我。而且只会惹麻烦，今晚他们也这么说。

但他是我的爸爸。

我把纸条递给扎克。“你能不能帮我保管？我不知道该拿它怎么办好。”

他点点头，将纸条塞到了兜里。

终于，我们到达了房子门前。我停下来，转身看着我们走过的山坡。月光下，威仕特岩石高高耸立着。

岩石旁边有一点儿动静，是一个轮廓。

那只狐狸。

召唤来了：去捕猎去！

不……不……不要再来了。

但是没有办法阻止。巫猎猎犬被释放出来，我成为其中一员，一起奔跑。我们在荒原上自由地奔跑。

马上就要发生的事情，让我恐惧不已。

同时，我也很兴奋。在黑色的荒原上飞奔。上次的杀戮并没有让我们满足，我们永远不会满足。疯狂的欲念让我们加速往前飞奔。

嗷呜呜呜呜呜！当我们闻到风送来的猎物的甜美气息，一齐号叫起来。

这次的猎物没有奔跑，也没有吓得尖叫。我们慢慢围上去。猎物正在睡觉，在帐篷里面，好像一个虫茧。

我们把帐篷撕碎。

猎物们——有两个，一男一女——醒来了，尖叫着，呼喊着他们的上帝来拯救他们。

但是在这里，上帝也无能为力。

我退缩了，吓坏了。

兴奋。我对面猎犬的眼睛里映出了我的眼神——可怕的、闪着红光。

我们把他们的喉咙撕碎，终结了他们的惨叫。

美味的、快乐的鲜血有节奏地汩汩而出——咕嘟，咕嘟——渐渐地慢下来，他们的心脏也渐渐停止跳动。

我们饱餐一顿。

珮珀

“我可有点儿不太赞同。”扎克说道。

“来嘛，扎克。你知道，葵茵就是想找到我们的亲生父亲。她只是有些害怕而已。”

“我还是觉得我们应该先问问她，如果她没问题，我们就给他打电话。”

“嗯，我们先不管葵茵，他也是我的父亲。我现在想打给他。”

扎克想了想我说的话，最后终于点点头。他把写着名字和号码的纸条递给了我。“那你打吧。”他说道。

我四处转了转，努力地想在山上找到信号最好的地方。但不管我到哪里，信号都很弱——手机也快没电了。就在这个时候，手机关机了，仿佛是在故意和我为难。

“我手机关了。真是……他们也没有手机，充电器也没有，怎么在这里生活的啊？我们去宾馆的时候，我把电充上就好了。”

扎克笑了，把他的手机拿了出来。“用我的？”

扎克手机的信号也很弱，但是电池量很足。我拨了号码。

那边响了一次……两次……三次。

“你好？”一个男人的声音。

“你好，请问是威尔·哈姆雷吗？”

“你是谁？”他的声音透着警惕。

“我是葵茵·布莱克伍德。”扎克皱着眉头看我，但是我转过身去。“伊莎贝尔·布莱克伍德是我妈妈。”

“哦，哇。从过去吹来的一阵风啊。伊莎怎么样？”

伊莎？“很遗憾地告诉你，她最近去世了。”

长时间的沉默。“哦，我明白了。我也很遗憾。”他的声音低沉下来，带着悲伤。“但是你为什么要打电话给我？”

“我想当面和你说。我们能见一面吗？”

“现在就说。什么事？”

“我想……嗯，我很肯定……我是你的女儿。”

那边沉默了好长时间，我都以为电话已经挂了。“你好？”我忍不住问道。

“我在呢。”

“那么，我们能见一面吗？”

“我不知道。我没有钱，如果你想要钱的话。”

“不是。我自己有很多钱。”

他想了想我说的话。“你在哪里？还在荒原上吗？”

“是的。我们在双桥宾馆见面，怎么样？”

“可以吧。不过得你付账。”

“没问题。”

“什么时间？”

“明天下午行不行？两点。”

那边又停顿了一下。“行，好。反正我也没什么事可做。到时候看吧。”

“答应我，一定要去。”

“我也没什么损失，行，我答应你，我会去的。”然后电话咔嗒一声——断了。他把电话挂了。

我微笑着把手机还给扎克。“都安排好了。”我说道。

他扬起眉毛。“希望你知道自己在做些什么。”

“别担心，没问题的。”

我们走回房子。葵茵正生我的气，而我昨晚对她也很生气。她怎么就看不出来，我们两个现在是在同一条船上？

我昨晚又是一夜无眠。自从来达特穆尔以后，我就睡得很少，但奇怪的是我根本不累。相反，我感觉很兴奋，知觉更加灵敏，色彩啊、气味啊、触感啊，都变得更加清晰，几乎让我感觉到刺痛。一切都似乎调高了一个等级。

昨晚等我终于睡着，我又做了一个疯狂的梦，在荒原上奔跑，我管它叫捕猎。杀戮，饱餐。我闭上眼睛，感觉还能回到那里：那种力量，那些鲜血。我浑身颤抖，体会着舌头和喉咙的那种刺痛感。

当我醒来，走到外面看太阳升起的时候，我知道自己要做的事情了。

葵茵现在开始怀疑我了，因为外婆指出了我撒的谎。我得为葵茵做点儿什么事情，好让她明白我是站在她这一边的——我要给她一些她想要的东西。一些她自认为想要的东西。

然后她就得把我想要的东西给我——她就得兑现帮我找到遗产的承诺。

葵　茵

奔跑在荒原上……鲜血的味道。

我摇摇头，努力摆脱这个记忆，控制自己的恶心感。那些在帐篷里的人。一男一女，在荒原上露宿。我还能听得到他们的尖叫声，感受得到他们的恐惧，体会得到他们鲜血的滋味。

我要疯了。

前门开了，然后是脚步声和说话声。珮珀和扎克散步回来了。

奈斯跑了进来，跳到沙发上，开始舔我的脸。

“看起来你一上午都没怎么动，”扎克说道，“你是不是——”

楼上一声刺耳的尖叫声打断了他。

“外婆？”我从沙发上跳了起来，往楼上跑去，扎克和珮珀紧紧跟着我。

她倒在卧室地板上，脸色惨白。我上前去扶她，她一把推开我的手。

“我看到了。”她说道，但并没有看我们。

“扎克！”她说道，伸出手来。他蹲到她身边，她紧紧抓住他的手。“听我说，扎克。”

“我在听。”他说道。

“走，离开这个房间，这个房子，这个荒原。开上你的车，走得越远越好，永远不要再回来。对我们来说已经太晚了，但是你还可以逃离这场大火。”

“火？什么火？”他抬头看了一下，耸耸肩，用嘴唇无声地说道，“我们要不要叫救护车？”

我摇摇头。

“这么多年以来，我一直在试图阻止，”外婆说道，“我早应该知道，这是无法阻止的。在大火中开始，必须在大火中结束。现在就走，扎克。否则就晚了，快走！”她不耐烦地说道。

“下楼去。”我无声地对扎克说道。他溜出了房间。

“他走了，外婆。”我说道。珮珀和我扶她站起来，坐到床上。她冷得发抖。

“你们两个都知道，心里知道，”她说道，点点胸口，“即便你们这里还不知道。”她又点点头。

“我们知道什么？”珮珀说道。

“在哪里开始，就必须在哪里结束。在大火里。”

外婆倒到床上，闭上眼睛。很快睡着了。

我们轻手轻脚走出房间，关上门。

“嗯，这次发作真够厉害的。”珮珀说道，我看得出来她吓得不轻。

“外婆时常出现幻觉，我们不能忽视。”

“她说的关于大火的……”珮珀开口说道，又停了下来，没有说完。

我点点头。“你还记得那场大火，对不对？我们十三岁的时候，我们都发烧了。我觉得那既不是梦，也不是幻觉。我们应该是灵游到了过去。”我说道。真相慢慢露出水面，跟最近发生的还有过去发生的都连成一片——都是同一种体验。我好想问一问珮珀，她是不是梦到了捕猎——那些绵羊，那些露营的人……那些鲜血，但我做不到。如果只有我梦到了，这就是在告诉她我早就知道的一件事情：我是那个坏掉的一半。我不想让她知道。

我们在楼梯口互相盯着。在她的眼睛里，我似乎也能看到过去这些年那场似梦非梦的梦境：房子，大火。没有被摧毁的怒火，反倒更加根深蒂固。

“那些都是真的？”珮珀睁大眼睛低声说道。

“是的，就发生在这旁边，这栋房子前面那堆废墟那里。对我们来说，那里是禁地。”

那天晚上，我们三个人心情都有些压抑。扎克很紧张，害怕如果外婆知道了他还没有走，肯定会大发雷霆，但是他对外婆说的话完全不信。

他应该相信，应该走。我们都应该离开这个地方。但不管我到哪里去，黑暗力量都会如影随形。即便我离开了这里，晚上那巫猎也会找到我。

我偷偷溜到楼上去拿扎克的东西，今晚他最好和我们睡在一起。

我们三个收拾好准备睡觉。

我感觉到那边有动静，睁开了眼。珮珀坐了起来。“哦，我的上帝，葵茵。今天发生了这么多事情，我差点忘了告诉你了。”

“你忘了告诉我什么事情？”

“关于我们的生身父亲。我给他打了电话，明天下午他会到双桥宾馆去见自己一直都不知情的女儿。你想不想去，还是我去？”

珮　珀

扎克和葵茵睡着之后，我溜了出去。没有什么能够阻挡我。“禁地”这个词对我来说没有任何意义。

以前经过那些废墟的时候没有多想，每次都是绕着走。我的意思是，绕着走比穿过去，路更好走。不过不知道为什么，每次我都尽量避免不去碰那里的东西。

废墟的轮廓看起来像是一栋小房子。我们现在住的那栋，以前是它后面的马厩。其他的附属建筑，还有断断续续的围墙都说明，这里一度是一个农场——很小，但肯定是一个农场。

葵茵把这些废墟叫烧毁之地。

最早做那个梦——我以为是因为发烧而做的梦或产生的幻觉——是在我十三岁的时候。当时病得很厉害，但是我记得很清楚，伊莎贝尔不让找医生。最近我才意识到，也许她知道我出了什么问题，医生根本帮不上什么忙。她也知道很快就会过去。她说，她和她妈妈在相同年纪的时候也经历过同样的事情。

葵茵也做了一样的梦。

我努力地去回忆那个时候的细节，但奇怪的是，那件事永远地印刻在我记忆里，但同时又永远地被遗忘了——这两种对立的情况同时存在着。仿佛我曾试图把记忆抹去，但能做到的只是把一些边边角角抹去了。

大概就是从那个时候起，我开始明白，妈妈和我跟我们周围的人都不同：一些别人不知道、我们自己本来也不可能知道的事情，我们都知道，而且我们还能轻易地叫别人同意我们的想法。实际上，正是因为我这个能力在妈妈身上不管用，才让我意识到我和别人不一样——我与别人交流的方式不一样。

我后来知道得越来越多。我急切地想知道自己为什么能做那些别人做不了的事情，我是怎么做到的，我还有没有其他的能力。我内心里有一种信念，这仅仅是开始而已，还会有更多的故事在后面等着。然后妈妈和我开始吵架了。她看我的眼神变得奇怪起来，时时刻刻盯着我。

为什么这个地方对我们来说是禁地？

我内心隐隐觉得不安，觉得害怕。

我往前走了一步，迈过了以前是围墙的地方。我伸出双手，抓住一块石头，然后倒在了地上。

我在荒原上奔跑，裙子绊住了我的脚。我步履匆忙，身上到处被荆棘划伤，在流血。星空下令人心寒的号叫声在旷野中回荡，猎犬越来越近了。它们把我当作一个动物一样在捕猎，把我赶到那个它们想据为己有的地方——我的家。但是如果它们想跟着我到家里，那里可不是什么圣殿。

我大口喘着气，回身把门闩好，从那个隐秘之处把书拿了出来。我抚摸着已经破损的封面，颜色鲜红如血液，这是我们家族女人的标志，也造就了我们那微薄的力量——扭曲语言，塑造信念。

我拿出一把刀，用羽毛蘸上那种最特别的墨水——我自己的血。我的手在颤抖，视线开始模糊。话必须写对，我努力把笔拿稳，然

后开始写。

如果你们杀了我，等我回来的时候，我会更强大，会杀了你们。我女儿，还有我女儿的女儿，一代一代传承下去，每一代最强大的那一个，都会带着力量和仇恨成长起来。你和你的后代将会以暗影标记出来。我们这些黑森林的女人，将永远追猎你们这些哈姆雷家族的人，直到你们的家族灭亡。你们将永世成为被追猎的对象。

传来一声巨响，伴随着浓烟，不是我冰冷的壁炉。我大着胆子从狭窄的窗子往外望去：树在燃烧。我开始咳嗽。泥做的墙很快就要坍塌。恐惧在我内心升腾翻滚，但更多的是愤恨。哈姆雷这混蛋强买不成，就要硬抢吗？

但即便是现在，我也还能够逃离这场大火。他们想要的不过是毁掉农场，不会阻挡我。他那些懦弱的仆人不敢对我怎么样，它们害怕我的眼睛。

我这风烛残年的老命消失之后，将会使我最后的谎言——我以我血写在《谎言之书》上面的最后的话语——拥有最强大的力量。我的死将把我的谎言凝结为诅咒。哈姆雷家族将被灭绝，然后囚禁在树林之中——我的祖先就在那里接受过审判。那里再合适不过了。只要我们召唤，巫猎的队伍就会奔驰在荒原之上。

我取下手链，和书一起藏在隐秘之地，把石头放好，使它们免遭火灾侵袭。我的女儿会知道在哪里找到它们。

火势越来越大。

我的痛苦越来越深。

我燃烧起来了……

过了不知多久我才醒过来。我躺在地上，满脸都是泪水，身体因为痛苦和恐惧而扭作一团。

还有愤恨。

她孤单一人，那个老妇人。但她并非无能为力，哦，绝不是的。她是一个有智慧的女人，一个女巫，是那本书的保管者。

我早就知道自己血脉当中有塑造别人信念的能力。当我扭曲真相的时候，听者都相信我。但是《谎言之书》的力量更大：所有写在上面的谎言，每一个人都会认为是真的。

我必须得到那本书。

如果我拥有那本书，不管我写什么进去，都将成为现实。这就是我的遗产。

她在书中写下了关于哈姆雷家族的诅咒。她一死，咒语就成真，一如她所料。从那时起，哈姆雷家族就一直霉运不断。葵茵在外婆书房里找到的那个盒子，里面所有的笔记、图画和照片，显示的都是这些年来，哈姆雷家族一代又一代所遭受的苦难。我们的力量渐渐增强——每一代都强过上一代，他们的苦痛也就不断地延续下去。而且必须延续下去，一代又一代，永远不得翻身。

必将延续下去。

我的家族是黑森林的女人，现在我知道妈妈不肯改变我姓氏的真实原因了。这是我们赖以生存的根基，她怎么可能改变？

现在，我也找到了我们的敌人。外婆盒子里的照片上，哈姆雷家族的人都被做了标记——脸上有暗影。我当时见过，但不知道是什么意思。

现在，我终于知道威斯特人树林里的那些黑树里面囚禁的是什么了——也知道了那晚我重新回到树林时猎犬为什么会被释放出来，是我感受到了那些树里面被囚禁的欲念，然后把它们召唤了出来。

那不是梦。之前，葵茵说那些年我们一直在内心灵游，我理解了。就仿佛拼图一点点地被拼凑起来，隐藏的图案也显现出来。

那些梦并不是梦：我管它们叫捕猎。我，不是葵茵。指挥捕猎的是我。

我……我……真的做了那些事吗？

我又开始颤抖起来。我们把两个露营者的帐篷撕碎的时候，我还记得他们的恐惧，他们的惨叫，还有他们的鲜血。我们饱餐了他们的鲜血。都是因为我。

我是什么？

我吓坏了，很害怕。内心最深处，一种尖叫的欲望正在凝结。我开始恐慌。我要回去了，我想起来了，其他的那几次，其他的那些鲜血……

冷静。你所做的一切，都是为了现在这一刻。

我深呼吸：吸进，呼出；吸进，呼出。这是必须付出的代价。这是为了告诉我自己，我是我们这一代当中最强大的那一个。我不能否认自己。

我所做的一切，都让我到了这里，都是为了在这一刻获得真正的启示：

那本书必须为我所有。

我可以用这本书来扭转一切，不是吗？我可以把事情变得更好，忘掉之前的一切。

我漂亮的扎克。我告诉他，他爱我，然后他就信了。他当然信，他别无选择。但是这和他真的爱我又不一样，对不对？如果一样的话，他就永远不会去吻葵茵。

如果我拿到了书，写在里面的谎言都将成真。我首先要写进去的谎言将是：扎克全心全意用他全部的灵魂爱我，葵茵爱我，葵茵不爱扎克。

然后我们就可以永远幸福地在一起了，永远在一起。

那本书必须是我的。

我感觉到了一丝动静，是什么东西到了身后，我转过身去。

围墙边站着一只狐狸，和我以前见过的狐狸都不一样。它体形很大，巨大的、毛茸茸的尾巴在月光下格外显眼。它的头微微向一侧倾斜，盯着我。

葵茵

“真的不敢相信我们居然来了。感谢你能陪我来。”我侧头看着扎克。我们坐在双桥宾馆前面的观景台上。

“这件事情可不能让你独自来做，但我真的觉得应该由珮珀来做。是她安排来见他的。”

“好吧，我们不能同时出现在这里，否则会引起很大的麻烦，这个道理还是讲得通的。而且双胞胎对他来说可能是一个打击，因为她并没有提到这一点。她认为应该由我来，因为最初是我想来找他。”

“同时出现——这件事情你们两个早晚得面对。”

我耸耸肩，有一点儿不太自在。我刚才鹦鹉学舌般重复了珮珀的理由，但根本不知道她为什么不告诉他有一对双胞胎的事。在外婆和珮珀的爸爸知道之前，不能让别人知道我们俩是双胞胎的事情，这条承诺似乎不应该用到我们的生身父亲这里。我摇摇头，也没有关系。我反正还是要走——见完我的父亲，找到那本书，交给珮珀，然后就走。我独自离开。

如果没人知道我们是双胞胎，那就没有人知道我不见了。我背上一阵冷战，我抖抖身子。我可以去一个没人认得我的地方，然后尝试着重新来过——尝试着抓住那一丝微弱的希望：如果我离开荒原，巫猎就会继续沉寂下去。

珮珀没有和我们一起，但因为她我们才选择了在这个地方会面。她正在某个地方望着我们。我们把她和奈斯留在了一个比较远的地方，她手里拿着扎克车里的望远镜。

“你准备好了吗？”扎克问我。

“是的。万事俱备。”

扎克在我手上拍了拍以示安慰，然后站起来，穿过草坪，走过那群争吵不停的鹅，走进了门。

扎克进去有一会儿了。也许威尔·哈姆雷没有来？我很冷，双臂抱着自己。就在想着要不要干脆放弃，进去和扎克一起坐在宾馆火炉边的时候，门开了。扎克走了出来，后面跟着一个男人。

他的头发不多，但都是红色的。看见我站在观景台上，他对扎克说了些什么，然后他们朝我走过来，手里拿着杯子。这是他们这么久才出来的原因？

威尔的脚步似乎有些不稳。

他们慢慢走近，我站了起来。他朝我走过来。扎克留在后头，不过如我要求的，距离并不远，足以听到我们的对话——这样在我不知道该说什么的时候就能及时来帮我。

“哦，我的上帝啊，”他说道，“你长得真像我那可爱的伊莎啊，但是头发和我的一样。”他苦笑了一下。“实在抱歉。”

我什么都没说，不知道该说什么。

“葵茵，对吗？”

我点点头。

“真是个奇怪的名字。这可不能怪我啊。”

“不会怪你，”我开口说道，“你是威尔·哈姆雷，对吗？”

“千真万确。”

“你以前知道我吗？我是说，你以前……”

“伊莎怀孕的事？不知道。”他叹了一口气，“她妈妈恨我，搞不清为什么。伊莎以前似乎很喜欢偷偷溜出来，到荒原上和我约会。但结果有一天，我们本来约好了，她却没有来。我在宾馆看到了她，但她对我不理不睬。我等她下班，然后陪着她一起回家，叫她跟我讲话。那天晚上我这辈子都忘不了。狂风大作，还下雨了。她直直地盯着我，然后说我们完了。我觉得她应该是哭了，又或者只是雨水落在她的脸上。她说再也不想见到我，我应该搬走，永远不要回来。她似乎在害怕什么。她不肯告诉我，但我一直觉得肯定是她妈妈在背后搞鬼。”

我盯着他。他眼里满是忧伤，他说的故事似乎可信。伊莎贝尔，他嘴里的“伊莎”。她一直都讨厌下雨。就是因为这个吗？

他垂下眼，看着我的手腕。“那是伊莎的手链吗？”

我不由自主地抬起手，好让他看得更清楚，然后又放了下来。“那个时候她就戴着这个吗？”

“一直戴着。从来不取下来。她说这个东西很重要，要保证它的安全，”他耸耸肩，“有的时候她会讲一些不着边际的话，但她说的时候，不知道为什么我总是相信她的话。话说回来，你这些年过得怎么样，还好吗？”

不知什么原因，我骗了他。我说，我一直和他的伊莎住在一起，度过了幸福的童年，一切都很好。撒谎真是很容易，一下子就变成了习惯。

“你呢？”我问道。

“我就按照伊莎告诉我的那样走了。就跟以前一样。我离开了。我很抱歉。如果我知道了……也许事情会不一样吧。”他耸耸肩，“但是，也可能不会有什么不同。”

他四处看了看，打了个寒战，喝了一大口杯子里的酒。“我感觉荒原上有什么东西好像找到了我。”

“这里不安全，你应该离开这里，离得越远越好。”我的心里很纠结。这些话来自我内心深处一种莫名的力量，这种力量很强大，我甚至想抓起他的手，拽着他离开这里。前晚的某种东西一闪而过，让我什么都想不了。我把它推到一边，集中精力关注这里，关注现在。

“这话听起来跟伊莎很多年前和我说的很像。我明白你们的意思。”他一口喝干了酒。“谢谢你帮我买酒。”他转身对扎克说道。他慢慢地走回宾馆，然后消失在里面。

扎克和我往外婆家的方向走去，中间接上了珮珀。扎克告诉我，在出来见我之前，威尔已经灌了两大杯酒，一口一杯。伊莎贝尔的死似乎真的让他很受震动——现在想起来，“伊莎”这个称呼真是好笑。和她死之前相比，现在她在我心目中更加真实、立体了。以前她是这样的叛逆，在酒吧里和来喝酒的人调笑，然后和威尔约会，就是为了惹恼她妈妈。她怎么会变成那个我所知道的冷冰冰的女人的呢？

不管他们之间是如何结束的，也许这段关系对她来说确实很重要——也许那晚她的脸上除了雨水还真的有泪水，她真的爱着他。看着他现在的样子，让人很难相信。但即使对她来说这算不了什么，对他来说却很重要。但她叫他走，真的伤了他的心。她从来没有跟他提起过我们，这么多年都没有。她怎么能这样做？

路上，珮珀问起见面的情况，我让扎克回答她。她似乎跟我一样有些情绪低沉。她没有问我为什么要他离开这里，就如当年他的伊莎叫他离开一样。这让我如释重负。我自己都不知道为什么，怎么回答这个问题？

我想见我的生身父亲。他就在这里，我却叫他走。不是因为我不想再见到他。不知道为什么，我必须这么做。

外婆下楼来吃晚饭，看到扎克还在这里也没有表示惊讶。她什么话都没有说，只是悲伤地看着他。

珮　珀

今晚有活干，有目标了——这活必须完成。

来吧，今晚和我去捕猎！

我把它们从树里召唤出来，我们又成为一体了。

乌云蔽月。荒原一片漆黑，危机四伏。对我们来说却不是如此。

我们肩并肩奔跑着。这个猎物速度很慢，在黑暗中踉跄地走着。狂风送来他的恐惧，气息清晰好辨，很容易追踪。

让他跑起来，吃点苦头，就像她曾经受过的那种苦。

因此我们在后面不紧不慢地跟着，驱赶着他前往我们想要他去的地方。

他摔倒了，又爬起来，又摔倒了，但是这次没再爬起来。他掉进了我们为他准备好的沼泽里。他越挣扎，往下陷得越深，被缠得越紧。

我们等待着，直到乌云散去。月光照见了他皮肤上死亡的暗影，鲜明之极。

他看到了四周闪亮的眼睛。他的惨叫声很短，我们很快就撕裂了他的喉咙，急于想喝到他的血。

温热的、令人陶醉的鲜血。

葵 茵

那天晚上，我再次参加了捕猎。

我很想离开，回到自己的身体里，但是做不到——我被它紧紧抓住。

一切结束之后，我回来了，哭了。

珮 珀

我从前门溜出去，到了黑暗之中，最终还是放弃了睡觉的念头。我浑身充满了紧绷的力量，沿着围墙走着。空气中有一种潮湿的冰冷感觉，预示着冬天就要到了。树枝上最后几片树叶再也抵受不住，掉落下来，与它们在地上已经腐烂的朋友们相会——已死去的和正在死去的，都被我踩在脚下。自然之道就是如此：老的死亡，好让新的活下去。

祖先所遭遇的一切，让我愤怒不已。

也让我对那个威尔·哈姆雷很愤恨。昨天我举着望远镜，即便在很远的地方都能看得很清楚。他就是渣滓。想到他以前曾抚摸过我的妈妈就让我感觉恶心。她怎么能让这个人靠近自己？

天空开始发白。太阳正努力往上升，在低垂的云彩上映上一道道的粉色。今天的日出肯定很壮观。

我溜回房间，摇醒了扎克。他的头发蓬乱，眼睛半闭着。我真想钻到他暖和的被子底下去——贴着他温暖的皮肤，感受从他心脏传遍全身的那种怦怦跳动的声音。

温热的、欢快的鲜血。内心深处那黑暗的欲念……

我使劲摇摇头，抓起他的手，拉着他往外走。

我们站在暗影里，手挽着手，沉默地望着远处。橘色和粉色很快布满了整个天空，点缀着白色、灰色和蓝色的云朵。

“好吧，珮珀，”扎克在我耳边轻声说道，“我觉得这个还是值得冻个半死起来看的。现在，要不要来点儿茶？”

“你真是弱啊。没有那么冷吧，但如果你坚持……”

我们朝门口走去，停在台阶上，又回头望向天空。

“等一下，”扎克说道，“我觉得有人来了。”扎克用手遮在眼睛上方，朝小山包那边望去。“是的。一个人——应该是个女的——朝这边来了。”

我找到了他看的那个地方：一个细长的身影正在下山。

“真有趣。会是谁呢？你等等看。我去叫醒葵茵。如果有外人来了，我们两个就得有一个躲起来。”

葵茵仍然躺着。但当我走近时，我发现她眼睛睁着，盯着天花板。

“葵茵？”她没有动。“葵茵？”我又开口说道。

她的头缓缓转过来，眼睛血红。“什么？”

“那边山上来了个人。看起来是到这里来的。”

她没有搭腔。

“知道是谁吗？”

她叹了口气。“当然。我早应该意识到会再发生的，现在他们知道外婆回来了。”

“好吧，究竟是谁？我们应该怎么做？你需不需要我躲起来？”

她耸耸肩。“随便你吧。待在这个房间里也没事，他们从来不到这里来。但是我们得问问外婆，看她愿不愿意接待客人。”

“我去问。你赶紧起来洗漱一下。”

我跑到楼上，敲了敲外婆的门，然后打开门往里面瞥去。她已经起来，穿好了衣服，正在梳头。她没有回头。“是的，我知道谁来了。我马上就下来。”

我像葵茵建议的那样，待在前厅里，侧耳听着。门开了，扎克和另外一个什么人进来了。葵茵说“你好，谢谢你，她一会就下来”。

楼梯那边传来脚步声，然后是低声交谈的声音。一扇门打开，又关上，然后就什么都听不到了。

葵茵和扎克进来，关上了门。她手上拿着一个包。

“这是什么？”我问她。

她耸耸肩。“酬劳。”她往里面瞄了一眼。“我们看看：钱，茶叶，新鲜面包，鸡蛋。”

“做什么事的酬劳？”扎克问道。

“不管她想要什么，钱，愿望。”她耸耸肩，“她经常来。你们去宾馆的时候，告诉卡伦和琳德赛外婆回来了，她肯定是听说了。”

“她们在里面要待多久？”我问道。

葵茵又耸了耸肩。“通常一个小时左右吧。也许会更久，因为她好长时间没有来了。”

我拍了一下手。“早餐我想吃炒鸡蛋。扎克，你能不能去把厨房的火生起来？”

葵茵把鸡蛋递给他。等他一走，我微笑着对葵茵说道：“一个小时，那我们的时间很充裕。”

“你要干什么？”

“当然是去搜一下外婆的卧室啊。你答应过帮我找遗产。外婆现在忙活着，我们正好上楼。走吧。”

我瞄了一眼大厅。外婆书房的门关得很紧。然后，我叫葵茵跟我上楼。

我走进外婆房间，葵茵却在门口逡巡。

“别站在那儿啊，过来帮我。”

我以前搜过这间房，但当时我不知道自己要找什么。现在我知道了：《谎言之书》。

我拉开抽屉，在里面翻看，每个抽屉底下都去摸一圈，说不定就粘在底下呢。葵茵慢慢走过来，站在我旁边。

她知道吗？“如果我们知道要找什么，效率可能会更高。”我说道，盯着葵茵。她是不是瞒着我？“你知道是什么吗？”

她叹了一口气，“可能是一本书吧。”

楼下传来开门声。

脚步声沿着楼梯上来了，很小心，很慢：是外婆。我们对望了一眼。

“这离一小时还差得远呢。”我说道。

“床，”葵茵低声道，“我们在帮她换床单。”

眨眼之间，她把床上的东西都挪到了一边，从抽屉里拿出了新床单。我跑过去帮忙，这时门开了。

外婆站在门口，看着我们忙活。

葵茵的脸发红。“我以为你还要更长时间呢，”她说道，“我们帮你整理一下。”

外婆一脸沉重。“我听到了一些事情，让我十分不安。”

“哦，什么事？”我说道。

“很明显，经过了这么多年之后，一位老邻居又回来了。昨天他到了双桥宾馆。你们应该不知道吧？”

“当然不知道。是谁啊？”我说道，赶在葵茵开口前抢先回答。如果葵茵开口，不知道她会说出些什么来。

“我觉得你们知道。”外婆说道。

“我们的父亲。”葵茵轻声说道，没有管我叫她别说的表情。

“是的，那个哈姆雷家的男孩，”外婆几乎是唾弃着说出这个名字，“但这还不是全部。他昨晚多喝了几杯，踉踉跄跄出去散步。车还在宾馆，没有人知道他出了什么事。他们现在正在组织搜救。不知道会发现什么？”

葵茵的脸色发白，表情痛苦。

“也许在哪个地方睡着了吧？”我说道，耸耸肩，小心保持着脸上的表情，虽然我也感觉很震惊。他们会发现什么呢？

“有报道说家畜遭到了袭击，几个在荒原上露营的人失踪了。搜救队现在正在到处寻找他们。迷信的人说，巫猎又回来了。”外婆伸出手。“到我这儿来。”她说道。

葵茵慢慢走了过去。我想不去管外婆的指令，但是我心里又再次有了一种听从她吩咐的冲动，我越是抵抗，这种冲动就越强大。我耸耸肩。又有什么关系呢？我跟过去，站在葵茵旁边。外婆拿起葵茵的左手，拿起我的右手，紧紧握住。她的手指很硬，骨瘦如柴。她看了看我的眼睛，又看了看葵茵的，眼神严厉。

她把我们的手放开，身子放松下来。

“求求你们，为了你们自己，听我的话。不要再去招惹那黑暗的力量了。它的能量增大了。如果你们无法控制它，它就会控制你们。”

后来，天黑下来，风也起来了。达特穆尔仿佛就是整个世界的暴风雨之都。扎克和我走出去，伸伸腿，顺便观察一下天气。

我牵着他的手。不管当时那捕猎看起来多么真实，我仍然被外婆说的哈姆雷还有那几个露营者失踪的消息吓坏了。

捕猎真的开始了。那些人真的死了。

我是什么？恐慌撕扯着我的内心，害怕和厌恶让我的心加速跳动，然后——

你很强大。强大而有力。为现在的你欢呼吧，然后变得更强大。保护你自己。

恐慌渐渐退去。我的心跳也慢慢缓了下来。

不管我是什么，都不能让别人知道。要找一个替罪羊。

“珮珀，怎么了？”

“扎克，我很害怕。”

他伸手揽住我的肩膀。“别担心，珮珀。我会保护你的，不管大自然怎样向我们肆虐。”

“不是天气，笨蛋。”

“那是什么？”

“外婆把我吓坏了。她告诉葵茵和我，威尔·哈姆雷失踪了。”我把她说的话又重复了一遍。“她还不断警告我们，叫我们不要去招惹黑暗的力量。如果我们招惹了，它就会控制我们。”我假装浑身发抖。

“那只是迷信而已，别被她唬住了。”

“那可不是迷信。是葵茵。她似乎整晚都没有睡，一副很奇怪的模样。她也不敢看我的眼睛，不敢看外婆的眼睛。好像她在隐瞒什么东西。”

扎克皱起眉，摇了摇头。

“你知道一些事情，是什么？告诉我。”

“那天我们去运煤的时候，发生了一件很奇怪的事情。我们正运着煤往回走，葵茵突然停了下来。她放下小推车，往一条小路走去。我跟着她，然后……”他犹豫了。

“然后怎么了？”

“那里有许多羊，都死了，样子很惨。感觉像是被某种动物猛烈攻击致死，但是我不知道那动物得多大才能做到那样。”

“她就径直走到了那个地方吗？”

“是的。”

我打了个冷战，这回从心底感到了震动。“她怎么知道那个地方的呢？”我说道，没有意识到自己已经大声把这个疑问问了出来。那是我的捕猎，葵茵怎么会知道具体地点呢？她是不是看到了捕猎？她肯定是看到了。她怎么去的，为什么去，我不知道——是因为外婆说的我们之间的那种纽带吗?

“我不知道,”扎克说道,“也许她只是偶然发现的吧。如果说她和那个有任何关系,或者和哈姆雷的失踪有关系,那真是疯了。完全疯了。”

“真是的。但有的时候疯狂的事情就是会发生的。”我应该知道的。

他搂着我的胳膊更紧了。“我们为什么不离开这里?该做的事情都做了——看到了你妈妈和葵茵住的地方,见到了你外婆。我们回家吧。”

“还不行。”我的遗产还在我心里翻腾。我必须找到。但等到我到了,我还会想离开吗?我想起了爸爸,突然之间我满心都是想家的感觉——想念他,想念我的朋友,想念我的正常生活。或者至少表面上是正常的,就和其他人一样。眼底的泪水刺痛了我。

现在这里是你的家了。

没错。我眨巴着眼睛,把泪水挤到一边。现在,这里是我的家了。我的家,我的遗产。但是葵茵怎么办?

“扎克,答应我一件事。帮我照看葵茵,时时关照她。确保她安全无事,不要陷到什么怪事当中去。你能做到吗?”

“这会让你舒服一些吗?”

我点点头。如果葵茵一直跟着我参加捕猎,然后又不置一词,那她肯定在计划着什么事情。她是想自己拿到那本《谎言之书》吗?如果我们两个人当中一直有人和她在一起的话,她就不可能自己找到那本书。

扎克俯身亲了一下我的额头。“那我自然欣然效命。”

葵茵

我的机会终于来了。外婆还在楼上，她会在那里待上一天。扎克和珮珀出去散步了。

我溜了出去。虽然看样子暴风雨马上就要来了，但是我没有停下来找一件外套什么的。他们很可能马上就要回来了。我不想被他们看到，然后不得不停下来解释。

这件事必须要做。我一定要搞清楚。

我内心深处感觉，莫名其妙地仿佛已经确定了结果。我摇摇头，把这个想法抛到一边。

我走上去威斯特人树林的那条路。走在路上的时候，风更大了，把我周围那些细小的声音都放得无比巨大，仿佛整个荒原都在追赶我。我走得更快了。

马上就要到了——我之前给扎克和珮珀看过的那个沼泽。我把棍子丢了进去，告诉他们里面有多危险。

但突然之间往前走的那股劲消失了，我停下脚步。知道真相，会好过一无所知吗？我现在还可以转头回去。眼不见心不烦，我可以假装一切都没有发生过。

我站在原地，头发在风中狂舞，冷风穿过我薄薄的毛线衣吹到身上。荒原似乎活了过来，所有东西都在动，都在喧嚣，都在用质问的语气和我说话。

再往前一步。再一步。寒冷和恐惧让我浑身僵硬。我的眼睛死死盯着双脚，命令它们向前走，却不敢向前看。

终于，我停了下来。我强迫自己慢慢抬起了头。

它们不知道自己在看什么。我的眼睛把一堆堆的东西还有细节送回到我的大脑，但是这些东西都漂浮着，连不成一片。

一次只看一样东西。

颜色：沼泽是绿色的。他红色的头发——微光中被黑色的血凝结成了一团。

他的脸惨不忍睹，无法辨认，但我知道那就是他。我当时也在。

那是我的爸爸。

他拼命地跑，踉跄，摔倒，爬起，然后再跑，恐惧让他完全迷失了方向。

他曾爱过伊莎。

我们跟在后面，把他赶到了这个地方，赶向了他的死亡。

他吓破了胆，但时间不长。

他是来见我的。

我警告过他，告诉他赶紧离开。

他没有听。现在，他死了。我刚认识自己的爸爸，他就死了。

外婆一直以来警告我小心的那黑暗力量找到我了，是不是？它终于把我变成它的猎物。我什么都做不了，什么都阻止不了。

“葵茵？哦，我的上帝啊。”

我转过身去，脸上还满是泪水。扎克站在那里，睁得大大的眼睛里面满是恐惧。

“那是不是……他已经……”

“是的，是我们的爸爸，已经死了。”

“发生什么事情了？”

“我不知道。”我实话实说。我知道他是怎么死的，但是不知道怎么就成这样了——那晚我怎么就以另外的形态，怎么就到了这里，我怎么就做了这样的事情。我浑身发抖，泪水止不住地往下流。

扎克犹豫了一下，然后朝我走过来。他伸手揽住我的肩膀，把我拉近，然后抱了我一会儿。

他从兜里拿出电话，看了一眼屏幕。“没有信号。来，让我们离开这里，找一个能给警察打电话的地方。”

他牵起我冰冷的手，拉着我离开这个地方。我回头望了一眼。那只狐狸站在不远处上方的岩石上，看着我们。

“葵茵，有件事我得问问你。”

“什么事？”

“你怎么知道到这里来找他？”

我没有回答。

过了一会儿，我问道：“你怎么找到我的？”

“我跟着你。”

那句话之后，似乎没有什么需要再解释的了。

我们走到威仕特岩石。那里的风更加狂野，天空黢黑，但太阳其实还没有落山。

扎克拿出电话，拨了几个数字。他怎么跟警察说呢？我不想去管。

“你好，这里是——”

他停了下来，隐隐听到他咒骂了一句。

“怎么了？”

“手机没电了。我们得走到宾馆去，然后从那里打电话。”

但还没等他说完，一道剧烈的闪电划过天空。滚滚雷声布满天空——紧接着一个巨大的声音在我们耳边炸开，离我们如此之近，我们都摔倒在地。

威仕特岩石被闪电击中了——它是这附近的最高点，我们就站在离它几米远的地方。岩石被烧焦，冒着烟。空气里有一种轻微的怪味。

“你还好吗？”扎克问道。大雨倾盆而下，他上前把我扶起来。

他看了看天空，又咒骂了一声。“这种天气，走到宾馆去太危险了，我们得等暴风雨过去。走吧。我们回去。”

珮珀

有的时候必须快刀斩乱麻。

我在盘子里放上茶和柠檬蛋糕，端上了楼。我敲了一下门，然后打开了门。

“嘿，外婆。给你端了点儿蛋糕来。”我笑着，仿佛她从没有用那些黑暗的东西把我们吓得屁滚尿流。在她叫我离开之前，我端着东西走了进去。

我把盘子放到她床边的桌子上。她瞟了一眼，看到了两个杯子，摇摇头。“放到这里，然后走。”

我又笑了，摇摇头，然后坐到她对面的椅子上。“你和我需要谈一谈。”

她看了一眼门。“葵茵和扎克去哪儿了？”

我耸耸肩。“葵茵出去散步，扎克跟着去了。”

“这种天气？”号叫的狂风似乎穿过石头墙，吹到屋子里面来了，墙幔就仿佛活过来了一样，在丝丝的冷风中轻轻摇摆着。

我倒好茶，把一杯转过来对着她，拿起另外一杯。我啜了一口，然后望着她。

威尔·哈姆雷的事情还有她听说的其他事情似乎把她抽干了。

她看起来很苍老，很疲惫——很普通，不像以前那样可怕了。

“外婆，我希望我们能够坦诚相见。你能不能告诉我那遗产是什么？”

她摇摇头。“这个必须由你们自己去发现。”

“如果我告诉你我知道的事情，也许会有所帮助。”

她扬起了眉毛。“说下去。”

“我知道那个烧毁之地的事情。”

“是从你和葵茵很多年前做的那些梦里知道的吗？”

“不止于此。实话告诉你，我昨晚去了那里。”

她又摇了摇头。“你不应该这么做。它从此就抓住你了。但也许不会有什么区别。也许你一直就在它的掌控之中。”

“你为什么不能把话说清楚？”我皱着眉，摇了摇头，然后又笑起来。“不管怎么说，我知道发生了什么事情，外婆。那是我们的祖先，是不是？”

“是的。黑森林的安吉。那些哈姆雷家族的人待她就如待动物一样。”她再次咬牙切齿地说出那个名字。

“跟我讲讲——他们为什么这么做？”

“三百年前，他们想要我们的地，好供他们猎狐狸。她不肯卖。于是他们就带着猎犬追赶她，然后把房子烧了，她在房子里面。”

“但那不是故事的全部，对不对？还有一本书，她死之前在上面写了东西的那本书。要向他们还有他们的家族复仇。你房间里那个盒子里面的杂七杂八，就是报复的结果——所有那些发生在他们身上的那些阴暗的细节，一代接一代。”

“是的。他们从那时起就开始付出代价。我们也是。我们的复仇，就是他们的死亡。这个代价很高啊，珮珀。”她摇摇头，“威尔·哈姆雷怎么样了？可怜的伊莎贝尔。她爱着他，你知道吗？她叫他走，是想救他。”

我颤抖了一下。她怎么会爱上那个男人？“那本书是怎么起作用的，外婆？”

“《谎言之书》里写上什么，什么就会变成现实。刚开始都是一些简单的东西——财富，健康，爱——但慢慢就开始变得阴暗了。你在里面写上谁死了，谁就会死。像安吉一样写上一个诅咒，诅咒就会起作用。那本书能让写在上面的谎言获得力量，那力量远远超过用嘴说出来的谎言。用嘴说出来，只会影响到听谎言的人。就好像你经常做的那样。”

我没有管她眼睛里的谴责之意。“那天你告诉过我们，我们当中只有一个人能继承这本书。”

“是的，一代人中只有一个。”

“书现在哪里？”

她耸耸肩。“安吉房子起火的时候，书在房子里。”

“但那并不是那本书的最终结局。”

“确实不是。它藏得很好。她女儿来找到了。许多年以后，她把马厩建成了我们今天住的这个房子。”

“书在哪里？”我再次问道。

“我不知道。”

“你撒谎。”

“是吗？”这回她笑了，“也许我是在撒谎，也许我没有。但还有些事情我知道，而你可能不知道。”

“什么事情？”

“伊莎贝尔死前给我传递了一个消息。”

这正是我所期待的。“是吗，什么内容？”

“她说我们弄错了，她需要见我一面，但是她再也没能回来。你母亲到底出了什么事，珮珀？跟我讲实话。”

“你在新闻里都看到了，葵茵给你看的那份剪报。就是那份让你住进了医院的剪报。”

“你来告诉我——我想听一听从你嘴里说出来的。”

“我并没有在现场。”我又喝了一口茶，“但那是一群狗，都是护卫狗，又大又凶残。它们跑了出来，然后就疯了。它们追赶她，然后袭击了她。”

外婆眼里满是泪水。“我的伊莎贝尔。她死得真惨。都是猎犬，就跟许多年前哈姆雷家的猎犬一样。就跟那个时候以及今天巫猎的猎犬一样。”

“她当时没有死。警察第二天早上找到她的时候，她还活着。她后来在医院里死掉的。”

外婆看着我，脑袋微微歪着，似乎在思考着什么。她的眼睛突然睁大。

楼下门开了。“葵茵！”她大声喊了出来，声音大得出乎意料。

然后她开始颤抖。她脸上一下子就没有了颜色，手紧紧抓住胸口。

葵 茵

我打开门。珮珀在外婆床边。她转过身来。“我觉得她可能是又中风了。”

“外婆！”我朝她跑去。她躺在床上，双眼紧闭。

“外婆，外婆！”我使劲喊着。她没有回答。我抓起她的手，软弱无力。我伸出一根指头轻轻放在她的脖子上，感觉她的脉搏，然后是她的呼吸。我吐出一口气。“她还在呼吸，心脏也在跳，”我说道，“发生什么事了？”

“我不知道！刚开始我们还在好好聊天，然后她就抓着自己的胸口，倒在了床上。”

“她需要救护车。”

外面雷声隆隆，雨敲打在屋顶上，震耳欲聋。

“这天气你不能出去，”珮珀说道，“太危险了。叫扎克打个电话。”

我摇摇头。“他的手机没电了。”

我把外婆的头发弄整齐，抓起她的手。“外婆，你一定要好起来。”我轻声说道。我这么在乎她，连我自己都有些惊奇。

我突然领悟了。不管发生了多少事情，我对她的这种感情始终深埋在我心底某个地方。这就是为什么我要从温切斯特给医院打电话，确认她一切安好吗？也许即便没有珮珀吵着要回来，因为外婆，我最终还是会回到这里来的。

也许现在我能够承认了，因为我在外婆眼里也看到了这种感情。我们到医院的时候，她说我可以戴着伊莎贝尔的手链，还有那天晚上她说了一句我以为永远不可能从她那里听到的话：对不起。她看起来很凶，这么多年一直都是这样，但这些是不是都因为她关心我，想要保护我不被黑暗力量掳走？不管她是不是被误导了，我终于开始明白了背后的原因。

珮珀下楼去，告诉扎克这里发生的事情。过了一会儿，外婆动了一下。她的眼睛睁开了，疯狂地在房间里四处张望，然后放松了下来。“葵茵。”她说道。

“是的，外婆，我在呢。你会没事的。”

她耸耸肩。“老了，我老了。也许是活够了。”她勉强笑了笑，然后笑容又消失了。

我抓起她的手，她皱了一下眉头，我往下看去。“外婆，你流血了。你是哪里受伤了吗？我去取绷带来。”我准备起身。

“先别管，只是个小口子。”她摇摇头，“珮珀。”

“要不要我去叫她来？”

“不要！葵茵，现在听我说。”

“我听着呢，外婆。”

“是珮珀。那些猎犬还有伊莎贝尔起的头，你必须阻止那些猎犬。”

她是在说胡话吗？“伊莎贝尔已经死了，外婆。”

“不，不。你必须阻止那些巫猎猎犬。我们的祖先，黑森林的安吉把她的敌人都囚禁在巫猎猎犬的身体里。他们以为自己已经摧毁了她，但是她回来了，以狐狸的形象回来了。她把他们带到树林里，杀了他们，然后把他们囚禁在那里。这一切就是这样开始的。”

楼下传来脚步声。

“听我说，”外婆激动非常，“你们出生的时候，我看到了未来，你们当中的一个——珮珀——对我们大家都会造成危险。我告诉伊莎贝尔我会留下危险的那个，然后随时防备着，但是我趁伊莎贝尔不注意，把两个婴儿调换了。我把你调换了过来，这样我就能确保你的安全。我从来没有想过，从荒原这么远的地方还能召唤珮珀，也没有想到她在那么远的地方还能使用她的能力。可怜的伊莎贝尔。我以为早些年她从我这里偷走的那个手链能保护她，但是我错了。”

“你是什么意思，你把我们调换了过来？”我盯着外婆，心里震惊不已。伊莎贝尔这些年这么对待我，就是因为我们的身份被搞错了？

“我告诉伊莎贝尔你会毁了我们整个家，还会偷走你双胞胎另一半的生命，她以为你就是危险的那一个，是我们需要防备的那一个。她错了。”

“那这些都不是真的？我不是那个坏的？”

她没有回答我。“葵茵，你必须强大起来，切断和珮珀的纽带，否则你们两个都得死。”

我盯着她，听不懂她这话的含义。

楼下门开了。

“还有，葵茵，我希望你能完成我没有勇气去做的事情。”

“什么意思？”

传来了上楼的脚步声。

“取下手链，到哪个烧毁之地去——然后你就都明白了，”外婆匆匆忙忙低声说道，“但是之后你必须把手链再带上。它会保护你。”

她说这话的时候是真的相信这些话的。但是，这手链并没能保护伊莎贝尔。

珮珀

我下楼的时候，扎克正在换干衣服，他刚把一件 T 恤衫套到头上。我伸手过去，放在他温热的皮肤上，他顺势抱住了我。

“上面都还好吗？”

“外婆不大好，好像又中风了，然后昏了过去。她需要看医生。”

“哦，不行啊。暴风雨结束之后，我们才能去找人来帮忙。”

“葵茵说你的手机没电了。你开始是准备往外打电话吗？”

“是的——打给警察。有件事情我得告诉你。可能会比较吓人。”他牵起我的手，把我拉到沙发边，坐了下来。我坐在他旁边。

“什么事？”

“按照你说的，我跟在葵茵后头。你还记得她给我们看过的那个沼泽地吗？她去了那里，但很奇怪。刚开始，她几乎是在跑，等快到的时候，她却停了下来。就像一尊雕塑一样站在那里。最后，她又往前走，低着头。一步步地走，速度很慢。”

“然后呢？”

扎克打了个冷战。“然后，在那个沼泽地里，是威尔·哈姆雷，你们的爸爸。”

我看着扎克。也就是说，葵茵又参加了那次捕猎：她是在监视我吗？我提醒自己，对此我应该表现得完全不知情，于是在脸上做出一副受到极大惊吓的样子。

“你什么意思？他是陷在沼泽地里了吗——他还好吗？”

“不是，琬珀。他死了。”

“什么？”

“看起来像是被什么东西袭击了。就和我跟你说过的那些羊一样。”

“哦，我的上帝。葵茵直接就奔那里去了，就跟她发现那些羊一样？”

“是的。”

“她知道他在哪里。肯定是的，但是她怎么知道的呢？”是不是我到哪里她都会跟着我，即便是我半夜成为一个灵游捕猎人的时候？她没有告诉我她在那里，肯定是在计划着什么针对我的阴谋。也许她在搜集证据，最后背叛我。我必须阻止她。

“我不知道。”他把手插进头发里，“我完全无法相信葵茵跟哈姆雷的死会有任何关系，但是如果没有关系，她怎么会知道去哪里找他？她最后往前走的那个样子，就好像她知道前面会有一些可怕的事情在等着她。她是在强迫自己往前走。”

“听我说，扎克。”我拿起他的手，直直地盯着他的眼睛，“葵茵很危险。”

“我不相信她会——”

“她是一个女巫。”就和我一样，我自己在心里说道，“就和外婆一样，但是葵茵失控了。我不知道怎么回事，也不知道为什么，但我敢肯定是她杀了我们的爸爸。而我有可能是下一个被杀的人。千万不要让我单独和她待在一起了。”如果一直有人盯着，她就没有办法灵游了。我想不出其他办法来阻挡她。

“不可能。”他说道，但是看得出来他的心正在恐惧和怀疑之间斗争。他不想去相信这一点，但是他相信了。我说出话来，他就没有别的选择。

“几天前，外婆告诉我们，葵茵和我被分开的真正原因，是因为外婆看到了我们的未来：我们两个人当中一个好，一个坏。葵茵被藏了起来，因为她很危险。我们必须盯着她。等暴风雨过去，我们就离开这里。”

“你外婆呢？她安全吗？”

“你说得对。我们也不能让她们两个单独待在一起。”我站起身来，“你在这里等着。我去接替她照看外婆。记得盯着葵茵，扎克。”

“我还是无法相信，”他说道，但是他的表情和他说的话刚好相反，“但我会盯着她的。”

门开了，珮珀探头进来。

“有什么变化吗？”

外婆的眼睛又闭上了，呼吸也很平稳。我的脑袋里飞速转着，使劲想着她刚才跟我说的话。

“没有。她还是昏迷不醒。”我撒谎了。

“让我来替你一会儿吧。你得去把湿衣服换下来。”

我不愿意离开外婆，但她刚才说什么来着？到烧毁之地去，然后你就都明白了。烧毁之地对我来说不再是禁地，但我还是不想去那里。

我慢慢站起身来。“好吧。如果需要，就叫我。”

“当然。”珮珀的眼神很古怪。她看着我往门口走去，走出了房门。

我走下楼，扎克在下面等着我。

“她怎么样？”他问道。

“还昏迷着。”我说道——又撒了一次谎。他跟着我进到前厅。我打开我放东西的柜子。“我要冻僵了，得换上干衣服。你能不能帮我去泡杯茶？”我假装突然咳嗽起来。

“当然，马上就来。”

“再热两块面包，好吗？”我说道，努力想着让他去做一件无法马上就做好的事情。珮珀是不是跟他说，叫他盯着我，或者也许是扎克不信任我。我感到一阵心痛。

他风一般走出了房间，速度这么快，我一下子就明白了。

没时间换衣服了。我等了一会儿，等他进到厨房，然后我溜到大厅里，小心翼翼地、轻轻地打开前门。希望门的声音会被号叫的风雨声遮掩过去。我关上了门。

我需要想一想，需要想清楚之后可能发生的事情是不是值得我去做。但最重要的是，我很害怕——害怕烧毁之地，害怕取下伊莎贝尔的手链，不知道取下之后会发生什么。

但是没有时间多想了，也没有时间说服自己了。不管愿意不愿意，我能肯定的是，这件事必须做。

现在就是行动的时候了。我颤抖着，又怕又冷。冰冷的雨倾盆而下，现在还夹杂着雪。我边往前走，边用已近麻木的手指去解手链。

咔嗒一声开了，手链从我手腕滑落，吊在我的手指上，晃荡着。我笨拙地把它塞进牛仔裤的兜里。

然后一切都不同了，变了。我脑海中响起一阵嘈杂的低语声，听不真切。有一种力量在推动我往前走去。

我迈过了原本是围墙的地方，站到了似乎是壁炉的地方。

这就对了，我听到脑中传来一声叹息。时候到了。

我跪了下来，壁炉的残骸挡在我和门之间。希望他们发现我不见了的时候，这能让他们无法找到我。雨冷冰冰的，但我膝盖下的土地很温热，越来越温热。我伸出手去，想去抓那些石头……

然后倒在了地上。

我全部经历了一遍。荒原上的追捕。

那本书，里面写着的谎言，那些变为现实的谎言。

那场大火。

安吉的恐惧和痛苦，我的。

还有愤恨。

每一场死亡，我都看到了，感受到了。

最开始是安吉。然后她回来了，化身为狐狸——全身黑毛的狐狸。她引诱杀害她的凶手还有他们的猎犬，追逐着她，一直追进威斯特人树林。他们是第一批被杀的，然后被囚禁在黑森林里——成为巫猎的一部分。

接下来是每一个哈姆雷家族的人：被追猎，驱赶。喉咙被撕碎，灵魂被困在巫猎猎犬的身体里。不论何时，只要安吉的后代召唤，它们就必须出来捕猎：

外婆。

珮珀。

我。

我不断地尖叫着，睁开眼，把手从废墟中抽开。红色，全都是鲜血一般的红色——是从那些灼烧的石头上沾染的吗？我踉跄着站了起来，盯着自己的手，然后伸出去，任由冰冷的雨水冲刷。

所有这一切，都是安吉那本书在许多年前安排好了的。这就是为什么巫猎又再次回到了达特穆尔的荒原之上。巫猎的猎犬被放出来，追捕它们的猎物：首先是羊，然后是那些露营者，最后是我们的父亲——我们的敌人——哈姆雷家族的人。

是因为珮珀把我的手放到那棵树上，才导致了这一切吗？是我召唤了它们，还是珮珀？

我满心恐惧，胃开始翻腾。我在现场。是我吗？

终于，我知道了什么是谎言，它们能做些什么——知道了为什么外婆警告我，永远不能撒谎。我们血脉里面有一种用言语塑造信念的能力。如果我撒谎，人们就会相信我。珮珀也是一样。这就是为什么扎克一直听她的吗？但如果有了那本书，谎言就不仅仅是让听者相信了——它会让谎言成为现实。

大雨之中隐隐传来了一些动静，还有呼喊声。珮珀和扎克朝我这边来了，喊着我的名字。

愤怒在我血管里奔腾。痛苦。还有那黑暗的、深藏的仇恨，扭曲了我的灵魂。我跌跌撞撞地从废墟里往外走。

“葵茵，出什么事了？”是扎克。他伸出手来，但一脸惊恐。珮珀一直在给他灌输什么？她向他撒谎，他则照单全收。

我怒火中烧。现在她走到了他身边。她身上有一个令人恶心的印记：暗影。她也是其中之一：她血管里流淌着哈姆雷家族的血。

我的也是。我的身上是不是也有这样的暗影？我对自己充满了厌恶。

外婆的话冲破愤怒又响了起来：“把手链戴上，葵茵。它会保护你。”

我犹豫了一下。戴上手链，就能抵挡咒语。我以前没有在珮珀身上见过那个暗影，是被手链阻挡了吗？那是不是意味着暗影就是一种咒语？我把手伸进兜里，把手指放进手链。手上那种灼烧感立刻缓解了。

我抬起头，珮珀身上那个暗影消失了。肯定都是咒语。

我的手握着坠石，外婆说的其他话——猎犬、伊莎贝尔和珮珀——突然就有了意义。我倒吸了一口气，然后放开了手链。

“是你干的！”我朝珮珀扑过去，但是她跳到一边。

她笑了，“干了什么？”

“那些猎犬。是你控制了那些猎犬——是你杀了我们的妈妈！”

她脸上一副否定的表情，但内心深处在斗争着，还有恐惧。

“我不可能那么做！”珮珀喊道，但那是撒谎，她的谎言邪恶、丑陋地在空中回荡着，就如她身上那丑陋的暗影——就像是一条蛞蝓在她脸上爬过，留下了一道邪恶、黏腻的痕迹。

我尖叫着，朝她扑了过去。扎克抓住我，把我拽到一边。“这是疯了。冷静下来，葵茵。”

但这就是我想要的结果。扎克必须看到真相，但是如果珮珀说的每一句话他都深信不疑，那他就永远都看不到真相。我让自己放松下来，不再和扎克挣扎。他的手松开了。我挪动了一下，这样珮珀就看不到我的动作。

然后我将手链戴到扎克手腕上。他低头看了一下，然后看着我。

“扎克，听我说。珮珀能控制狗，伊莎贝尔就是被狗杀死的。联系起来想一想！”

珮　珀

扎克转过身来，放开了葵茵。他看起来很疑惑，有点儿晕头转向，仿佛刚刚醒过来。

“珮珀，”他说道，“你是不是控制了狗，然后杀死了你妈妈？”

我摇摇头。“当然没有。我为什么要那么做？”我的话在我脑中回响，但是我感觉并不确定。

“你现在连自己都开始骗了吗？”葵茵说道，我摇摇头——我是不同意我撒了谎，还是不同意葵茵的话？“想想你做的事情！”葵茵说道。

我很想把她的话抛到脑后，但是它们不肯放过我。想想……

当时，我对妈妈特别生气。妈妈终于承认了，我还有一个双胞胎姐妹，但是拒绝带我去见她。我气得要炸了。我们当时在遛奈斯，我跑了，让奈斯和妈妈在一起。我去了一个地方，每次我想独自待着的时候都去那里——护卫犬的训练场。我知道后面有一个地方能进去。我猜那是因为有护卫犬在，他们可能并不是特别担心安全的问题。

但这回那些狗并没有给我安慰。它们仿佛吸收了我的怒火——然后跑掉了。我没有关门，它们冲过去，撞开门，然后不见了。

我知道它们跑出去是我的错，所以从来没有告诉过别人我去了那里。

但剩下的呢……

难道是我的怒火传染了它们，让它们直冲惹我生气的源头而去？它们撕咬她，难道是因为在怒火之中，这就是我希望它们做的事情？

不。绝不会的。“没有！我没有做！不可能的。”我说道，极力地否认着，否认着真相。

“她在撒谎，扎克，”葵茵说道，“伊莎贝尔不愿意帮她来找我，于是她就杀了伊莎贝尔。她一直就在找我。”

“我为什么要找你？”我直面葵茵。终于，在她的脸上，那个标记看得清清楚楚了——我一直以来就有所感觉，也曾瞥见过，但现在那丑陋的暗影终于显现出来了。哈姆雷家族的血液在她血管里汩汩流动，这就是她的死亡标记。葵茵说过她会帮助我，说过她不想继承那个东西，但那是骗人的，全都是骗人的。我怒火中烧。

“你知道为什么，”葵茵说道，“你想要我们的遗产：《谎言之书》，我们家族力量的源泉。你需要我来帮你找到它。”

“这完全是疯话！我到了这里才知道它的存在。”我伸手去牵扎克的手，但是他躲开了。

“哦，是吗？”葵茵说道，“难怪你问了外婆我们的遗产是什么？”

“珮珀，真的是你干的吗？”扎克说道，“你妈妈，还有那些护卫犬？”

我转身面对他，疑惑不已。“你这是怎么了？”我的眼睛突然看到了他的手腕。他戴着妈妈的手链？我皱了皱眉，记起来了：除了那本书，安吉还藏了一个手链。就是这个手链吗？它难道有某种力量？

我从来没有办法控制妈妈，也控制不了葵茵——都是因为这个手链？

但是她现在没有戴手链。我笑了。

我盯着葵茵。“你知道那本书在哪里，对不对？告诉我它在哪里，葵茵。现在就告诉我。”我在话里倾注了我的意念。

葵茵皱皱眉，仿佛头痛了一下。然后她的脸缓和下来。“别想在我身上再玩这个把戏。”

“别担心。如果这招不管用，我还有其他办法。书在哪里？”

“即便我知道，我也不会告诉你。”

看吧。她终于证实了我一直都在疑心的事情——她想据为己有。她就没有想过真心帮我。

她骗了我。因此她必须付出代价。

召唤巫猎吧。

追捕我的姐妹，还有扎克？我摇摇头。不行，我不能这么做，不能这么做，我——

你必须这么做。你比他们更强大。证明给他们看。

我的思绪往树林中隐藏的那些绝望之源飘去。我能感觉得到它们，它们现在是我的一部分了。

之前，愤怒还有梦境——那是我潜意识里的期望——能让它们出来捕猎。这一次，我却十分清醒地知道自己在召唤它们。来吧，到我这里来，来捕猎。

“珮珀？”扎克一脸痛苦的表情，“我妈妈。她的马因为一条狗而脱了缰，然后她摔了下来，死了。是你为了让我回到温切斯特才这么做的吗？”

“当然不是！那是意外。”我说道，这回我说的是实话……一部分是吧。是有一条小狗，但我只是想让扎克的妈妈受伤，然后他就可以回家来了。

扎克瞪着我，用那双我爱着的眼睛——我愿意做任何事情，只要他能和我在一起。

我确实也做了。

“我没想让她死！那是意外。”

扎克摇摇头，往后退了一步——惊着了。但很快他就会愤怒的。

不行。事情可不是这么计划的。不行！

“你这个杀人犯！”葵茵愤怒地喊道，朝我冲过来。她一拳打过来，我用手挡了一下，踉跄着假装倒在地上，然后从废墟中捡起一块石头。石头在我手中燃烧。我笑了，拿着石头使劲朝着葵茵的脑袋砸去。

扎克跳到我们中间，石头砸到了他。他跪倒在地上，鲜血顺着耳朵往下流。

我想上去抱住他，把他抢回来，但他不会再属于我了。这都怪葵茵。怒火在我身上燃烧。

她将付出代价。

扎克将重新属于我，不管葵茵做了些什么。捕猎之后，扎克的鲜血将成为我的一部分。

我朝葵茵冲过去，但这时我们上方照来一道光。我们两个转过身去。

外婆站在卧室窗前。她肯定是把墙幔都拉起来了。光线在她身后闪烁。她双手高举，她手中拿的，正是那本《谎言之书》。

葵茵

珮珀往房子里面跑去，我也跳起来追了过去。不能让她得到那本书。

门开着。有一股烟味。从里往外冒着烟。我跟在珮珀身后跑进房子里，止不住地咳嗽起来。

我们开始看到外婆身后的光线，是火吗？难道房子在暴风雨中被闪电击中了？但是我们并没有听到任何声音，肯定不是。

“大火中开始，必须在大火中结束。”外婆说过这样的话。是外婆干的？

珮珀往楼梯跑去。我上前一步，扑上去抓住她的脚。我跳起来，抢先迈上楼梯，但是她也站了起来，抓住我的胳膊，拽着我的头发往后扯。

扎克跟在我们后面，脚下还有些不稳。“葵茵，珮珀——你们得赶紧出来。房子着火了。赶紧出来！”

珮珀现在离他最近。他抓住她的另一条胳膊，她松开了我的头发。她转过身，推了扎克一把。他倒在地上，挣扎着想起来，但又摔倒在地，然后就不动了。

奈斯叫了起来，在我们脚边跑着，似乎是在指引我们出去的路。

“别想了，珮珀，”我说道，“那本书是我的，不是你的！一直都是我的。”

“以前你有机会的时候就应该把书拿在自己手里。现在已经晚了，葵茵。”

“你不能继承我们家族的遗产——我不会允许你这么做。你杀了扎克的妈妈，还有伊莎贝尔，我们的妈妈。”

这回，珮珀没有否认。“还有你。下一个就是你。没有人知道你的存在，没有人会关心。”

这回看清楚了，那邪恶的真相就在她眼中：为什么珮珀一直不让别人知道我们两个的存在。如果没人知道我的存在，就不会有人来找我。

琊珀

葵茵在咳嗽。烟越来越浓，我的眼睛感到刺痛。我试图往楼梯上爬去，但葵茵的手仍然恶毒地抓着我的脚踝。

“你是不是也杀了我们的爸爸？”葵茵说道。

“是你杀的，不是吗，葵茵？你也在现场。你和巫猎猎犬一起追猎他，你扑向他的喉咙。你尝到了温热的鲜血。”

“不是！我不会，不可能。”

“但是你和那些猎犬还有我在一起。你也参加了捕猎。那些羊，那些美味的露营者，然后是我们亲爱的爸爸。我记得你当时很享受的。”

“不！我并不想参加，永远都不会想参加。是你唤醒了捕猎。告诉我，就是你。”

葵茵的声音很焦虑，我笑出声来。“你太弱了——太柔了，不适合完成我们的任务。当然是我。”我说道，该认的账就要认。为什么要否认呢？这就是我啊。在我的呼唤下，巫猎的猎犬们正在慢慢接近，很快就要到了。

“但是你为什么要杀死我们的爸爸？”

“那个脏货。你看不到他身上的暗影标记吗？就像你身上的标记一样，就像所有哈姆雷家的人一样。”

我停止了挣扎，转过身来，看到了她身上那一大片暗影。

然后发起了攻击。

葵茵

珮珀击出一拳，打中了我的下巴，我倒在了地板上。但过了一会儿，我在她身上看到了之前看到的那道暗影。

她说我身上有标记？不是！她才有，她必须死。

我摇摇晃晃地站起来，朝珮珀冲过去——掐住了她的脖子。我的手指使劲用力，大拇指重重地压在她的气管上面。她挣扎着，疯狂地抓着我的手，但我就是不松手。

她的眼睛开始迷茫。

然后，我感到脚踝处传来一阵疼痛。

我低头望去，奈斯的牙齿已经深深地咬进我的脚踝。我抬起另一条腿准备去踢它，还是没有松开珮珀的脖子。她开始慢慢没有力气了。

奈斯，这是第一条我允许接近我的狗，这条小狗无穷无尽的精力和无条件的爱，让我感到幸福——我也回报它以爱。这不是我的奈斯在咬我，肯定是珮珀让它攻击我的。我赶在踢到它之前放下了脚，放开了珮珀。我突然充满了对奈斯的爱。

奈斯放开了我的脚踝，抬头看着我，很害怕，很迷惑。

离它远一点的地方，扎克躺在地上。

我身后，珮珀开始往楼梯上面爬去。

我又咳嗽了，烟更加浓了。我感到天旋地转，倒在了地上。

就是这一刻。

必须作出选择。

我内心里有一股仇恨的浪头，推着我让我追上楼梯——阻止珮珀，我自己拥有那本书。然后了结她的生命。

但是我心里还有另一种东西，另一种更加强大的东西：

扎克。

珮　珀

葵茵松开了手，我的肺急需空气。我控制不住地大口吸进空气，却让我咳嗽起来。

我想去追葵茵，但书更重要。猎犬马上就要来了，很快它们就能对付葵茵和扎克了。

浓烟滚滚。我必须加快速度。虽然我很想站起来奔跑，却不得不压低身子，往楼梯上爬。我到了楼梯上的平台。

外婆的门关着。我低着身子，伸手上去找到门把手，打开了门。

浓烟涌了出来。

我爬进房间。

我摸索着在地板上找到了她的身体，在窗户前。我抓住了她。她的脸上裹着一层布。她可能还活着。

我把布扯了下来，拍了拍她的脸。“书在哪里？”我想冲她喊叫，却只发出沙哑的声音。

她动了一下，然后咳嗽起来。“在一个你永远找不到的地方。”

我在她周围的地板上摸索着。我的手碰到了一样硬东西。我一把抓住了它。

我笑了起来。“书！书是我的啦！”

葵茵

我爬到扎克身边，摇晃着他。他嘟哝了几句，却没有醒来。

“你得帮帮我，扎克。来呀。”

我开始拖着他往门口那边去。“奈斯，过来！”我说道，它跟着我们。扎克醒过来了，和我一起往外爬，爬到了夜色之中。

我们在冰冷、新鲜的空气中大声地咳嗽。雨已经停了。我们在泥泞之中又往外爬，尽可能离房子远一点。我们爬到石头围墙边，一起靠在上面。扎克无力地倚在我肩上，再次昏迷了过去。

“求你了，扎克，一定要醒过来。”我恳求道，但是他没有睁开眼睛。奈斯舔着我的手，仿佛在表示道歉，但让我伤心的并不是它，不是吗？是珮珀那种对狗的奇特的控制能力——即便是巫猎猎犬她都能控制。

嗷呜呜呜呜呜呜！号叫声在夜空回荡，仿佛是在回应我的念头。我内心中也响起了饥饿、绝望和死亡的号叫声，在我的骨头间震荡着。可怕得让我想尖叫，想缩成一个球，然后停止自己的心跳。现在就死掉，这样它们就无法抓住我了。奈斯哀鸣着，在我身边瑟瑟发抖。

那只狐狸来了。它直直地盯着我的眼睛。愤怒，安吉的愤怒在冲击着我，试图进入我的脑袋。巫猎的猎犬也可以由我来控制，而不只是珮珀。我可以和它们一起去捕猎，可以品尝鲜血，苟活下来。但那样一来，还有多少其他人将会死去？

扎克和奈斯怎么办？我不能把他们留给猎犬。我伸手抱住扎克。

肯定有什么办法能够阻挡猎犬，又不需要我自己去控制它们。突然之间，我明白了。

我轻轻地把扎克放倒在地上，然后起身沿着围墙朝门口跑去。我伸手到围墙根部摸索着，然后找到了那株带刺的植物。我站起来，从头顶的树上掰下一根树枝，弄弯折断。然后我跪在地上，把树叶扫开，清出一块空地。

猎犬的号叫声很近了。

我疯狂地在泥地里画着，一笔接一笔，用我最快的速度画着。

我把红色的果子摘下来，用刺扎进一根指头，然后用那团血、泥土和浆果组成的东西填在我画出来的怪物们的眼睛里。

就跟上次一样，我画出的图形开始颤动。它们晃动着慢慢长大，开始从地上挣脱出来。

嗷呜呜呜！嗷呜呜呜！巫猎猎犬已经到了我们身边。我能感觉得到它们的饥饿，但是我的守护者们还没有准备好。我抬起头，准备起身跑到扎克身边去，但是发现……

已经晚了。

扎克和我之间已经站了许多猎犬。我们被隔开了。

奈斯站在昏迷的扎克和一圈慢慢靠拢的猎犬之间，身体虽然瑟瑟发抖，但喉咙里发出低沉的吼叫声。另一圈猎犬围到了我的身边，但是距离更远一些——它们正盯着我创造出来的东西。

我造出的怪物抖落身上的泥土，站了起来。如我所愿，它们比猎犬个头高大很多，还有长长的爪子和牙齿。它们看起来很吓人，即便对巫猎猎犬来说也是如此，但是数量还不够多，不足以保护我们大家。我感觉无力，感觉很冷，仿佛生命被榨干了。

它们看着我，我给它们下达了指令。

“保护扎克和奈斯！”我说道。一眨眼间，它们就过去了，站在扎克和奈斯与猎犬之间。猎犬往后退缩着，不知所措。我不知道这样的情况会持续多久。

肯定比我坚持的时间长。猎犬现在慢慢靠了过来，我能闻到它们恶臭的嘴里呼出的死亡气息。它们体形巨大，浑身黑色。红色的眼睛闪着光，黑色的舌头垂在黄色的牙齿上。

我们上方，火焰越来越高。珮珀会不会从门口出来，手里拿着那本书——得意扬扬，然后和她的猎犬一起享用我们的鲜血？也许我的怪物能坚持足够长的时间，珮珀看到之后会自我反省——然后饶了扎克和奈斯。

我周围的猎犬摆出了进攻的架势。它们在等什么。

它们的眼睛闪着光。我能看到，每一条猎犬的身体里面都有一个被囚禁的灵魂——备受折磨，无处可逃，被迫捕猎。

其中有一个是我的爸爸。

很多都是哈姆雷家的人，但也不全是——有一些是我的祖先。就像外婆说过的，那些生前召唤过巫猎的人死后也会被囚禁起来。当他们呼唤巫猎的时候，他们知不知道，是不是猎犬那种能折磨他人的欲念让他们无法抗拒？就好像珮珀一样。我敢肯定，她不知道这个后果。如果她知道，是不是就能阻止她？

如果我没有带她来达特穆尔——永远不带她到那片树林里去——这一切就不会发生。

上面有动静，我望了过去。

是珮珀——她站在窗户边，把那本书高高举过头顶，一副胜利者的模样。

传来一阵轰隆声，她回头看向身后。

房顶坍塌了。一片火光冲上天空。

痛苦。浓烟。大火。

离死不远了。

我们之间的纽带把我的魂灵拉到珮珀身边，紧紧锁在她身边，就如她手里紧紧抓着的那本书一样。也正是这个纽带曾把我带到她的巫猎之中——一个过客，而不是一个参与者。我现在看得更加清楚了。

大火已经把我们俩身上的暗影消除。她做了这么多恶事，但她仍然是我的姐妹：她的存在让我的生命完整。现在她很害怕。

“珮珀！现在还不晚，肯定还不晚。赶快出来。爬到门边去。”我催促着她，叫她打起精神来。

“我做不到。”珮珀哭了，害怕地哭了。房顶坍塌，砸坏了她的身体。即便她能动，门也已经被燃烧的木梁挡住了。

巫猎猎犬现在到了她的身边，都在大火之中，准备永远带走她，和它们一起参加巫猎。

我和珮珀连接在一起——它们会把我们两个都带走。

我也哭了起来。“双胞胎是受了诅咒的。永远连在一起。我们生死都在一起。”

“除非你斩断纽带。”

“不。我做不到，我不离开你。”

“我做了这么多坏事，你还是要来拯救我。你现在不肯离开吗？”珮珀很惊诧，“为什么？”

“你告诉过我的，姐妹就是这样。不管怎样，我们都会相互原谅。”

“听我说，葵茵。”她的气力越来越弱，说话都十分困难，“我并不是故意的。我没想让妈妈死，也没想让扎克的妈妈死。都是我的错，都是因为我的愤怒，但是我真的不想那样的。我很抱歉。”

“我相信你。”我说道，真心地相信她。我知道她说的是实话。至少，是她自己现在看到的真实情况。

“我很抱歉和你抢这本书。我需要这本书。我想在里面写上：扎克爱我，你爱我，还有……”她停了一下。她的意识在消散，但她努力坚持着。“还有就是，你不爱扎克。我希望我们都能幸福地在一起，但从我召唤巫猎那一刻起，一切就都不对了。”

“那些也并非都是谎言。我是真的爱你的，珮珀。我曾经努力地想不爱你，但是做不到。”我怎么可能会不爱自己的影子，自己的倒影，自己的映像？我想见到的和不想见到的都是我自己，那些坏的、好的，也都是我自己。

然后，在死之前，珮珀说出了她最后的谎言：

我从来没有爱过你。我不想见到你。我希望你永远地离开我。

就是这个谎言让我自由地解脱出来。

我大口地呼吸着冰冷的空气。我到了房子外头，夜凉如水——火，已经熄灭了。

纽带已经断了。我回到了自己身体里面，完好无损。

我还活着。

巫猎猎犬已经走了，带走了珮珀。

我站起身来，摇摇摆摆地朝扎克走去。猎犬都走了。召唤它们的人——珮珀——死了，也加入了它们，于是它们就走了。

但我的怪物还在那里。它们在我面前站定，挡住我走向扎克的路。

我命令它们保护扎克和奈斯，所以它们认为我对我的所爱也是危险的。我抓起一把土朝它们的眼睛扔去，叫它们重新变为尘土，然后它们就消失了。

我坐倒在扎克身边，看着房子慢慢消失在灰烬之中。尽管我不相信自己的眼睛，也不知道这一切是不是幻觉，但我能感觉得到——在我血管里奔涌的怒火和力量。它告诉我，不管珮珀手里那本书发生了什么事情，我已经继承了。

那些力量在我身体里安了家，这让我很不安，这是我灵魂上的负重。我们家族的一切，现在都是我的了。

我一个人的了。珮珀和外婆都不在了。

扎克呻吟了一下。我抱起他的头，放在我胳膊上。他的脸色很不好。有那么多让人害怕的事，我最害怕的是他的情况。

但是我可以用谎言的力量。珮珀教会了我。

“明天，扎克，你将会感到头疼，然后关于这一切的记忆会变得混乱，但你会没事的。”

我亲了一下他的额头，我说的会变为现实。即便没有那本书，我的谎言也是十分强大的。

第二天早上，我握着扎克的手，他还睡着。我看着他手腕上戴着的伊莎贝尔的手链。我犹豫了一下，然后解开手链，戴回到我自己的手腕上。一下子，我内心奔涌的怒火平息了下来。怒火还在，只是被我压抑住了。

珮珀没有任何防护，没有什么东西保护她。之前我有外婆，然后我有手链。不知道为什么，外婆选择保护我。她想尽办法来保护我。珮珀的血脉里一半是哈姆雷的血，一半是布莱克伍德的血，导致她又憎恨自己，又满心愤恨，于是整个人生就扭曲了，脱离了轨道。她似乎并不明白自己做的那些事情，甚至大多数时候都记不起来——她甚至还欺骗自己。直到最后她才承认自己给那些她爱着的人所造成的苦痛。

扎克动了一下，呻吟起来。他的眼睛睁开了一点儿，然后突然一下子全部睁开。他盯着还在冒烟的房子。

“珮珀？”

我有些吃惊，盯着扎克。他以为我是珮珀？这是理所当然的。

如果我是珮珀，我就可以离开这个地方。我可以回到家里，到那个曾把她抚养成人的爸爸身边去，走近他的生活。

“是的，我在这儿呢。”我骗了他，也知道他一定会相信我。

“我还以为是一场噩梦呢。”他说道。他伸手摸头，然后皱了一下眉，“但是我的脑子里一团糨糊。跟我讲讲都发生了什么？”

我告诉他房子被闪电击中，着火了。他努力去救葵茵和外婆，但是一根木梁掉下来，砸到了他的脑袋。其他一切都是晚上他发烧时做的噩梦。

我在跟他讲的时候，泪水不由自主地流了下来。我为外婆哭泣，为我的姐妹哭泣。我是多么希望这个姐妹能爱我。她确实爱我，但当我知道的时候，她已经走了。我为安吉、我的爸爸，还有所有那些死去后变为巫猎猎犬的人哭泣。珮珀释放了它们，但现在它们又回到了树林里，备受折磨，永远不能逃离。珮珀也和它们一样被囚禁在那里。它们重获自由的唯一方式，就是我召唤它们出来捕猎，但我永远不会这样做。如果我迷失在黑暗之中，我就会永远地迷失自己——就和珮珀一样。

我还为我自己，为葵茵哭泣。这个姑娘从此将不复存在。

扎克牵着我的手，安慰着我。他来抚慰我的痛苦，是为了不让自己被发生的一切吓倒吗？要么是我的谎言起作用了，要么就是他自己不愿意相信他所回忆起来的一切。他把我的泪水吻干，就仿佛它们是珮珀的泪水——他所爱的那个人的泪水。但她欺骗了他，而我现在又在重蹈她的覆辙。

我们朝车子走去。暴风雨已经过去，世界又重新变得干净清朗。

我们把包放进后备厢。我在门边围墙旁发现了包，当时我感到很疑惑。包怎么到了那里？

我说服扎克，说我们应该离开，回家去，而不是到警局。如果爸爸发现我有一个不为人知的双胞胎姐妹，然后又死了，他肯定会崩溃的。我们留在这里也没有什么用。

扎克相信了。他一直对珮珀都是言听计从的，不是吗？除了他戴上伊莎贝尔的手链的时候。

我感觉有些内疚，但还不足以让我告诉他真相。他的女朋友——我的姐妹——杀了他的妈妈，还有我们的妈妈。他不需要，也没有必要知道这个。

而且我想要她的生活。先是外婆和伊莎贝尔让我与世隔绝。后来，又是珮珀想方设法确保我们不同时出现。珮珀可能是为了她自己的目的不让别人知道我的存在，但现在方便了我。

我们回到温切斯特的时候，我没有回家。还不行。当晚，我待在扎克那里，还没有做好和大家见面的准备。

晚上，我在他妈妈的房间里打开了包，还是搞不清楚为什么我们的包会出现在那里。里面都是小心叠好的衣服——珮珀的衣服，不是我的。里面呢？

是一样冰冷的硬东西，用毛线衣包着。我把它从里面拿出来，就着从窗外照进的月光举了起来。

红色的皮质封面，表皮磨损，手工缝制。封皮上的符号和多年前我还是小孩时见到的一模一样，和我手链上坠石上的纹路一模一样。

《谎言之书》。

窗户外花园里有动静，吸引了我的目光。我还没有去看，就已经知道是什么了。

就在那儿，在栅栏旁边——那只黑色的狐狸。

那么，书没有在火中被烧掉。外婆在窗户那里举着的肯定是一本伪造的。珮珀不知道书的样子，而距离太远我也看不清楚真假。

是外婆，是她干的。她肯定早就已经设计好了，把书藏到了包里。她叫我去废墟那里的时候，就已经知道我一定能把这一切都想明白，也知道珮珀和我肯定会打起来。

然后她就放火烧了房子，在窗口举起那本假书。

但是她怎么知道接下来会发生什么事情？我们可能会和她一起死掉——我，珮珀，扎克，甚至奈斯。

她是相信我能搞清楚什么重要，还是她在下一个大赌注？她牺牲自己的生命，就为了把书传给我。

又或者，她只是把东西留在那里，谁赢了谁就拿走。

我打开书，开始读起来。刚开始都是些很简单的东西，古老的书写样式，有一些幼稚的拼写错误。希望得到爱，得到好收成，得到一个健康的孩子。

第一场大火之后，一切都变了——安吉改变了我们所有人。这本书让我们变得更加强大，没错，但也让我们从此背负着捕猎哈姆雷家族的诅咒。

现在呢，一切又变了，就在这第二场大火之后——是外婆改变的。她那粗犷的斜体字在书上格外显眼，是一种黑红色。书的封底处夹着一把小刀和一根羽毛，这根羽毛的毛管是黑色的。我在她手上见过切痕——难道她是用自己的血写的？

无私的人将最终胜出并继承遗产。

我是无私的吗？

我没有去管珮珀和《谎言之书》，转而去救扎克和奈斯。这没有错，但是我这么做也是有很自私的原因的——我想自己拥有他们。

到最后，我确实试图拯救珮珀，但最终是她切断了我们之间的纽带，拯救了我。她原本可以紧紧抓住我，叫我一起陪着她被囚禁在威斯特人树林之中。我们家族的人如果一个都没剩下，那就再也没有人能召唤巫猎出来了。

我还可以无限循环地去追问：为什么我存活了下来，为什么是我。是因为我准备牺牲自己来救扎克和奈斯，还是因为我不愿意离开珮珀？

外婆临死时的那些话——用她自己的血写在《谎言之书》上的那些话——一定也随着她的死亡而成为现实。我所能依靠的，就只有这些话。

外婆多年前预见到的未来，也成了现实。她看到了，等我得到这本书的时候，我会毁了我们的家，然后偷走我双胞胎另一半的生命。确实如此。虽然不是故意的，但确实如此。

她没有错。

五年后

外婆说，希望我有勇气去完成她不敢做的事情。

我没有去做——一开始没有。

我还有事要做。我把手放在肚子上。现在还感觉不到动静，但是我想象着自己能感觉到——我能感觉到又一下心跳穿越我的皮肤和血液传出来，那是我和扎克孕育的小心脏、小身体和灵魂。我们的孩子。我们的女儿。我知道肯定是个女儿，就跟我知道很多其他事情一样。

我的整个生活都是一个巨大的谎言，因此不撒谎是件很困难的事情。我试过，但是那只狐狸一直在附近，隐藏在某处。不过，真相总要取代谎言，否则我的孩子，还有我孩子的孩子就将和我们一样永远背负着诅咒生活。

我花了好长一段时间才真正理解到，珮珀和我就是这样——背负着诅咒。一度是被我们的祖先黑森林的安吉诅咒，被她的力量和愤恨诅咒。后来，又被我们的妈妈伊莎贝尔诅咒。

伊莎并不知道她做了什么。她戴着从外婆那里偷来的手链，摆脱了外婆的控制，让外婆无法再压制少女伊莎寻找快乐和叛逆的冲动，但这又带来了另一个后果。它让伊莎贝尔看不到宿敌威尔·哈姆雷身上的暗影标记。就好像手链让我看不到珮珀身上的暗影，也让她看不到我身上的暗影。等我一摘下手链，一切都变了。伊莎贝尔意识到自己的错误之后，她叫威尔走得远远的。但已经晚了，她已经有了我们。

爸爸是哈姆雷家的人，妈妈是布莱克伍德家的人，珮珀和我之间不可能有其他的结果。我们会相互残杀。一旦外婆加在我身上的保护被打破，一旦我把手腕上的手链取下来，我看在眼里的就只有暗影，我的心里就只有仇恨。

外婆和伊莎贝尔把我们分开，想阻止我们之间的相互残杀。

外婆说，我们两个一半好，一半坏。我一直以为自己是坏的那一个，珮珀是好的那一个。但是外婆说她一直就知道珮珀是危险的那一个——但她没有告诉伊莎贝尔。这是不是就意味着我真的就是好的那一个?

听起来很悦耳，但是对我自己，我得说实话。在我们内心里，我们两个都是一半好，一半坏。那把我们一个描述为好的，一个描述为坏的，就是一种真假参半的谎言——最糟糕的谎言。而且，我也不认为我们的家族就是好的，尤其是经过了这么多年，一代代人都被安吉的诅咒扭曲了。

是的。我觉得外婆把我留下，是因为她觉得我会赢。

即便到现在，我也无法接受伊莎贝尔对待我的方式。当我握着那块坠石的时候，理解事情就容易得多了。她怀着哈姆雷家的孩子，进退维谷。于是，在她头脑中就把珮珀和我区分了开来，好像我们一个是好的，一个是坏的——一个她可以爱，另一个她应该恨——却没有搞清楚，我们实际上都是好坏参半的。这就使得我成为了她生命中一切错误的替罪羊。当她在珮珀身上也开始看到黑暗力量的迹象时，她是不是意识到我们被交换了，意识到外婆欺骗了她？关于这一点，即便是坠石也没有办法帮助我搞清楚。

珮珀选择的道路，是另一件始终让我迷惑不解的事情。是她造成了扎克妈妈，还有我们的妈妈死去。如果我没有外婆的保护，如果我和伊莎贝尔在一起，而不是她，我会不会选择同样的道路？

我遇到珮珀之后，我有没有可能做一些让她改变的事情？单纯地去爱她，是不是就足以阻止她召唤巫猎猎犬？

我不相信我们的前路是确定好了的。这一路上，我们总是面临着各种各样的选择，但是我并没有总是作出正确的选择。我知道自己没有。也许，让珮珀和我分道扬镳的，不过是几次错误的抉择而已。

到了最后，珮珀选择救我。虽然她之前做了那么多的恶事，到最后她还是放过了我，让我活下来。

外婆呢？她有属于自己的勇气。我现在知道自己给她造成了多大的痛苦。知道为什么她每次看着我，都像是看到了自己的敌人。知道为什么她对我又爱又恨，而且总是无法控制自己的情绪。知道为什么对外婆来说，一切都比伊莎贝尔更加艰辛困难，因为伊莎贝尔有那条手链。

然后外婆还尽力教我永远不能撒谎——她是不是认为，如果我永远不撒谎，我就能永远不受影响？她肯定已经预见到了，当珮珀和我都在荒原之上的时候，巫猎猎犬就一定会重新在荒原上肆虐。因此，她又想办法叫我害怕所有的狗，仿佛这样就能阻止一切。

外婆尽力了，但是有一件事她错了，她根本无法阻止我骗人，那是在我的血脉里的。

我现在生活中的谎言数不胜数。

爸爸仍然觉得我是珮珀，是他的女儿，但我两者都不是。也许这样最好，我和爸爸一起生活，上珮珀的学校，还想办法得到了优秀。扎克结束了在剑桥的学业。我们现在生活在一起，他上班，我上大学，但是所有这一切，其根基都是谎言。

这是一种很奇特的混合：谎言与真相。坠石能让我随时看清真相，但真相并不总是让人高兴。我的谎言很强大，能控制别人，是的。但是我们每天相互说的那些小小的谎言呢？它们成为了我们生活的一部分，成为我们与别人打交道的方式——我们自己的方式——每个人都如此，不仅仅是我。把谎言撕掉，就毁掉了面具。但有些面具的存在，是有它们自己的理由的。

扎克不知道我们的孩子，现在还不知道。

他还会爱我吗？当他知道我是谁，知道他妈妈是怎么死的，知道这些年来我一直瞒着他的那些事情，他还会再爱我吗？

我必须承受这个风险，为了我的女儿。我必须鼓起勇气。

我用包里带来的点火材料和木头生了一小堆火。我在能量最集中的地方生了火，也就是很多年前安吉死的地方。

外婆那栋房子的灰烬在我身后。我们离开之后，我一直担心会有人表示抗议，警察会来调查——然后我们会被人追踪到，传唤过去讲述一番发生的事情。我查过新闻，不过最多就是在报纸角落里印着的几条简单文字：祖母和外孙女死于大火。又过了几天，威廉·哈姆雷的遗体在沼泽地被发现。那些露营者在一个很偏僻的地方，很久之后才被发现，恶劣的天气还有时间已经把一切痕迹都抹去了。

我打开《谎言之书》，拿出小刀和羽毛。我将小刀往掌心处深深地扎了进去，血流了出来。

狐狸看着我。它悄悄到了离火更近的地方。它是想阻止我吗？但是它蹲坐了下来，等待着。

我把羽毛在我的血里蘸了一下，打开了书。

等到这本书在火中化为灰烬，我的能力，我的孩子还有以后所有后代的能力，都将随之灰飞烟灭，仿佛从来没有存在过一样。

我看了一眼狐狸。它似乎还在等待我写更多的东西。我不知道，当安吉写下她死后将会回来的那些话时，她知不知道自己将永远是一只狐狸？

大可以责备安吉，也可以责备多年前杀死安吉的哈姆雷人。但现在，是时候让一切都安息了。

我又蘸了一点儿血，然后继续写道：

哈姆雷家和布莱克伍德家所有被囚禁的灵魂，都将从威斯特人森林被释放出来，他们和安吉·布莱克伍德将永获安息宁静。

现在，猎犬也都来了。其中有一个是珮珀吗？它们停在后面，和狐狸保持着一段距离。狐狸和它们曾是死敌，是的，这么多年了。但是，它们现在想要的，却是同样的结果。它们希望一切都能终止。

我那一小堆火开始咆哮。是时候了。我看着狐狸的眼睛。它歪着头，仿佛在问问题。

我知道，做完这一切，我就会变回普通人。我将再也没有魔法，也不能知道我本不该知道的事情。一想起我将成为一个普通的母亲，再也不能预见我孩子的未来，也不能提前帮助她，我就感到无比恐慌。

但是，该做的必须做。

我拿起《谎言之书》，丢进火里。

有那么一会儿，书似乎要把火压灭了。但很快它就开始着火，发出明亮的火光。

我躺倒在地，看着烟往天空飘去。狐狸和猎犬也都随着那烟往天空升腾而起，显得那么不真实。升腾之中，它们开始变化。狐狸是一个老妇人，她在微笑着。猎犬——那么多的猎犬，变成了男人和女人，有哈姆雷家的，也有布莱克伍德家的。我的爸爸就在其中。

就在我担心珮珀没有跟他们一起获得解放的时候，我看到了她，就站在爸爸身边。她微笑着，伸出她的双手。我也举起手，仿佛能够得着天，仿佛能穿越生与死的界限。

书慢慢烧成灰烬，我感觉力量也一点点地往外流，直到空空如也。我感觉很轻松，解放了。

自由了。

“再见，珮珀。”我低声说道。

珮珀、安吉还有其他人消失在天空中，只留下我孤单一个人。前所未有的孤单。

我不能奢望扎克会原谅我，也不知道他知道真相之后，还会不会接纳我们。

但是我可以爱我的孩子，全心全意，毫无保留——伊莎贝尔和外婆以前就无法这样对待珮珀和我。

而且，我还有希望。

致 谢

对怎么撒谎，我一直很困扰。这件事情我并不在行——我似乎天生就有一种说实话的冲动，即便有的时候我可以什么都不说。这对于靠编故事为生的人来说，并不是什么好事，甚至可以说是一种奇怪的特质。《谎言之书》从极端处来研究撒谎。两个女孩，外表一模一样，但在开始的时候，一个总是讲真话，一个总是骗人。

我要特别感谢乔·怀顿。《谎言之书》的开始，来自我和她在一次童书作家和插画家协会举办的写作交流会上一起喝的那几杯红酒。如果没有她，这本书绝不可能问世。还要感谢爱迪·法尔姆，她叫我写得吓人一些。如果你们看了之后做噩梦，找她算账！

感谢我的经纪人卡洛琳·谢尔顿。她在吃午饭的时候看完了第一章，然后说："我喜欢这种感觉。就写这个吧。"

还要感谢我的编辑，米根·拉尔金和艾米丽·沙拉特，还有果园出版社和阿歇特童书出版集团的每个人，感谢他们的热情与辛勤。和以往一样，我还要感谢裴诗这位给人带来惊喜的封面设计师，我所有在果园出版社出版的书，封面都出自他的手。我在修改《谎言之书》的时候，一直盯着这个封面，心里想着，一定不能让这本书辜负了这么好的封面。

双桥宾馆和威斯特人树林都确有其地。威仕特岩石还有外婆房子周围的场景是虚构的。关于达特穆尔有一个传说，一个拥有大片土地的人为了捕猎狐狸，烧了一个农场，一个聪明的女人变成了一只黑色狐狸。这个传说可以在网站 legendarydartmoor.co.uk 上找到。巫猎猎犬是荒原传说中的猎犬，很多传说里都讲到，它们被囚禁在威斯特人树林里面。在英国和欧洲，有各种关于猎犬和巫猎的传说，里面的名称各不相同。

感谢卡伦·穆雷和琳德赛·斯通，感谢她们和我一起到实地考察，让我不至于在荒原上迷路。我们住在双桥宾馆，我还借用了她们的名字来为小说里的宾馆职员命名。我们在那里待得非常愉快，吃得也很棒！我们相约要再去一次，因此我们可能还会回去的。

然后，和以往一样，我最要感谢的是格雷汉姆，感谢他和我一起度过了写作这本书的过程中所经历的焦虑和跌宕，感谢他为我构筑了稳定的家。

最后，感谢班罗科和霍比以及其他所有的灵感之源：干杯！